光文社古典新訳文庫

ナルニア国物語①

魔術師のおい

C・S・ルイス

土屋京子訳

kobunsha classics

光文社

Title: THE MAGICIAN'S NEPHEW
1955
Author: C.S.Lewis

『魔術師のおい』もくじ

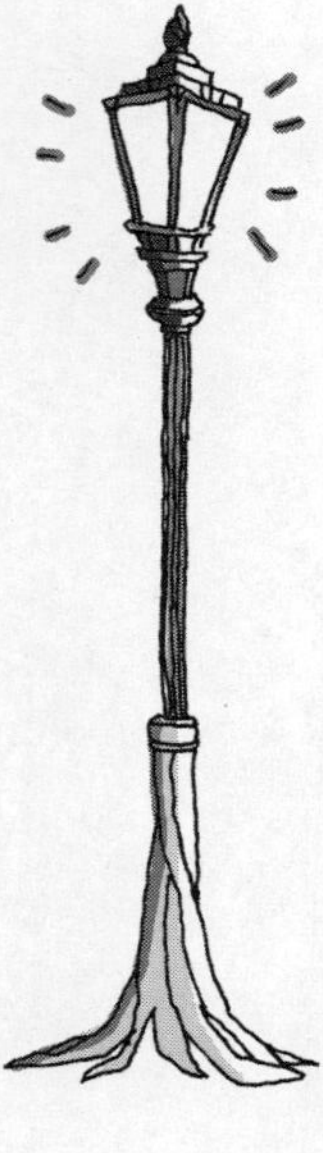

挿画／YOUCHAN

魔術師のおい

キルマー家の人々へ

1　ドアをまちがえた！

これは、はるか昔、読者諸君《しょくん》のおじいさんが少年だった時代に起こった、とても重要《じゅうよう》な物語である——というのは、わたしたちの世界とナルニア国との行き来がどのようにして始まったかを伝《つた》える物語だからだ。

この時代には、ベーカー街《がい》にはまだ名探偵《めいたんてい》シャーロック・ホームズ氏《し》が住んでいたし[1]、バスタブル家の子どもたちはルーイシャム通りで宝探《たからさが》しをしていた。[2]当時は、男の子ならば毎日イートン校の制服《せいふく》のような硬《かた》い襟《えり》[3]のついた服を着なければならなかったし、たいていの学校はいまよりひどい施設《しせつ》だった。ただし、食べ物はいまよりおいしかったし、お菓子《かし》ときたら、とても安くておいしかったのだが、ここではその話はしないことにしよう。読者諸君の口につばがたまるだけ気《き》の毒《どく》だから。そのころ、ロンドンにポリー・プラマーという名の女の子が住んでいた。

ポリーは何軒《なんげん》かの家が横につながっているテラスハウスのひとつに住んでいたのだが、ある朝、裏庭《うらにわ》で遊んでいたとき、となりの家の庭から男の子が塀《へい》をよじのぼって顔をのぞかせた。ポリーはびっくりした。というのは、それまで、となりの家に子どもが住んでいたことなど一度もなくて、ケタリー氏《し》とケタリー嬢《じょう》という年取った独《どく》身《しん》の兄と妹が住んでいるだけだったからだ。ポリーは興味津々《きょうみしんしん》で男の子を見上げた。はじめて見るその子の顔はひどく汚《よご》れていた。両手で泥《どろ》いじりをして、それから大泣《おおな》きして、その手で涙《なみだ》をぬぐったとしてもこれほどは汚れないだろう、というようなよごれかただった。じっさい、男の子はそれとほぼ同じようなことをしていた。

「こんにちは」ポリーが声をかけた。

「こんにちは」男の子が応《おう》じた。「名前、なんていうの?」

「ポリー。そっちは?」

「ディゴリー」

「へんな名前!」

『ポリー』ほどへんじゃないよ」

「へんだわよ」

「へんじゃないよ」

「どっちにしても、わたしは顔ぐらいちゃんと洗《あら》いますからね」ポリーが言った。

「あんたも顔洗ったほうがいいんじゃない？　とくに、さっきまで――」と言いかけて、ポリーは口をつぐんだ。ほんとうは「泣《な》いてたのなら」と言おうとしたのだが、さすがにそこまで言っては失礼《しつれい》かと思ったのだ。

「そうさ、想像《そうぞう》どおりだよ」ディゴリーはいちだんと声をはりあげた。みじめすぎて、泣いてたことを知られたってかまうもんか、と捨《す》てばちになっているような口ぶりだった。「誰《だれ》だって、泣きたくなるだろうさ」と、ディゴリーが続《つづ》けた。「これまで

1　シャーロック・ホームズ・シリーズが発表されたのは、一九世紀末《せいきまつ》から二〇世紀はじめ。
2　E・ネズビット作『宝探《たからさが》しの子どもたち』（一八九九年）。
3　上着《うわぎ》の折襟《おりえり》に重ねて幅広《はばひろ》で先のとがった白襟をつけた。イートン校は英国の名門パブリック・スクール。

YOUCHAN

ずっと広々とした郊外《こうがい》に住んでて、ポニーがいて、庭の先のほうには川だって流れてたのに、こんなひどい穴《あな》ぐらみたいな街《まち》に連《つ》れてこられてさ」

「ロンドンは穴ぐらじゃないわ」ポリーは腹《はら》をたてて言った。しかし、男の子はすっかりむきになっていて、ポリーにかまわず話しつづけた。

「それに、父さんがインドへ行っちゃってて、伯母《おば》さんや頭がどうかなってる伯父《おじ》さんといっしょに暮《く》らさなくちゃならなくなって（かんべんしてほしいよ！）――どうしてかっていうと、母さんの看病《かんびょう》をしてもらわなくちゃならないからで――そんで、母さんが病気で、もうすぐ――もうすぐ――死んじゃいそうだったら」そう言うと、男の子は涙《なみだ》をこらえようとして顔をゆがめた。

「知らなかった。ごめんね」ポリーはしゅんとして謝《あやま》った。そのあと、何をしゃべればいいかわからなかったし、ディゴリーの気もちを楽しい話題のほうに向けてあげたいと思ったので、こうたずねた。

「ケタリーさんって、ほんとに頭がどうかしてるの？」

「頭がどうかなってるか、そうでなけりゃ、何か別《べつ》の秘密《ひみつ》があるんだと思う。伯父さんの書斎《しょさい》はいちばん上の屋根裏《やねうら》部屋なんだけど、伯母《おば》さんはぜったいに書斎へ行っちゃだめって言うんだ。それだけでも怪《あや》しいのに、まだほかにもあるんだ。食事のときに、伯父《おじ》さんがぼくに何か言おうとすると——伯父さんは伯母さんには話しかけもしないからね——伯母さんは、いつも伯父さんを黙《だま》らせるんだ。『アンドリュー、この子にかまわないでちょうだい』とか、『ディゴリーはそんな話は聞きたくないと思いますよ』とか言って。そんで、『さ、ディゴリー、庭に出て遊んでいらっしゃい』なんて言うんだ」

「伯父さんは、どんな話をしようとするの？」

「わかんない。じっさいに話すとこまでいったことないから。けど、それだけじゃないんだ。ある夜——っていうのは、はっきり言うと、きのうの夜なんだけど——ぼくが寝室《しんしつ》へ行こうとして屋根裏部屋へ上がる階段《かいだん》の下を通ったとき（そこを通るのも気が進まないんだけど）、叫《さけ》び声《ごえ》が聞こえたんだ。ほんとだよ」

「もしかして、伯父さん、頭がどうかなってる奥《おく》さんを屋根裏部屋に閉《と》じこめてるとか？」

「うん、ぼくもそれは考えた」

「それとも、偽金《にせがね》づくり？」

「でなけりゃ、海賊《かいぞく》だったのかもしれない。『宝島《たからじま》』[4]の最初《さいしょ》のとこに出てくる男みたいに、昔の水夫仲間《すいふなかま》からずっと身を隠《かく》してるのかも」

「うわぁ、わくわくする！」ポリーが言った。「となりの家にそんなおもしろい話があったとはね」

「そっちから見りゃおもしろいかもしれないけど、そんな家で暮《く》らさなくちゃならないとなったら、どうかな。夜寝《ね》る前、ベッドにはいって目がさえてるときに、アンドリュー伯父《おじ》さんの足音が廊下《ろうか》を近づいてくるのが聞こえたら、どう思う？　それに、伯父さんって、すごくおっかない目つきしてるんだ」

こんなふうにして、ポリーとディゴリーは知り合いになった。それはちょうど夏休みが始まったころで、その夏は二人とも海辺《うみべ》の別荘《べっそう》へ行く予定もなかったので、ほと

4　ロバート・スティーヴンスンの小説《しょうせつ》（一八八三年）。

んど毎日のように顔を合わせることになった。

二人の冒険《ぼうけん》が始まった最大《さいだい》の理由は、その夏が何年ぶりというくらいに雨つづきの寒い夏だったからだ。そんな天気のおかげで二人は家の中で遊ばざるをえず、いきおい家の中を探検《たんけん》する機会《きかい》が増《ふ》えたというわけだった。大きな屋敷《やしき》や棟《むね》つづきのテラスハウスなら、ちびたろうそく一本あれば、とびっきりの探検を楽しめるものだ。ポリーはずっと前から知っていたのだが、テラスハウスの屋根裏《やねうら》の納戸《なんど》には小さなドアがあって、それを開けたところに貯水《ちょすい》タンクがあり、ちょっと気をつけてよじ登ればタンクの奥《おく》に続《つづ》く暗がりにはいりこめるようになっていた。暗がりは、片側《かたがわ》がレンガの壁《かべ》、もう一方が傾斜《けいしゃ》した屋根にはさまれた三角形の長いトンネルのような空間で、屋根にはところどころにスレート瓦《がわら》のすきまがあって光がさしこんでいた。このトンネルには床《ゆか》が張《は》ってないので、梁《はり》から梁へと渡《わた》って歩かなければならない。梁と梁のあいだはしっくいを塗《ぬ》っただけの天井《てんじょう》なので、そこを踏《ふ》むと天井を突《つ》き破《やぶ》って下の部屋に落下することになる。ポリーは貯水タンクのすぐ脇《わき》の暗がりを〈密輸《みつゆ》商人の洞窟《どうくつ》〉に見立てて使っていた。古い荷物箱の板きれとかこわれたダイニング・チェア

YOUCHAN

の座面板《ざめんいた》などを運びこんで、それを梁《はり》と梁のあいだに渡《わた》して床板《ゆかいた》がわりにして、そこにいろいろな宝物《たからもの》を入れた金庫を置《お》いたり、書きかけの物語を隠《かく》したりしていたのだ。リンゴも、たいてい二、三個《こ》ばかり置いてあった。ときには、ここでひそかにジンジャービールを飲《う》んだりもした。空《あ》きびんが並《なら》んでいると、いっそう秘密《ひみつ》の洞窟《どうくつ》っぽい雰囲気《ふんいき》が高まるのだった。

ディゴリーはこの洞窟をとても気に入ったが(ポリーは書きかけの物語は見せようとしなかった)、それよりもっと興味《きょうみ》をそそられたのは探検《たんけん》だった。

「ねえ、このトンネル、どこまで続《つづ》いてるの?」ディゴリーが言った。「つまり、きみん家《ち》の端《はし》のところでトンネルはおしまいになってるわけ?」

「ううん」ポリーが答えた。「壁《かべ》は屋根までは張《は》り出《だ》してないの。だから、トンネルはずっと続いてるわ。どこまで続いているか、知らないけど」

「じゃあ、テラスハウスのいちばんむこうの端まで行けるってことだね」

「でしょうね」ポリーが言った。「あっ、そうか!」

「なに?」

「それって、ほかの家にもはいれるってことじゃない？」

「そんで、泥棒《どろぼう》にまちがわれるってこと？　ぼくはごめんだね」

「わかったような口きかないの。わたしが考えてたのは、あんたの家のもひとつ先の家のことよ」

「その家がどうかしたの？」

「空《あ》き家《や》なのよ。お父さんが言ってたけど、わたしたちがここに越《こ》してきたときからずっと空き家なんだって」

「それは、ちょっとのぞいてみないとね」口から出た言葉はこれだけだったが、ほんとうのところ、ディゴリーはすごく興奮《こうふん》していた。その家がそんなに長いこと空き家だった理由をあれこれ想像《そうぞう》したからだ。ポリーも同じだったが、二人とも「おばけ屋《や》敷《しき》」という言葉は口に出さなかった。そして、二人とも、いったんやろうと口にした以上《いじょう》あとには引けない気分になっていた。

5　ショウガと砂糖《さとう》とイーストに湯を加《くわ》えて発酵《はっこう》させ、レモン汁《じる》を加《くわ》えた炭酸飲料《たんさんいんりょう》。

「これから行ってみようか？」ディゴリーが提案《ていあん》した。

「いいわよ」ポリーが応《おう》じた。

「いやなら、やめといてもいいんだよ」

「そっちがその気なら、受けて立つわよ」

「どうやったら、一軒《けん》おいてむこうの家まで到達《とうたつ》したってわかるかな？」

二人は、こんなふうに考えた。まず、納戸《なんど》にもどって、梁《はり》と梁の間隔《かんかく》と同じ歩幅《ほはば》で歩いて、納戸《なんど》の端《はし》から端まで何歩あるかを測《はか》ってみる……そうすれば、ひとつの部屋に梁が何本あるかがわかる……あと、屋根裏《やねうら》には納戸とお手伝《てつだ》いさんの部屋があって、そのあいだに通路があるから、通路ぶんとして梁四本くらいを見込《みこ》んでおく……お手伝いさんの部屋の梁の数は納戸の梁の数と同じだから、それで家の幅《はば》がわかるはず……その二倍の距離《きょり》を進めば、ディゴリーの家の端まで進んだことになるわけだから、それより先にあるドアを開ければ、空《あ》き家《や》の屋根裏部屋に出られるはず……。

「けどさ、ほんとは空き家じゃないんじゃないかな？」ディゴリーが言った。

「どういうこと？」

「誰《だれ》かが内緒《ないしょ》で住んでるんじゃない？　夜しか出入りしないようにして、光がもれないようにしたランタンを使うとか。きっと、ものすごい凶悪犯《きょうあくはん》の一味《いちみ》が住んでて、ぼくたちつかまってひどい目にあうんだ。だってさ、何年もずっと空《あ》き家《や》になってるなんて、おかしいよ。何か秘密《ひみつ》があるはずだ」

「お父さんは、下水が詰《つ》まってるからだろうって言ってたけど？」

「ふん！　大人《おとな》ってのは、いつもつまんない説明《せつめい》ばっかり考えるんだ」ディゴリーが言った。このときはろうそくの光が怪《あや》しく揺《ゆ》れる〈密輪《みつゆ》商人の洞窟《どうくつ》〉ではなくて、日の光がさしこむ明るい屋根裏《やねうら》部屋で話をしていたので、空き家に幽霊《ゆうれい》が出るという話はあまり真《しん》に迫《せま》っては感じられなかった。

屋根裏部屋を計測《けいそく》したあと、二人は鉛筆《えんぴつ》を取り出して計算してみた。最初《さいしょ》は二人の答えがちがったが、そのうちに同じ答えになった。とはいっても、正しい答えにたどりついたかどうかは怪《あや》しいものだった。二人とも早く探検《たんけん》に出たくて、大急ぎで計算したからだ。

「音をたてちゃ、だめよ」ポリーがふたたび貯水《ちょすい》タンクの後ろ側《がわ》によじのぼりながら言った。きょうの探検《たんけん》は非常《ひじょう》に重要《じゅうよう》なので、二人はろうそくを一本ずつ持っていた（ポリーは〈洞窟《どうくつ》〉にけっこうな数のろうそくをためこんでいた）。

トンネルの中はとても暗くてほこりっぽく、すきま風が通っていて、二人は梁《はり》から梁へと渡《わた》りながら進んでいった。二人ともおしゃべりは控《ひか》え、ときどき小声で「いま、あんたん家《ち》の屋根裏《やねうら》部屋の裏《うら》よ」とか、「これで全体の半分まで来たはず」などとささやきあうだけだった。こうして、つまずくこともなく、ろうそくが消えることもなく、二人はとうとう右手のレンガ壁《かべ》に小さなドアが見えるところまで来た。ドアのこちら側《がわ》には、当然《とうぜん》ながら、かんぬきも取っ手も見あたらない。ドアは屋根裏部屋からトンネルへ出るためのものであって、トンネルから屋根裏部屋へはいるためのものではないからだ。でも、受け金具（食器棚《しょっきだな》の扉《とびら》の内側《うちがわ》についているようなもの）が見えたので、二人はそれを回すことができるにちがいないと考えた。

「やる？」ディゴリーが言った。

「そっちがその気なら、受けて立つわよ」ポリーがさっきとそっくり同じ言葉で応《おう》じた。二人ともだんだん遊びではすまなくなってきているのを感じていたが、どちらもあとに引く気はなかった。ディゴリーが少し苦戦《くせん》しながら受け金具を押《お》して回すと、ドアがさっと開いていきなり日の光がさしたので、二人は思わずまばたきした。そして、目の前にあるのががらんとした空《あ》き部屋ではなく、ちゃんと家具のそろった部屋なのを見て、ぎょっとした。とはいっても、部屋はたしかに人気《ひとけ》のない感じではあった。物音ひとつ聞こえない。ポリーは好奇心《こうきしん》のほうが先に立って、ろうそくの火を吹《ふ》き消《け》し、ネズミほどの物音も立てずに奇妙《きみょう》な部屋へ足を踏《ふ》み入《い》れた。

そこはもちろん屋根裏《やねうら》部屋だったが、家具や調度は居間《いま》のようなしつらえだった。壁《かべ》という壁に棚《たな》が造《つく》りつけてあって、どの棚にもすきまなく本が並《なら》んでいた。暖炉《だんろ》には火が燃《も》えていて（その夏は雨が多くてとても寒かったのだ）、暖炉の前に背《せ》もたれの高いひじかけ椅子《いす》がむこう向きに置《お》いてあった。ひじかけ椅子とポリーのあいだには部屋の真ん中をほとんど占領《せんりょう》するくらいの大きなテーブルがあって、その上にいろいろなものがのっていた。本、ノート、インクびん、ペン、封蝋《ふうろう》[6]、顕微鏡《けんびきょう》。けれ

6　手紙の封《ふう》をするのに使う蝋《ろう》。

ども、何よりまずポリーの目を引いたのは、真っ赤《まか》な木のトレーに並《なら》べられた指輪《ゆびわ》だった。黄色い指輪と緑色の指輪が二つ一組にして置《お》いてあって、少し間隔《かんかく》をあけて、また黄色の指輪と緑色の指輪が一組、というふうに並《なら》んでいた。大きさはふつうの指輪と同じくらいで、思わず目を奪《うば》われるような鮮《あざ》やかな色をしていた。こんなに美しくきらきら光るものがあるのだろうかと思うほどきれいな指輪で、ポリーがもっと小さい子どもだったら口に入れてみようとしたことだろう。

部屋の中は静《しず》まりかえっていて、時計のカチカチ進む音がやけに大きく聞こえた。とはいっても、部屋の中がいっさい何の音もなく静まりかえっているかというと、そうでもないことに、ポリーは気がついた。かすかな、ほんのかすかな音がするのだ。ブーンとうなるような音が。もしも当時、電気掃除機《そうじき》なるものが発明されていたとしたら、ポリーはどこか遠くで――何階も何部屋もへだてた遠くで――誰《だれ》かがフーバー掃除機を使っているのだと思ったことだろう。でも、そのとき聞こえていたのは掃除機よりも心地《ここち》よい音で、もっと音楽的な感じの音だった。ただ、あまりにかすかで、ほとんど聞き取れないくらいの音だった。

「だいじょうぶよ、誰《だれ》もいないわ」ポリーは肩《かた》ごしにディゴリーに声をかけた。もう、ささやき声よりは大きな声になっていた。そこで、ディゴリーもトンネルから部屋へはいってきて、目をぱちくりさせた。それにしても、服がひどく汚《よご》れている――それを言うなら、ポリーも同じだったが。

「これは、まずいよ」ディゴリーが言った。「空《あ》き家《や》なんかじゃないよ。誰《だれ》か来るまえに逃《に》げたほうがいいよ」

「ねえ、あれ、何だと思う？」ポリーが鮮《あざ》やかな色の指輪《ゆびわ》を指さして言った。

「そんなの、どうでもいいから。早くしないと――」

ディゴリーの言葉は、そこまでだった。ちょうどそのとき、暖炉《だんろ》の前の背《せ》の高いひじかけ椅子《いす》が急に動いて、人がパッと立ちあがったのだ。トラップドアがいきなり跳《は》ね上《あ》がってパントマイムの悪魔《あくま》が舞台《ぶたい》に躍《おど》り出《で》たようなかっこうで姿《すがた》をあらわしたのは、なんと、アンドリュー伯父《おじ》だった。ここは空き家どころかディゴリーの家で、しかも立《た》ち入《い》り禁止《きんし》の書斎《しょさい》だったのだ！　ポリーもディゴリーも「わっ！」と叫《さけ》んで、とんでもないまちがいをしでかしたことを悟《さと》った。トンネルを進んだ距離《きょり》があれじゃ短すぎるってことぐらいわかっていたはずなのに、と二人とも後悔《こうかい》した。アンドリュー伯父《おじ》は背《せ》が高くて、ガリガリにやせていた。長い顔で、ひげはきれいに剃《そ》ってあり、つんととがった鼻に、ぎらぎら光る目、髪《かみ》がくしゃくしゃに乱《みだ》れた白《しら》髪頭《が》だった。

ディゴリーは言葉が出なかった。アンドリュー伯父はいつもの一〇〇〇倍も異様《いよう》な目つきをしていたのだ。ポリーのほうは当初《とうしょ》はそれほどおびえはしなかったものの、こちらも間《ま》を置《お》かずして恐怖《きょうふ》を感じることになった。というのは、アンドリュー伯父がいきなり書斎《しょさい》の戸口へ行って、ドアを閉《し》めて鍵《かぎ》をかけてしまったからだ。そのあと、アンドリュー伯父はふりかえり、ぎらぎら光る目で子どもたちを見すえ、歯をむきだしてニカッと笑《わら》った。

「これでよし！　これなら、あのバカな妹もはいってこられまい！」

大のおとながすることとは、とても思えなかった。ポリーは口から心臓《しんぞう》が飛《と》び出《だ》しそうだった。ポリーとディゴリーは、さっきはいってきた小さなドアのほうへ後ずさりしはじめた。しかし、ここでもアンドリュー伯父が先手《せんて》を取った。二人の背後《はいご》に回りこんで、小さなドアも閉《し》めてしまい、その前に立ちはだかったのだ。そして、両手をすりあわせ、指の関節《かんせつ》をポキポキ鳴らした。すごく長くて白くてきれいな指だった。

「きみたちが来てくれて、うれしいよ」アンドリュー伯父《おじ》は言った。「ちょうど、子どもが二人ほしかったところなんだ」

「すみませんが、ケタリーさん」ポリーが言った。「もうすぐお昼ごはんの時間なので、わたし、帰らなくちゃならないんです。ここから出していただけませんか？」

「すぐには無理《むり》だね」アンドリュー伯父が言った。「こんなチャンスを逃《のが》すわけにはいかない。わたしは子どもが二人ほしかったんだ。いいかね、わたしは偉大《いだい》な実験《じっけん》をしている最中《さいちゅう》なのだ。モルモットを使ってやってみたのだが、たぶんうまくいったと思う。しかし、モルモットからじゃ何も話が聞けんし、もどってくる方法《ほうほう》も教えようがないのでね」

「いいですか、アンドリュー伯父さん」ディゴリーが口を開いた。「ほんとうに、もう昼ごはんの時間なんです。すぐに、みんな、ぼくたちを探《さが》しはじめますよ。ここから出してくれないと困《こま》ります」

「困ります?」アンドリュー伯父《おじ》が聞き返した。ディゴリーとポリーは顔を見合わせた。口には出さなかったが、二人とも、「とんでもないことになっちゃったね」「伯父さんのごきげんを取ったほうがいいかな?」などと考えたのだった。

「いま、お昼ごはんに行かせてくださるなら、ごはんのあとでもどってきてもいいですけど」ポリーが提案《ていあん》した。

「ほう。だが、ちゃんともどってくると、どうしてわかるかな?」アンドリュー伯父は狡猾《こうかつ》そうににやにや笑《わら》いながら言った。が、そのあと気が変《か》わったようで、「まあ、いい。わかったよ」と言った。「行かなくちゃならんと言うのなら、そうするしかないな。きみたちのような若《わか》い人がわたしのような老《お》いぼれと話をしたって、おもしろくも何ともないだろうからね」アンドリュー伯父はため息をついて、言葉を続《つづ》けた。「わたしがときどきどんなにわびしい気分になるか、きみたちにはわからないだろうね。しかし、そんなことはどうでもいい。昼ごはんに行きなさい。ただし、行く前にプレゼントをさせてほしい。こんなむさくるしい書斎《しょさい》に女の子がやってきてくれるなんて、めったにあることではないからね。とくに、失礼《しつれい》ながら、あなたのようなかわいらしいお嬢《じょう》ちゃんはね」

このおじさん、頭がどうかしてるというほど変でもないかも……と、ポリーは思いはじめた。

「お嬢ちゃん、指輪《ゆびわ》はお好《す》きではないかな？」アンドリュー伯父《おじ》はポリーに話しかけた。

「その黄色いのや緑色の指輪のことですか？」ポリーが言った。「とってもすてきだと思います！」

「緑色のはだめなんだよ」アンドリュー伯父が言った。「緑色のはさしあげられないんだが、黄色の指輪なら、どれでもよろこんでプレゼントしますよ。愛《あい》をこめて。こっちへ来て、指にはめてごらん」

ポリーはすっかり恐怖《きょうふ》を忘《わす》れ、目の前の老紳士《ろうしんし》はだんじて変人なんかじゃない、と思った。それに、ぴかぴか光る指輪には、まちがいなく何か不思議《ふしぎ》な魅力《みりょく》があった。ポリーはトレーに近づいた。

「うわあ、信《しん》じられない！　あのブーンっていう音、ここに来たらだんだん大きく聞こえてきたわ。まるで指輪《ゆびわ》が音を出してるみたい」

「おもしろいことを言うね、お嬢《じょう》ちゃん」アンドリュー伯父《おじ》は笑《わら》いながら言った。それはきわめて自然《しぜん》を装《よそお》った笑《わら》い声《ごえ》だったが、ディゴリーはアンドリュー伯父の顔にうかんだ食いいるような、ほとんど貪欲《どんよく》といってもいいくらいの表情《ひょうじょう》を見のがさなかった。

「ポリー！　馬鹿《ばか》なことをするな！」ディゴリーが叫《さけ》んだ。「さわっちゃだめだ！」

しかし、手遅《ており》れだった。ディゴリーが言葉を発した瞬間《しゅんかん》に、ポリーが手を伸《の》ばして指輪に触《ふ》れた。そのとたん、閃光《せんこう》も音もなしに、いきなりポリーの姿《すがた》が消えた。部屋に残《のこ》ったのは、ディゴリーとアンドリュー伯父の二人だけだった。

2　ディゴリーとアンドリュー伯父《おじ》

　あまりに唐突《とうとつ》な展開《てんかい》であり、悪夢《あくむ》にさえ見たことのないような恐《おそ》ろしいできごとだったので、ディゴリーは悲鳴をあげた。即座《そくざ》にアンドリュー伯父の手がディゴリーの口をふさいだ。「声を出すな！」耳もとで押《お》し殺《ころ》した声がした。「声をたてれば、おまえの母親が聞きつけるぞ。恐《おそ》ろしい思いをさせれば母親のからだにさわるということが、わからんのか」

　ディゴリーは、のちになって、子どもをこんなふうに脅《おど》しつけて言うことをきかせるやり方がどれほど卑劣《ひれつ》か、吐《は》き気《け》がしたくらいだ、と話していたものだが、とにかく、ディゴリーはそれきり叫《さけ》び声《ごえ》を出さなかった。

「それでいい」アンドリュー伯父が言った。「悲鳴をあげたのも、まあ無理《むり》からぬこ

YOUCHAN

とではある。人が消えるのをはじめて見れば、ショックだからな。このわたしでさえ、このあいだモルモットが消えたときは、ぎょっとしたものだ」

「あの夜の叫《さけ》び声《ごえ》がそれだったんですか?」ディゴリーが聞いた。

「ほう、それでは、あれを聞いたんだな? わたしを監視《かんし》しておったのかね?」

「そんなこと、してません」ディゴリーは憤然《ふんぜん》として言い返した。「でも、ポリーはどうなったんですか?」

「おめでとうと言ってくれたまえ」アンドリュー伯父《おじ》は両手をすりあわせながら言った。「実験《じっけん》が成功《せいこう》したのだ。あの女の子はこの世界からいなくなった——消えたのだ」

「ポリーに何をしたんです?」

「送り出したのだよ——まあ、いわば、別《べつ》の場所へ」

「それ、どういうことですか?」ディゴリーが詰《つ》め寄《よ》った。

アンドリュー伯父は椅子《いす》に腰《こし》をおろしてから口を開いた。「そうだな、ぜんぶ話して聞かせてやろう。おまえはルフェイばあさんの名を聞いたことがあるかね?」

「大伯母《おおおば》さんか何かじゃありませんか?」ディゴリーが答えた。

「ちょっとちがうな」アンドリュー伯父《おじ》が言った。「ルフェイばあさんは、わたしの名付《なづ》け親《おや》だ。ほれ、そこの壁《かべ》にかかっとるのがルフェイばあさんだ」

見ると、壁にあせた写真がかかっていた。ボンネットをかぶった老女《ろうじょ》の顔。ディゴリーは、郊外《こうがい》の家に住んでいたとき、古いひきだしの中にそれと同じ写真があったのを思い出した。あのとき、お母さんにそれは誰《だれ》なのかとたずねたら、お母さんは言葉をにごしていた。ぜんぜん好《す》きになれそうにない顔だとディゴリーは思った。とはいっても、もちろん、昔の写真ではほんとうの顔つきなどわかるものではないが。

「その人、何かまずいことでもしたんですか、伯父さん?」

「まあな」アンドリュー伯父は含《ふく》み笑《わら》いをうかべた。「『まずい』の意味にもよるがね。世間は心が狭《せま》いものさ。たしかに、晩年《ばんねん》のルフェイばあさんはかなりいかがわしい人物ではあった。愚《おろ》かなことをしたもんだ。それで、閉《と》じこめられるような羽目《はめ》になったのさ」

「精神科病院に、ってことですか?」

「いや、いや、いや、そうではない」アンドリュー伯父は、とんでもない、といった調子で否定《ひてい》した。「そっちの方面ではない。刑務所《けいむしょ》にはいっていただけさ」

「なんだって！　いったい何をしたんですか？」

「哀《あわ》れな女よ」アンドリュー伯父《おじ》は言った。「まことに愚《おろ》かなことをしたものだ。いろいろあってな。いちいち細かくは言わんが。わたしには、いつもたいへんよくしてくれた」

「でも、それがポリーとどう関係《かんけい》あるんですか？　さっさと――」

「まあ待ちなさい。ルフェイばあさんは死ぬ前に釈放《しゃくほう》されたんだが、病床《びょうしょう》にあった晩年《ばんねん》にはほとんど人を近づけなかった。わたしは彼女《かのじょ》に目通《めどお》りがかなったごく少数の一人なのだ。ルフェイばあさんは凡庸《ぼんよう》で無知《むち》な人間をきらうようになった。わかるね。わたしも同じだ。しかし、ルフェイばあさんとわたしは同好《どうこう》のよしみでな。死ぬ二、三日前のことだった、ルフェイばあさんはわたしを呼《よ》んで、ばあさんの家にある古い机《つくえ》のところへ行って秘密《ひみつ》のひきだしをあけて中にある小さな箱を持ってくるように、と言った。その箱を手にした瞬間《しゅんかん》、わたしは指先のうずきで直感した。その箱にはたいへんな秘密が隠《かく》されている、ということをな。ルフェイばあさんはその箱をわたしに渡《わた》して、自分が死んだらすぐに、箱をけっして開けることなく、これこれしかじかの儀式《ぎしき》をしたうえで焼《や》き捨《す》てるように、と約束《やくそく》させた。わたしはその約束を守らなかったがね」

「最低《さいてい》ですね」ディゴリーが言った。

「最低?」アンドリュー伯父《おじ》は、わけがわからないという顔をした。「ああ、なるほど。つまり、良い子は約束を守らなくちゃいかんということを言いたいのかな。たしかにそのとおりだ。まことにもって文句《もんく》のつけようもない。おまえがそういうふうに教えられて育ったのは、たいへんけっこうだ。しかし、もちろんおまえにもわかると思うが、その手の決まりごとは女子供《おんなこども》や召使《めしつかい》や、あるいは世間一般《いっぱん》の連中《れんちゅう》にはたいへんけっこうだとしても、深い知識《ちしき》を有する学究《がっきゅう》の徒《と》や偉大《いだい》なる思想家や賢人《けんじん》にはとうていあてはまらないものなのだ。わかるかね、ディゴリー。わたしのように秘《ひ》めたる叡智《えいち》を持ちあわせておる人間は、世間一般の決まりごとには縛《しば》られないのだ——世間一般の楽しみごとに無縁《むえん》であると同じく。いいかね、わたしのような人間は、孤高《ここう》なる運命をさずけられておるのだ」

こう語りながら、アンドリュー伯父《おじ》はため息をつき、ひどく深刻《しんこく》で高尚《こうしょう》で謎《なぞ》めいた顔つきをしたので、少しのあいだ、ディゴリーは伯父が何かすばらしいことを言っているような気がしてきたくらいだった。しかし、ポリーが消える直前にアンドリュー伯父の顔にうかんださもしい表情《ひょうじょう》を思い出したとたん、たいそうな言葉の裏《うら》にある本音《ほんね》が見えた。「要《よう》するに、自分の望《のぞ》むものを手に入れるためには何をやってもいいと思ってるんだな」ディゴリーは心の中でつぶやいた。

「もちろん」アンドリュー伯父が続《つづ》けた。「わたしは長いあいだ箱を開けはしなかった。非常《ひじょう》に危険《きけん》なものがはいっておるかもしれんとわかっていたからだ。わたしの名付《なづ》け親《おや》はきわめて人間ばなれした女性《じょせい》だったのでね。ほんとうのことを言うと、ルフェイばあさんはこの国で妖精《ようせい》の血を引く最後《さいご》の人間の一人だったのだ（ばあさんの話では、あの時代、妖精の血を引く人間がほかにあと二人いて、一人は公爵夫人《こうしゃくふじん》で、もう一人は家政婦《かせいふ》だという話だった）。要《よう》するにだね、ディゴリー、おまえは妖精の血を引く名付《なづ》け親《おや》を持つ（おそらく）最後の人間と話をしておる、ということだ。どうだ！　おまえが年寄《としよ》りになったころには自慢《じまん》の思い出話になるぞ」

「その人は悪い妖精《ようせい》だったにちがいない」とディゴリーは思った。そして、声に出して「それで、ポリーのことは?」と聞いた。

「おまえもしつこいな!」アンドリュー伯父《おじ》が言った。「なんで、そんなつまらんことばかり聞きたがる! わたしが最初《さいしょ》に取りかかったのは、もちろん、箱そのものを調べることだった。それは非常《ひじょう》に古い箱で、その時点ですでに、わたしには、その箱がギリシア時代のものでもなく、古代エジプトのものでもなく、バビロニアやヒッタイトや中国のものでもないことぐらいは、わかっていた。そのような国々よりはるかに時代をさかのぼったものだったのだ。ああ——ついに真実を見つけた日こそは、記念《きねん》すべき日であった。その箱はアトランティスのものだった。失《うしな》われし幻《まぼろし》のアトランティス島から来たものだったのだよ。ということは、つまり、ヨーロッパで出土する石器《せっき》時代の遺物《いぶつ》より何百年も古いということだ。しかも、石器時代の遺物のような粗末《そまつ》で素朴《そぼく》な物ではない。太古《たいこ》の昔からすでに、アトランティスは偉大《いだい》なる都市であり、宮殿《きゅうでん》や寺院や学者たちが存在《そんざい》したのだ」

アンドリュー伯父はここでいったん口をつぐんで、ディゴリーに何か言ってほしそうにしたが、伯父《おじ》に対する反感が一分ごとに増《ま》していたディゴリーは黙《だま》って伯父を無《む》視《し》した。

「そのあいだにも」アンドリュー伯父は話を続《つづ》けた。「わたしはほかのさまざまな方《ほう》法《ほう》で（子どもに説明《せつめい》するのははばかられるが）魔術《まじゅつ》一般《いっぱん》について多種多様《たしゅたよう》な知識《ちしき》を身につけていった。その結果《けっか》、箱の中身がどのようなものであるか、だいたい見当がつくようになった。わたしはいろいろなテストをおこなって、可能性《かのうせい》を絞《しぼ》っていった。その過程《かてい》で、何人か邪悪《じゃあく》な変人《へんじん》どもと交誼《こうぎ》を結《むす》ぶことになり、じつに不愉快《ふゆかい》な経験《けいけん》もしなければならなかった。そのせいで、髪《かみ》がこんなに白くなってしまったのだ。魔《ま》術師《じゅつし》というものは、おいそれとなれるものではないからな。おかげでからだまでこわしたが、それは回復《かいふく》した。そしてついに、はっきりとわかったのだ」

他人が盗《ぬす》み聞《ぎ》きしている可能性など万にひとつもないにもかかわらず、アンドリュー伯父は前かがみになって、ささやくような小声で言った。

「アトランティスの箱には、われわれの世界が始まったばかりのころに別《べつ》の世界から持ちこまれたあるものがはいっていたのだ」

「何？」ディゴリーは知らず知らずのうちに話に引きこまれていた。

「ただの土さ」アンドリュー伯父《おじ》は言った。「細かい乾《かわ》いた土だ。見た目は何の変哲《へんてつ》もない。なんだ、そんなもののために一生を費《つい》やしたのか、と言うかもしれんが、しかし、その土をつらつら眺《なが》めて（さわらぬよう厳重《げんじゅう》に注意はしておったが）その一粒《つぶ》一粒が別《べつ》の世界に存在《そんざい》したものだと考えたとき――いや、別の惑星《わくせい》ではないぞ。惑星はわれわれの世界の一部であって、それなりの距離《きょり》を進めば行き着くことができる。そうではなくて、正真正銘《しょうしんしょうめい》〈別の世界〉、ここことは別の物質界《ぶっしつかい》のこと、別の宇宙《うちゅう》のことを言っておるのだ。この宇宙を永遠《えいえん》にどこまで進んでいったところでぜったいに到達《とうたつ》できない世界のこと、魔法《まほう》の力を使う以外《いがい》に行くことのできない世界のことを言っておるのだ。いいかね！」ここでアンドリュー伯父は両手をすりあわせて、手の指をポキポキ鳴らした。

「わたしにはわかっていた」アンドリュー伯父は話を続《つづ》けた。「しかるべき形に作ることさえできれば、その土にはもともと存在した世界へ人を引きもどす力がある、ということを。しかし、問題は、しかるべき形に作る、という部分だった。これまで、わたしの実験《じっけん》はすべて失敗《しっぱい》だった。モルモットを使ってやってみたのだが、何匹《なんびき》かはただ死んでしまったし、何匹かは小さな爆弾《ばくだん》のように飛《と》び散《ち》った――」

「残酷《ざんこく》なことするんですね」モルモットをペットにしていたことのあるディゴリーが口をはさんだ。

「なんで、おまえはそう話の腰《こし》を折《お》るのだ！　モルモットなんぞ、そのためにあるんじゃないか。わたしが自分で金を出して買ったモルモットだぞ。さて、と――どこまで話したかな？　ああ、そうだ。そして、ついに、わたしは指輪《ゆびわ》を作ることに成功《せいこう》したのだ。それが黄色の指輪だ。しかし、ここで新しい問題がもちあがった。黄色い指輪がそれに触《ふ》れた生き物を〈別《べつ》の場所〉へ送りこむという点については、かなり確信《かくしん》が持てたのだが、そいつを連《つ》れもどしてむこうがどんな世界だったかを聞けなけりゃ役に立たん、ということだ」

「じゃ、送りこまれた動物たちはどうなるんです？」ディゴリーが言った。「もどってこられないんじゃ、とんだ迷惑《めいわく》じゃないですか！」

「おまえは、どうしてそう、まちがったものの見方ばかりするのだ」アンドリュー伯《お》父《じ》は、いらついた表情《ひょうじょう》を見せた。「これがいかに偉大《いだい》な実験《じっけん》であるか、わからんのか？ 誰《だれ》かを〈別《べつ》の場所〉へ送りこむ目的《もくてき》は、そこがどういう世界であるかを知りたいからなのだ」

「じゃあ、どうして自分で行かなかったんですか？」

この単純《たんじゅん》な質問《しつもん》をされたときのアンドリュー伯父の顔ほど意外にして心外《しんがい》な表情を、ディゴリーは見たことがなかった。「わたしが？ このわたしが、だと？」アンドリュー伯父は声をあげた。「おまえは頭がおかしいにちがいない！ わたしのような老境《ろうきょう》にある人間に、わたしのように健康《けんこう》をそこねておる人間に、とつぜん別の世界へ放《ほう》りこまれるショックや危険《きけん》をおかせと言うのか。そのような非常識《ひじょうしき》な話は、生まれてこのかた聞いたことがない！ おまえは自分の言ったことがわかっておるのか？ 考えてみなさい、〈別の世界〉なんだぞ？ 何が存在《そんざい》するか、どんなものがおるか、わからんのだぞ？」

「だからポリーを送りこんだって言うんですか？」ディゴリーは怒《いか》りで顔を真っ赤《まっか》にして言った。「あきれて、ものが言えませんよ。伯父さんだからって、遠慮《えんりょ》なんかするもんか。そんなのは卑怯者《ひきょうもの》だ。自分で行くのが怖《こわ》いような場所に女の子を送りこむなんて、卑怯者のすることだ」

「黙《だま》りなさい！」アンドリュー伯父《おじ》はテーブルを手でどんとたたいた。「薄汚《うすよご》れた小僧《こ ぞう》にそんな口をきかれてたまるか。おまえにはわからんのだ。わたしは偉大《いだい》な学者なのだぞ。老練《ろうれん》なる魔術師《まじゅつし》にして、ただいま実験《じっけん》の最中《さいちゅう》にあるのだぞ。もちろん、実験には実験材料《ざいりょう》が必要《ひつよう》だ。まったくあきれた小僧だ。この調子じゃ、モルモットを使う前に本人たちの許可《きょか》を得《え》るべきだったなどと言い出しかねん！　偉大なる叡智《えいち》に到達《とうたつ》するには、犠牲《ぎせい》が必要なのだ。しかし、わたしが自分で行くなどということは、馬鹿馬鹿《ばかばか》しくて話にならん。それでは、まるで大将《たいしょう》をつかまえて一兵卒《いっぺいそつ》のように戦《たたか》えというに等しいではないか。もしわたしが殺《ころ》されでもしたら、わたしの生涯《しょうがい》を費《つい》やした研究はどうなるのだ？」

「つまんないおしゃべりはやめてください」ディゴリーは言った。「ポリーを連《つ》れもどしてくれるんですか？」

「いまその話をしようとしておったのに、おまえが無礼《ぶれい》にも話の腰《こし》を折《お》ったのではないか」アンドリュー伯父《おじ》は言った。「わたしはついに、連《つ》れもどす方法《ほうほう》を発見したのだ。緑の指輪《ゆびわ》が、この世界へ引きもどしてくれる」

「だけど、ポリーは緑の指輪を持ってませんよ?」

「さよう」アンドリュー伯父は冷酷《れいこく》な笑《わら》いをうかべた。

「それじゃもどれないじゃないか!」ディゴリーは叫《さけ》んだ。「伯父さんがポリーを殺《ころ》したも同然《どうぜん》だ!」

「もどれるとも」アンドリュー伯父は言った。「誰《だれ》かが黄色の指輪をつけてあの子を追いかけていけばいい。そして、緑の指輪を二つ持っていくのだ。ひとつは自分がもどってくるために、もうひとつはあの子がもどってくるために」

ここまで言われれば、もちろん、ディゴリーも自分が罠《わな》にはめられたことを理解《りかい》した。ディゴリーはものも言えず、口をあんぐり開けたままアンドリュー伯父を見つめた。頬《ほお》からはすっかり血の気《け》が引いていた。

「そういうわけであるから」アンドリュー伯父はひどく高慢《こうまん》な声で言った。まるで、自分は非《ひ》の打ちどころのない伯父としておしみなく秘法《ひほう》を開陳《かいちん》し、ありがたき助言を垂《た》れてやるのだ、と言わんばかりの態度《たいど》だった。「そういうわけであるから、ディゴリー、ここでおまえが臆病風《おくびょうかぜ》に吹《ふ》かれんことを祈《いの》るばかりだ。わが一族の中に、えと――難儀《なんぎ》をしておられるレディを助けに行くだけの義俠心《ぎきょうしん》と騎士道精神《きしどうせいしん》を持ち合わせぬ輩《やから》がおっては口惜《くちお》しいからな」

「黙《だま》れ！」ディゴリーが言った。「あんたにその義俠心だの何だのがあったなら、自分で行ってるはずだろう。だけど、あんたは自分じゃ行かないんだ。わかったよ。ぼくが行くしかないようだな。あんたは人でなしだ。最初《さいしょ》っから計画してたんだろう、ポリーが何も知らずに行ってしまえばぼくが追いかけるしかなくなる、って」

「もちろん、そうさ」アンドリュー伯父《おじ》は憎々《にくにく》しげな笑《わら》いをうかべた。

「わかった。ぼくが行く。だけど、これだけは先に言っておく。ぼくは、きょうまで、魔術《まじゅつ》なんて信《しん》じなかった。だけど、それがほんとうにあるんだってことがわかった。そうだとすれば、昔からあるおとぎ話は、そこそこほんとうの話だってことになる。そんで、あんたは、そういう話に出てくる心のねじくれた残酷《ざんこく》な魔術師《まじゅつし》そのものだ。ぼくが読んだおとぎ話に出てくる悪い魔術師は、どいつもこいつもみんな、最後《さいご》にはかならず懲《こ》らしめを受ける話になってた。あんたもそうなるに決まってる。当然《とうぜん》の報《むく》いさ、いい気味だ」

ディゴリーが口にした言葉の中で、相手の胸《むね》にぐさりと刺《さ》さったのは、これがはじめてだった。アンドリュー伯父《おじ》はぎくっとしてひどくおびえた表情《ひょうじょう》を見せたので、いくら人でなしとはいえ、いささか哀《あわ》れな気がしないでもなかった。しかし、アンドリュー伯父はすぐさま平静《へいせい》な顔にもどり、作《つく》り笑《わら》いをうかべて、こう言った。「やれやれ、子どもの考えそうなことだ。おまえのように女ばかりの中で育ったのでは、無《む》理《り》もない。迷信《めいしん》を持ち出したというわけか。わたしの身にふりかかる危険《きけん》まで心配していただくにはおよばないよ、ディゴリーくん。それより、お友だちにふりかかる危険を心配したほうがいいんじゃないかね？　むこうへ行ってから、だいぶ時間がたっている。むこうの世界に何か危険があったとしたら――手遅《ておく》れでは泣《な》くに泣けないぞ」

「心にもないことを」ディゴリーは吐《は》き捨《す》てた。「けど、こんな無駄話《むだばなし》はもうたくさんだ。どうすればいいんですか？」

「おまえはまず、その短気をコントロールすることをおぼえる必要《ひつよう》があるな」アンドリュー伯父《おじ》は冷《ひ》ややかに言った。「さもないと、大きくなったらレティ伯母《おば》さんのようになってしまうぞ。さて。それでは、よく聞くように」

アンドリュー伯父は立ちあがり、両手に手袋《てぶくろ》をはめて、指輪《ゆびわ》を並《なら》べてあるトレーのほうへ歩いていった。

「この指輪の魔法《まほう》は、肌《はだ》にじかに触《ふ》れた場合にしか働《はたら》かない。手袋をはめていれば、こうして指輪を手に取っても、ほれ、何も起こらない。だから、ポケットに入れておけば、何も起こらない。ただし、言うまでもないが、ポケットに手をつっこんでうっかり指輪にさわらんように。黄色の指輪に触れた瞬間《しゅんかん》に、おまえはこの世界から消える。そして、〈別《べつ》の場所〉にいるときに緑の指輪に触れれば、おそらく——もちろん、これはまだじっさいに試《ため》していないので、あくまでも予想であるが——おまえはむこうの世界から消えて、こちらの世界にふたたびあらわれる……と考えられる。それでは、この緑色の指輪を二つ、おまえの右のポケットに入れてやろう。どっちのポケットに緑色の指輪がはいっているか、よくおぼえておくんだぞ。緑の『み』は右の

『み』だ。一個《こ》はおまえ用、もう一個はあの女の子用だ。それでは、自分で黄色の指輪《ゆびわ》を手に取りなさい。わたしなら、指にはめておくがね。そうすれば、落としてなくす心配がない」

ディゴリーは黄色の指輪を手に取ろうとしたが、そのとき急にあることを思いついて手を止めた。

「ねえ、お母さんはどうなるの？　ぼくがどこへ行ったかって、もし、お母さんが聞いたら？」

「さっさと行けば、それだけ早くもどってこられるということだ」アンドリュー伯父《おじ》は能天気《のうてんき》に言った。

「だって、ほんとうにもどってこられるかどうか、わからないんでしょう？」

アンドリュー伯父は肩《かた》をすくめ、ドアのところまで歩いていって鍵《かぎ》をはずし、ドアを開《あ》け放《はな》って、こう言った。

「ああ、いいとも。好《す》きなようにすればいい。階下《した》へ行って、昼ごはんを食べておいで。あの子が〈別《べつ》の世界〉で野生の動物に食い殺《ころ》されようが、溺《おぼ》れ死《じ》のうが、飢《う》え死《じ》にしようが、二度ともどってこられなくなろうが、それでいいなら。わたしにとっては、どれも同じことだ。お茶の時間の前にでも、プラマーさんの奥《おく》さんのところへ行って知らせてあげるといいよ。お嬢《じょう》さんには二度と会えないでしょう、とな。おまえが指輪《ゆびわ》をつける勇気《ゆうき》がないばっかりに、気《き》の毒《どく》なことだ」

「くそっ！　ぼくの背《せ》が高かったら、あんたの頭をぶんなぐってやるところだ！」

ディゴリーは上着《うわぎ》のボタンをかけ、深呼吸《しんこきゅう》をひとつして、指輪を手に取った。ほかに選択肢《せんたくし》はないのだ、と思いながら。その思いは、その後もずっと変《か》わることはなかった。

3　世界のあいだの森

アンドリュー伯父《おじ》と書斎《しょさい》は一瞬《いっしゅん》にして目の前から消えた。そのあと、ほんの短いあいだ何もかもがごちゃごちゃに混《ま》ざった感じになり、次に気がついたのは、頭の上から柔《やわ》らかな緑色の光がさしてきて、足の下のほうが暗くなっているということだった。何かの上に立っているような感じはなく、かといってすわっているような感じもなく、横になっているようでもなく、からだのどこかが何かに触《ふ》れているようでもなかった。「ぼく、きっと水の中にいるんだ」ディゴリーはつぶやいた。「ていうか、水の下にいるのかな？」そう思ったら一瞬どきっとしたが、すぐに、自分がすごい速さで上に向かっているのを感じることができた。と思ったら、いきなり頭が空中に出て、気がついたときには水たまりから出て岸の柔《やわ》らかな草地へ這《は》っていくところだった。

立ちあがってみると、からだから水がぽたぽた垂《た》れるわけでもなく、水の中から出てきた人のように息がはずんでもいなかったし、服もぬれていなかった。ディゴリーは森の中で小さな——端《はし》から端まで三メートルたらずの——水たまりの縁《ふち》に立っていた。森は木々がびっしり生えていて、葉が旺盛《おうせい》にしげっているので空はまったく見えず、光はすべて木の葉を通してふりそそぐ緑の光だった。上空はすごく強い日ざしがあるにちがいないと思われた。というのは、緑の光が明るくて暖《あたた》かだったからだ。森はこれ以上《いじょう》の静《しず》けさが想像《そうぞう》できないくらいに静かだった。鳥もいないし、昆虫《こんちゅう》もいないし、動物もいないし、風もない。木々がずんずん生長《せいちょう》していく勢《いきお》いを感じられるような森だった。ディゴリーが出てきた水たまり以外《いがい》にも、森には何十もの水たまりがあった。数メートルおきに、見わたすかぎりどこまでも水たまりが続《つづ》いていた。木々が根から水を吸《す》い上《あ》げているのが伝《つた》わってくるようで、森は生気に満《み》ち満《み》ちていた。のちになって、この森のことを説明《せつめい》するたびに、ディゴリーはいつも「ものすごく濃密《のうみつ》な場所だったんだよ、ちょうど濃厚《のうこう》なフルーツケーキみたいな」と形容《けいよう》したものだ。

なんとも不思議《ふしぎ》なことに、着いてすぐ周囲《しゅうい》を見わたしたときにはすでに、ディゴリーは自分がどういうわけでここへ来たのかを半分忘《わす》れかけていた。どっちにしても、ポリーのことなんか考えていなかったし、アンドリュー伯父《おじ》のことも、お母さんのことさえも、考えていなかった。そして、怖《こわ》いとも思わず、興奮《こうふん》もせず、好奇心《こうきしん》もなくなっていた。誰《だれ》かに「どこから来たの?」とたずねられたら、ディゴリーはたぶん「ずっと前からここにいたんだ」と答えただろう。その森は、そんな気分になる場所だった。ずっと前からそこにいて、何ひとつ起こらないのにちっとも退屈《たいくつ》しない、というような。ずっとのちになって、ディゴリーは、「あそこはものごとが起こる場所ではないんだ。木が育ちつづける、ただそれだけの場所だった」と語ったものだ。

ずいぶん長いあいだ森を眺《なが》めていたあと、ディゴリーは二、三メートル離《はな》れた木の根もとに横たわっている女の子に気がついた。女の子のまぶたはほとんど閉《と》じているものの完全《かんぜん》に閉じているわけではなく、半分眠《ねむ》っていて半分目ざめているように見えた。ディゴリーは長いあいだ黙《だま》ったまま女の子を見ていた。そのうちに、女の子がようやく目をあけた。女の子のほうも、長いあいだ黙ったままディゴリーを見つめてい

YOUCHAN

た。そのあと、女の子は夢《ゆめ》を見ているような、とても満《み》ち足《た》りた声で言った。

「あなたと前に会ったことがあると思うわ」

「ぼくもそんな気がする」ディゴリーは言った。「きみ、長いことここにいるの？」

「そう。ずっと前から」女の子は言った。「少なくとも――よくわからないけど――ものすごく前から」

「ぼくもだよ」ディゴリーは言った。

「そんなはずないでしょ」女の子が言った。「だって、さっき、あの水たまりから出てくるところを見たもの」

「ああ、そうだ」ディゴリーは当惑《とうわく》した顔で言った。「忘《わす》れてた」

そのあと、とても長いあいだ、どちらも何も言わないまま時が過《す》ぎた。

「ねえ」やがて、女の子が口を開いた。「わたしたちって、ほんとうに前に会ったことがあるんじゃない？　わたし、何となく思うんだけど――ていうか、頭の中に場面がうかぶんだけど――わたしたちみたいな女の子と男の子がいて、なんだかことはずいぶんちがう場所に住んでて、いろんなことをして……。たぶん、ただの夢だったのね」

「ぼくも同じ夢《ゆめ》を見たような気がする」ディゴリーが言った。「男の子と女の子がいて、となりどうしの家に住んでて——あと、梁《はり》のあいだを這《は》ってたような……。女の子が汚れた顔《よご》してたのをおぼえてる」

「それって、逆《ぎゃく》じゃない？　わたしの夢では、顔が汚れてたのは男の子のほうなんだけど」

「ぼく、男の子の顔は思い出せないなぁ」ディゴリーは言った。「あ！　あれ、何だろう？」

「あら！　モルモットじゃない！」たしかにそのとおり、太ったモルモットが草をくんくん嗅《か》ぎまわっていた。モルモットの胴《どう》にはひもが巻《ま》きつけてあり、そのひもに鮮《あざ》やかな黄色の指輪《ゆびわ》が結《むす》びつけてあった。

「見て！　ほら！」ディゴリーが声をあげた。「指輪だ！　それに、ほら！　きみも指輪をはめてる。ぼくもだ」

女の子がからだを起こした。どうやら興味《きょうみ》がわいてきたらしい。二人はおたがいの顔をじっと見つめあって、思い出そうとした。そのうち、ぴったり同じタイミングで女の子が「ケタリーさん！」と叫《さけ》び、男の子が「アンドリュー伯父《おじ》さん！」と叫び、ようやく自分たちが何者だったのかがわかって、すべての記憶《きおく》がもどりはじめた。何分間か、ひとしきり話をしたあと、二人とも事情《じじょう》がのみこめた。ディゴリーはアンドリュー伯父がどんなにひどいことを考えていたかを話して聞かせた。

「これから、どうする？」ポリーが言った。「このモルモットを連《つ》れて、うちにもどる？」

「そんなに急ぐことないよ」と言いながら、ディゴリーが大きなあくびをした。

「急いだほうがいいと思うわ」ポリーが言った。「ここは静《しず》かすぎるもの。なんだか――なんだか夢見心地《ゆめみごこち》になっちゃうのよ。あんたなんか、もう眠《ねむ》りそうになってるし。この空気に慣《な》れちゃったら、ここに寝《ね》そべっていつまでも永久《えいきゅう》に眠りつづけることになっちゃうかもよ」

「ここ、気もちいいよね」ディゴリーが言った。

「うん」ポリーも言った。

「だけど、帰らないと」ポリーは立ちあがって、そっとモルモットのほうへ近づいていったが、とちゅうで気が変《か》わったようで、こう言った。

「モルモットはここに置《お》いていったほうがいいかもね。ここにいれば完璧《かんぺき》に幸せだもの。連《つ》れて帰ったら、またあんたの伯父《おじ》さんに恐《おそ》ろしい実験《じっけん》をされるだけでしょ」

「まちがいない」ディゴリーが答えた。「ぼくたちにさえ、こんなひどいことをしたくらいだからね。ところで、家に帰るって、どうやるの？」

「あの水たまりにもういっぺんはいるんだと思うけど？」

二人は水たまりの縁《ふち》までやってきて並《なら》んで立ち、鏡《かがみ》のような水面《みなも》を見下ろした。緑の葉をいっぱいにしげらせた枝々《えだえだ》が水面に影《かげ》を落としていて、とても深そうに見えた。

「水着とか、ないんだけど」ポリーが言った。

「水着なんかいらないよ、バカだな」ディゴリーが言った。「服を着たままはいるんだよ。来るとき、服がぜんぜんぬれなかったこと、おぼえてないの？」

「あんた泳げる？」

「少しは。そっちは？」

「まあ——たいしたことないけど」

「泳ぐ必要《ひつよう》はないんじゃないかな」ディゴリーが言った。「底《そこ》のほうへ沈《しず》んでいきたいんだから。ちがう？」

二人とも水たまりに飛《と》びこむなんてあまりいい気もちはしなかったが、おたがいそれは口に出さないまま手をつなぎ、「一、二の、三、それ！」と声をかけて、飛びこんだ。大きな水しぶきが上がり、二人は当然《とうぜん》のように目を閉《と》じたが、ふたたび目を開けてみると、まだ手をつないだまま緑の森の中に立っていた。水は足首まで届《とど》くかどうかといったところで、どうやら五センチていどの深さしかなさそうだった。二人は水をはねとばしながら乾《かわ》いた地面の上にもどった。

「いったい何がいけなかったのかしら？」ポリーがおびえた声で言った。とはいっても、それほどおびえた声でもなかった——というのは、この森の中ではほんとうにおびえた気分になるのは不可能《ふかのう》に近かったからだ。それほど、この森はのんびりした場所だった。

「あ！　わかった！」ディゴリーが声をあげた。「うまくいかないはずだよ。だって、まだ黄色の指輪《ゆびわ》をはめたままだもの。黄色の指輪は『行き』の指輪なんだ。緑色の指輪が『帰り』の指輪なんだよ。だから、指輪をとりかえないと。きみの服、ポケットある？　よかった。黄色の指輪を左のポケットに入れて。ぼくが緑の指輪を二個《こ》持ってるから。はい、これ、きみのぶん」

二人は緑色の指輪をはめて、水たまりのところへ行った。そして、もういちど飛《と》びこもうとしたところで、ディゴリーが「あ、そうだ！」と言いかけた。

「どうしたの？」

「すごくいいこと思いついたんだ。ね、ほかの水たまりは、どうなってるんだろう？」

「どういう意味？」

「だってさ、この水たまりに飛びこめばぼくたちの世界に帰れるのなら、ほかの水たまりに飛びこめばほかの世界に行けるかもしれないってことじゃない？　ぜんぶの水たまりの下に、ひとつずつ世界があるとすれば」

「でも、ここって、もう、あんたの伯父《おじ》さんが言ってた〈別《べつ》の世界〉だか〈別の場所〉だかに着いてるんじゃないの？　あんたの話だと――」

「アンドリュー伯父さんなんか、どうだっていいよ」ディゴリーが話をさえぎった。「伯父さんなんか、何もわかってないんだよ。自分でここに来る勇気《ゆうき》もなかったんだから。伯父さんは〈別の世界〉が一個《こ》だけしかないような言い方をしてた。でもさ、それが何十個もあるとしたら？」

「つまり、この森は〈別の世界〉のひとつにすぎないってこと？」

「ううん、この森は世界なんかじゃないと思う。この森は、言ってみれば、中間の場所なんだと思う」

ポリーは、よくわからないという顔をした。「わからない？」ディゴリーが言った。「聞いて。うちの屋根の下にあったトンネルのことを考えてみて。あのトンネルは、どの家の部屋でもない。ある意味、あのトンネルは、テラスハウスのどの家にとっても、家のちゃんとした一部だとは言えない。だけど、いったんトンネルにはいっちゃえば、そこからテラスハウスのどの家にも出てくることができる。この森もそれと同じなんじゃないかな？　どの世界でもない場所だけど、ここに来れば、ここからすべての世界にはいれる、みたいな」

「でも、たとえそうだとしても――」ポリーが言いかけたが、ディゴリーは何も聞かなかったかのように話しつづけた。

「そう考えれば、すべてが説明《せつめい》できる。だから、この場所はこんなに静《しず》かで眠《ねむ》くなるような場所なんだ。ここでは何ひとつ起こらない。家と同じだよ。人が話したり、何かしたり、ごはんを食べたりするのは、家の中なんだ。壁《かべ》の裏《うら》とか、天井《てんじょう》の上とか、床下《ゆかした》とか、ぼくらのトンネルとか、そういう中間の場所では何も起こらないだろう？　だけど、トンネルを通れば、どの家にでもはいれるんだ。だから、この場所を経由《けいゆ》すれば、どの世界にでもはいることができるんだと思う！　さっき出てきた水たまりに飛《と》びこむことなんかないんだ。少なくとも、いますぐには」

「〈世界のあいだの森〉ってことね」ポリーは夢見《ゆめみ》るような口調で言った。「とってもすてき」

「ね、やってみようよ」ディゴリーが言った。「どの水たまりに飛びこんでみる？」

「ちょっと待って」ポリーが言った。「わたし、まず、さっきの水たまりからほんとうにうちにもどれるかどうかを確《たし》かめないうちは、新しい水たまりを試《ため》してみる気はないわ。それだって、うまくいくかどうかわからないのに」

「なるほどね。それでアンドリュー伯父《おじ》さんにつかまって、ひとつも楽しい思いをしないまま指輪《ゆびわ》を取り上げられちゃうわけ？　そんなの、やだね」

「うちに帰る水たまりをとちゅうまで行ってみるっていうのはどう？」ポリーが言った。「ちゃんと行けるかどうか、確かめるために。それで、ちゃんともどれそうなら、ケタリーさんの書斎《しょさい》にすっかりもどっちゃう前に指輪を取りかえて、もう一回上がってくればいいじゃない？」

「とちゅうまで行くなんて、できるのかな？」

「だって、上がってくるとき、時間がかかったでしょ？　だから、帰るときも少し時間がかかると思うんだけど」

ディゴリーは不平《ふへい》たらたらだったが、けっきょく同意せざるをえなかった。ポリーがもとの世界にちゃんともどれるとわかるまでいっさい新しい世界の冒険《ぼうけん》にはつきあわないと言《い》い張《は》ったからだ。ポリーはいくつかの危険《きけん》（たとえばスズメバチ）に関《かん》してはディゴリーに負けないくらい勇敢《ゆうかん》だったが、誰《だれ》も知らないことがらを発見する冒険についてはディゴリーほど熱心《ねっしん》ではなかった。ディゴリーはとにかく何でも知りたがるタイプの人間で、大きくなってから有名なカーク教授《きょうじゅ》になり、「ナルニア国物語」のほかの巻《かん》にも登場することになる。

さんざん議論《ぎろん》をしたすえに、二人は緑色の指輪《ゆびわ》をはめることで意見が一致《いっち》して（「緑は安全の色っていうふうに考えれば、どっちがどっちか自然《しぜん》におぼえられるよ」とディゴリーが教えた）、手をつないで飛《と》びこむことにした。ただし、アンドリュー伯父《おじ》の書斎《しょさい》にもどれそうだとわかった瞬間《しゅんかん》、あるいはとにかく自分たちの世界にもどれそうだとわかった瞬間に、ポリーが「チェンジ！」と叫《さけ》んで、それを合図に緑の指輪をはずして黄色の指輪をつける約束《やくそく》になっていた。ディゴリーは自分が「チェンジ！」と叫ぶ役をやりたかったのだが、そこはポリーが譲《ゆず》らなかった。

二人は緑色の指輪をつけ、手をつないで、もういちど「一、二の、三、それ！」と水たまりに飛びこんだ。こんどはうまくいった。何もかもがあっという間に起こったので、どんな感じだったかを説明《せつめい》するのは難《むずか》しいのだが、まず最初《さいしょ》にまっ暗な空に明るい光がいくつも動いているのが見えた。ディゴリーはいまでもあのとき光っていたのは星だったと考えていて、木星がすごく近くに見えた、木星の衛星《えいせい》まで見えるくらい近くだった、と断言《だんげん》する。そのすぐあとに、たくさんつらなる屋根や煙突《えんとつ》の先っぽが見えはじめ、セント・ポール大聖堂《だいせいどう》が見えて、自分たちがロンドンを見下ろしているのだとわかってきた。なぜか、家々の壁《かべ》をとおして中がすけて見えて、そのうちにアンドリュー伯父《おじ》の姿《すがた》が見えてきた。はじめはぼんやりとおぼろげに見えるだけだったのが、時間とともにしだいに焦点《しょうてん》が合うように輪郭《りんかく》がぐんぐんはっきりしてきた。けれども、アンドリュー伯父がまちがいなく本物になる前にポリーが「チェンジ!」と叫《さけ》んで、二人は指輪《ゆびわ》を取りかえた。すると、わたしたちの世界が夢《ゆめ》のようにぼやけて消えていき、上のほうからさす緑色の光がどんどん強くなってきて、二人は水たまりから頭を出し、岸に這《は》いあがった。周囲《しゅうい》には木々が生《お》いしげり、さっきまでと同じように緑色で、明るくて、しんと静《しず》まりかえっていた。そうしたことすべては一分もかからないうちに起こったことだった。

「よし！　これでだいじょうぶ」ディゴリーが言った。「それじゃ、これから冒険《ぼうけん》だ。どの水たまりでもいいよ。おいでよ、ポリー。あの水たまりに飛《と》びこんでみよう」

「待って！」ポリーが止めた。「この水たまりに目印《めじるし》をつけておいたほうがいいんじゃない？」

二人はおたがいの顔を見つめあったまま、真《ま》っ青《さお》になった。たったいまディゴリーがやろうとしていたことの恐《おそ》ろしさを理解《りかい》したからだった。森の中には水たまりが無《む》数《すう》にあって、どの水たまりもそっくりに見えるし、どの木立《こだ》ちも同じように見えるので、わたしたちの世界へもどってこられる水たまりに目印をつけずにその場を離《はな》れたら、まず二度とその水たまりを見つけることはできなかっただろう。

ディゴリーは震《ふる》える手でポケットナイフを開いて、水たまりのほとりの草地を細長く切り取った。下の土（いいにおいがした）は豊《ゆた》かな赤茶色で、草の緑によく映《は》えて目立った。「二人のうちの片方だけでも分別《ふんべつ》があってよかったわ」ポリーが言った。

「ごちゃごちゃうるさいなぁ」ディゴリーが言った。「来いよ、ほかの水たまりがどうなってるか見たいんだ」これに対してポリーがかなりきつい口調の返事をし、ディゴリーがもっと意地の悪い言葉を返した。けんかは数分間続《つづ》いたが、その中身をここに書いても退屈《たいくつ》なだけなので省略《しょうりゃく》して、次の場面へ行くことにしよう。二人はどきどきしながら、いくらかこわばった表情《ひょうじょう》で未知《みち》の水たまりの縁《ふち》に立っていた。手には黄色い指輪《ゆびわ》をつけていた。二人は手をつなぎ、もういちど「一、二の、三、それ！」と声をかけた。

バシャ！　こんども魔法《まほう》はうまく働《はたら》かなかった。この水たまりもただの水たまりのようで、新しい世界へは行けず、靴《くつ》がぬれて足に水がかかっただけだった。朝から二度目の失敗《しっぱい》だ（というのは、いまが朝ならばの話。〈世界のあいだの森〉では、いつも時間が一定に感じられた）。

「くそっ！　頭にくる！」ディゴリーが声をあげた。「こんどは何がまちがってたんだ？　ちゃんと黄色の指輪をつけたのに。伯父《おじ》さんは行きは黄色って言ったのに」

ほんとうのことを言うと、アンドリュー伯父は〈世界のあいだの森〉のことなど何も知らなかったので、指輪の魔力《まりょく》についてひどくまちがった考えを抱《いだ》いていたのだった。黄色の指輪は「行き」の指輪ではなく、緑色の指輪も「帰り」の指輪ではなかった。少なくとも、アンドリュー伯父《おじ》が考えたように働《はたら》くのではなかった。黄色の指輪《ゆびわ》も、緑色の指輪も、もとの材料《ざいりょう》はこの森から出たものだった。黄色い指輪の材料には、人をこの森へ引きつける力があった。つまり、黄色い指輪には、もとの場所である〈世界のあいだの森〉にもどろうとする性質《せいしつ》があったのだ。一方、緑の指輪の材料には、もとの場所から離《はな》れようとする性質があった。つまり、緑の指輪には人を〈世界のあいだの森〉から引《ひ》き離《はな》してどこか別《べつ》の世界へ連《つ》れていく力があったのだ。アンドリュー伯父は自分にもよくわからないものを扱《あつか》っていたことになる。ほとんどの魔術師《まじゅつし》は、そんなものだ。もちろん、ディゴリーだって、ほんとうのことがきちんと理解《りかい》できたのは、もっとあとになってからだった。でも、ポリーとディゴリーはいろいろと相談した結果《けっか》、緑色の指輪をつけて新しい水たまりに飛《と》びこんで何が起こるか見てみよう、という結論《けつろん》になった。

「そっちがその気なら、受けてたつわよ」ポリーがそう言ったのは、心の底《そこ》で、どっちの指輪だって新しい水たまりには効《き》き目《め》がないにちがいない、どうせまた水をはねちらかすだけで終わるにちがいない、と思っていたからだった。ディゴリーだって、そう思っていなかったとは限らない。どちらにしても、緑色の指輪《ゆびわ》をつけて水たまりの縁《ふち》に手をつないで立ったとき、二人とも一回目ほど真剣ではなく、はるかに軽い気もちだった。

「一、二の、三、それ！」ディゴリーが声をかけて、二人は水に飛《と》びこんだ。

4　ベルとハンマー

今回はまちがいなく魔法《まほう》の力が働《はたら》いた。二人はどんどん下のほうへ引きこまれていった。はじめは暗闇《くらやみ》のなかを通り、そのあと何なのか見当もつかないものがいっぱいぼやけて渦巻《うずま》くなかを通り、そのうち明るくなってきたと思ったら、何かしっかりしたものの上に立っていた。次の瞬間《しゅんかん》、あらゆるものがはっきりと像《ぞう》を結《むす》んで、まわりが見えるようになった。

「ずいぶん変《か》わった場所だな！」ディゴリーが口を開いた。

「いやな感じ」少し身震《みぶる》いしながらポリーが言った。

最初《さいしょ》に気になったのは、光だった。太陽の光のようではなく、電球の光のようでもなく、ランプやろうそくの光でもなく、いままで見たこともないような光だった。どんよりと赤味《あかみ》がかった光で、気分をひきたててくれるような光とはほど遠く、明るさは一定で、光がゆらめくこともなかった。二人が立っている足もとは舗装《ほそう》された平らな地面で、周囲《しゅうい》はどっちを見ても建物《たてもの》が高くそびえていた。頭の上は天井《てんじょう》がなく、中庭のような感じの場所だった。空は異様《いよう》な暗さで、ほとんど黒に近い藍色《あいいろ》だった。空の暗さを見れば、いくらかでも光があるのが不思議《ふしぎ》に思われるくらいだった。

「へんな天気だな」ディゴリーが言った。「これから嵐《あらし》にでもなるのかな、それとも日食かな?」

「いやな感じ」ポリーが言った。

二人とも、なぜかささやき声で話していた。それに、水に飛《と》びこんだあと、まだ手をつないでいなければならない理由はなかったのだが、二人は手を放《はな》さなかった。

中庭の四方には、おそろしく高い壁《かべ》がそびえていた。壁には大きな窓《まど》がたくさんあって、どの窓もガラスがなく、窓の奥《おく》に真っ暗な闇《やみ》が見えるだけだった。壁《かべ》の下のほうは、太い柱に支《ささ》えられた大きなアーチがいくつも鉄道のトンネルのように黒い口をぽっかり開けて並《なら》んでいた。空気が寒々としていた。

建物《たてもの》や舗装《ほそう》に使われている石はどれも赤い色に見えたが、それはこの奇妙《きみょう》な光のせいだったかもしれない。石は見るからに古びていた。中庭の石だたみに使われている敷石《しきいし》の多くはひび割《わ》れていたし、石だたみはすきまだらけで、石の角はどれも丸くすりへっていた。アーチ型《がた》の門のひとつは、半分ほどがれきで埋《う》まっていた。ディゴリーとポリーはしょっちゅうふりかえっては、中庭のあちこちに目を配りながら進んでいった。背中《せなか》を見せたすきに暗い窓《まど》から誰《だれ》か――あるいは何か――が見ているのではないかと、びくびくしていた。

「ここ、誰か住んでると思う?」ようやく、ディゴリーが口を開いた。まだ内緒話《ないしょばなし》のような小声だ。

「ううん」ポリーが答えた。「ぜんぶ廃墟《はいきょ》だもの。ここへ来てから、ひとつも物音を聞いてないし」

「ちょっと足を止めて、物音を聞いてみよう」ディゴリーが提案《ていあん》した。

二人は足を止めて耳をすましたが、聞こえたのは自分たちの心臓《しんぞう》のどきどきいう音だけだった。この場所は、少なくとも〈世界のあいだの森〉と同じくらい静《しず》かだった。

ただし、静《しず》けさの種類《しゅるい》がちがった。森の静けさは、豊《ゆた》かで暖《あたた》かい静けさ（木の生長《せいちょう》する音が聞こえてくるような静けさ）で、生気《せいき》にあふれていた。けれども、ここは死んだように冷《つめ》たくて空虚《くうきょ》な静けさだった。何かが育っているなんて想像《そうぞう》できないような種類《しゅるい》の静けさ……。

「帰ろうよ」ポリーが言った。

「でも、まだ何も見てないじゃないか」ディゴリーが言った。「せっかく来たんだから、あちこち見て帰らないと」

「ここにはおもしろいものなんか何もないと思うわ」

「せっかく魔法《まほう》の指輪《ゆびわ》を手に入れて別《べつ》の世界へ来たって、怖《こわ》がって何も見たくないっていうんじゃ、意味ないよ」

「誰《だれ》が怖いなんて言いました？」そう言って、ポリーはディゴリーの手を放した。

「だって、いろいろ探検《たんけん》してみようって気があまりなさそうだから」

「あんたが行くとこぐらい、どこだって行ってやるわよ」

「逃《に》げたいと思ったら、いつだって逃げられるから」ディゴリーが言った。「緑の指輪はポケットに入れておこう。あとは、黄色の指輪《ゆびわ》が左のポケットにはいってるってことだけおぼえとけば、だいじょうぶだよ。ポケットのすぐそばに手を置《お》いとけばいい。ただ、まちがってポケットに手をつっこまないようにね、黄色の指輪にさわったら消えちゃうから」

二人はそのようにして、建物《たてもの》へと続《つづ》く大きなアーチ型《がた》の入口へそっと近づいていった。入口に立ってのぞいてみると、建物の中ははじめ思っていたほど真っ暗ではないことがわかった。そこはものすごく大きくて薄暗《うすぐら》い広間になっていて、人の姿《すがた》は見あたらなかった。広間のつきあたりへ目をやると、たくさんの柱に支《ささ》えられたアーチが並《なら》んでいて、アーチの下から同じように疲《つか》れた感じの光がさしこんでいた。ディゴリーとポリーは、床《ゆか》に穴《あな》が開いていないか、つまずいて転びそうなものが落ちていないか、細心《さいしん》の注意を払《はら》いながら広間を進んでいった。広間のつきあたりまで、ずいぶん長く歩いたような気がした。広間の端《はし》までたどりついて、アーチをくぐって外に出ると、そこもまた、さっきよりもっと大きい中庭になっていた。

「あそこ、あぶない感じね」ポリーが壁《かべ》を指さして言った。建物の壁が外側《そとがわ》にふくら

YOUCHAN

んでいて、いまにも中庭に崩《くず》れ落《お》ちてきそうになっていた。アーチを支《ささ》える柱が欠《か》けているところも一カ所あって、柱とくっついているはずのアーチの端《はし》のとがった部分が何の支えもなしに宙《ちゅう》ぶらりんになっていた。あきらかに、この場所は人が住まなくなってから何百年も、いや何千年もたっているにちがいない。

「いままでもってたんだから、もう少しもつだろうと思うよ」ディゴリーが言った。

「だけど、物音をたてないようにしないと。ほら、音がきっかけで崩れることってあるだろう？　アルプスのなだれみたいに」

二人はその中庭を通って、また別《べつ》の入口から建物《たてもの》にはいって、広々とした階段《かいだん》を上がり、次から次へと続《つづ》いているとてつもなく大きな部屋をたくさん通って進んでいった。この場所のあまりの広さに頭がくらくらするほどだった。ときどき、こんどこそ建物の外に出てこの巨大《きょだい》な宮殿《きゅうでん》の周囲にどんな景色《けしき》が広がっているのかを眺《なが》められるかと期待してみるのだが、そのたびに、また別の中庭に出ただけ、ということのくりかえしだった。人が住んでいたころには、ここは壮麗《そうれい》な宮殿だったのだろう。中庭のひとつに噴水《ふんすい》が残《のこ》っていた。巨大《きょだい》な石の怪鳥《かいちょう》が翼《つばさ》を広げ、くちばしを開けて立っていて、口の奥《おく》に管《くだ》が見えた。かつては、そこから水が噴《ふ》き出《だ》していたにちがいない。石像《せきぞう》の下には水をためる大きな水盤《すいばん》があったが、いまはからからに乾《かわ》いていた。また、ほかの場所には、何かのつる植物のひからびた枝《えだ》が残《のこ》っていた。柱はつる植物に巻《ま》きつかれ、やがて崩《くず》れ落《お》ちたのだろう。そのつる植物も、はるか昔に枯《か》れていた。廃墟《はいきょ》でよく目にするアリやクモのような生き物さえ影《かげ》もなく、敷石《しきいし》の割《わ》れたすきまから見える乾いた土の部分には草やコケさえ生えていなかった。

どこもかしこも荒《あ》れはてていて、同じような景色《けしき》ばかり続《つづ》くので、ディゴリーさえも、そろそろ黄色の指輪《ゆびわ》をつけてあの暖《あたた》かくて緑と生気《せいき》のあふれる〈世界のあいだの森〉にもどったほうがいいんじゃないかと思いはじめたくらいだったが、そのとき、二人は巨大《きょだい》な扉《とびら》の前にやってきた。扉は観音《かんのん》開きになっていて、何かの金属《きんぞく》でできていた。もしかしたら、金《きん》でできているのかもしれなかった。片方《かたほう》の扉が少し開いていたので、もちろん二人は中をのぞいてみた。そして、二人ともぎょっとして飛《と》び下《さ》がり、思わず息をのんだ。ついに見るべきものに出くわしたのである。

一瞬《いっしゅん》、二人は大広間に人がいっぱいいるのだと思った。何百人という人たちが身じろぎひとつしないで着席《ちゃくせき》しているように見えたのだ。読者諸君《しょくん》のご想像《そうぞう》どおり、ポリーもディゴリーも長いあいだその場に立ちつくしたまま大広間の中をのぞいていたが、そのうち、自分たちが見ているのは生きた人間ではなさそうだとわかってきた。いっさい動きもしないし、息づかいさえ聞こえないからだ。すばらしくよくできた蠟《ろう》人形《にんぎょう》を見ているようだった。

今回はポリーが探検《たんけん》の先頭に立った。大広間にはディゴリーよりもポリーの興味《きょうみ》を引くものがあったのだ。どの人物も、すばらしく豪華《ごうか》な服を着ていた。着るものにいささかなりとも関心《かんしん》があるならば、中にはいってもっと近くで見たいと思わずにはいられない光景《こうけい》だった。人々の服装《ふくそう》のあでやかな色彩《しきさい》のおかげで、これまで見てきた廃墟《はいきょ》やがらんどうの部屋にくらべれば、この空間は、楽しげとまでは言えなくとも、とにかく豪華絢爛《ごうかけんらん》に感じられた。それに、この広間はほかの場所にくらべて窓《まど》も多く、そのぶん明るく見えた。

大広間に並《なら》んだ人々の服装がどんなだったか、言葉ではとても描写《びょうしゃ》できそうにない。どの人物も足もとまで丈《たけ》のある長くゆったりした礼服に身を包《つつ》み、頭に王冠《おうかん》をつけていた。礼服は深紅《しんく》のものもあれば、銀ねず色のものもあり、深い紫色《むらさきいろ》や鮮《あざ》やかな緑色のものもあった。そして、いろいろな模様《もよう》や花々や風変《ふうが》わりな獣《けもの》たちが刺繍《ししゅう》で全体に描《えが》かれていた。王冠には驚《おどろ》くほど大きくて美しい宝石《ほうせき》がはめこまれ、首からも宝石をちりばめた首飾《くびかざ》りが下がり、ボタンなどの留《と》め具《ぐ》もすべて宝石で飾《かざ》られていた。

「この服、どうしてこんなに長いあいだ朽《く》ちはてなかったのかしら?」ポリーが言った。

「魔法《まほう》だよ」ディゴリーが小声でささやいた。「感じない？　この部屋全体が魔法で呪縛《じゅばく》されているにちがいない。ここにはいったとたんに感じたもの」

「この人たちのドレス、どれも何百万もすると思うわ」ポリーが言った。

しかし、ディゴリーは服よりも人々の表情《ひょうじょう》に興味《きょうみ》を引かれた。じっさい、どの顔もじっくり眺《なが》めるに値《あたい》する面構《つらがま》えだった。人々は広間の両側《りょうがわ》に並《なら》べられた石の椅《い》子《す》に着席《ちゃくせき》していて、中央は広い通路になっていたので、歩きながら左右に並ぶ顔を一人ずつ順《じゅん》に眺《なが》めることができた。

「この人たち、いい人たちだったみたいだね」

ディゴリーの声に、ポリーがうなずいた。どの人もみな、たしかに感じのいい顔つきだった。男の人も女の人も優《やさ》しくて賢《かしこ》そうな顔で、りっぱな家系《かけい》の人々に見えた。ところが、そこから何歩か先へ進むと、人々の顔つきが少しちがってきた。とても厳《いか》めしい表情《ひょうじょう》なのだ。こういう顔をした人たちと生きているときに出会ったとしたら礼儀作法《れいぎさほう》に気をつけないとまずいだろうな、と思うような顔だった。もっと先へ進んでみると、好《す》きになれそうもない面構《つらがま》えの人たちが並《なら》んでいた。ちょうど大広間の真ん中あたりだった。このへんにすわっている人々はとても強くて誇《ほこ》り高《たか》くて幸せそうなのだが、半面、残虐《ざんぎゃく》な表情も垣間見《かいまみ》えた。さらにもう少し進むと、もっと残虐そうな顔をした人たちが並んでいた。もっと先へ進むと、人々の顔は残虐そうなうえに、もはや幸せそうではなくなった。それに、絶望《ぜつぼう》したような表情も混《ま》じっていた。その人たちの一族がとてもひどいことをして、またとてもひどい目にあったのではないかと想像《そうぞう》された。いちばん最後《さいご》の人物は、いちばん興味《きょうみ》を引く容貌《ようぼう》をしていた。それは女の人で、ほかの人たちよりさらにいちだんと豪華《ごうか》な衣装《いしょう》を身につけ、ずばぬけて背《せ》が高く(ただでさえ、この部屋にすわっている人たちはわたしたちの世界の人間より背《せ》が高かった）、はっと息をのむくらい猛々《たけだけ》しく高慢《こうまん》な顔つきをしていた。にもかかわらず、その女の人は美しかった。ディゴリーなどは、それから何年もあと、年寄《としよ》りになってからも、あんな美人は二人と見たことがなかった、と語ったものだ。公平のために言いそえておくと、ポリーのほうは、いつも、あの女のどこがそれほど美人なのか理解《りかい》できない、と言いつづけていた。

とにかく、この女の人が最後《さいご》だったが、その先にも空席《くうせき》の椅子《いす》がたくさん並《なら》んでいた。まるで、この広間にはもっとたくさんの人物が並ぶ予定だったように。

「この人たちにまつわる物語を知りたいなぁ」ディゴリーが言った。「ねえ、広間の真ん中にあったテーブルみたいなのをもういちど見に行こうよ」

大広間の真ん中にあったのは、正確《せいかく》にいうと、テーブルではなかった。それは高さ一二〇センチほどの正四角柱で、その上に小さな金色のアーチがかかっていて、そのアーチから小さな金色のベルが吊《つ》り下《さ》がっていた。そして、すぐ脇《わき》にはベルを打つための小さな金色のハンマーが置《お》いてあった。

「何だろう……これはいったい……何だろう……」ディゴリーがつぶやいた。

「ここに何か書いてあるみたいよ」ポリーがかがんで柱の側面《そくめん》を見ながら言った。

「あ、ほんとだ」と、ディゴリー。「けど、もちろん読めないよね」

「そうかしら?　読めるかもよ」と、ポリー。

二人は並《なら》んでいる文字をじっと見つめた。読者諸君《しょくん》のご想像《そうぞう》どおり、石に刻《きざ》まれていたのは見たこともない文字だった。ところが、ここですごく不思議《ふしぎ》なことが起こった。じっと見つめているうちに、文字の形は少しも変化《へんか》していないのに、二人には何が書いてあるかわかりはじめたのだ。ディゴリーが少し前に「この大広間には魔法《まほう》がかかっている」と言った自分の言葉をおぼえていれば、魔法の力が働《はたら》きはじめているにちがいないと気づいたはずだが、好奇心《こうきしん》で頭がいっぱいになっていたディゴリーは、そんなことを思い出す余裕《よゆう》がなかった。ディゴリーの中で、柱に書いてあることを知りたいという思いがどんどん強くなっていった。すると、まもなく、二人にはわかるようになった。柱に書いてあったのは、次のような内容だった。その場で読んだ詩句《しく》はもっとすばらしく感じられたのだが、少なくとも、意味は次のようなものだった。

選《えら》ぶがよい、冒険好《ぼうけんず》きの客人《まろうど》よ
ベルを打ちて、危険《きけん》に見《まみ》ゆか
思いまどいて、正気を捨《す》つか
打ちたれば、いかなりけむと

「冗談《じょうだん》じゃないわ！」ポリーが言った。「危険なんて、おことわりよ」

「でも、もうどうしようもないんだよ！」ディゴリーが言った。「いまさら、あとには引けないよ。あのときベルを打ったらどうなってただろうって、この先ずっと考えつづけることになるんだよ？　このまま帰って、そのことを考えつづけて頭がおかしくなるなんて、ぼくはまっぴらだ！」

「バカなこと言わないでよ」ポリーが言った。「誰《だれ》がこんなもの信《しん》じるのよ！　打てばどうなっただろうなんて、そんなのどうでもいいことよ！」

「ここまで知っちゃったら、誰だって、その先のことを考えつづけて頭がおかしくなるに決まってるよ。それが魔法《まほう》の力ってものなんだよ。ぼく、いまだってもう魔法が効《き》きはじめてるのを感じるもの」

「わたしは感じませんけど?」ポリーが不《ふ》きげんな顔で言った。「あんただって、魔法なんか効いてるはずないわよ。ふりしてるだけでしょ」

「わからずやだなぁ」ディゴリーが言った。「女子だからな。まったく、女子ってのは誰《だれ》と誰が婚約《こんやく》したかなんていうゴシップや馬鹿話《ばかばなし》にしか興味《きょうみ》がないんだから」

「そう言ってるあんたの顔、伯父《おじ》さんにそっくりだわ」ポリーが言った。

「ほら、そうやって話をはぐらかそうとする」ディゴリーが言った。「いま問題にしてるのは――」

「はい、はい、いかにも男の物言いですわね!」ポリーがすごく大人《おとな》ぶった声で言った。でも、すぐに、いつもの自分の声にもどって、「言っとくけど、いかにも女の物言いだ、とか言わないでよね。それじゃ、まるっきり物まねだから」と付《つ》け加《くわ》えた。

「おまえみたいなガキを女なんて呼《よ》ぶ気にはなれないね」ディゴリーが高慢《こうまん》な口ぶりで言い返した。

「あらそう、ガキで悪かったわね」いまやポリーはかんかんに怒《おこ》っていた。「ガキがいっしょにいたんじゃお邪魔《じゃま》でしょうから、わたし失礼《しつれい》いたしますわ。こんな場所、もうたくさん。あんたにも、うんざりだわよ。あんたなんて、最低《さいてい》の、高慢《こうまん》ちきの、石頭だわ！」

「いいかげんにしろ！」ディゴリーは思ったよりきつい言い方をしてしまった。ポリーが黄色い指輪《ゆびわ》のはいっているポケットに手を伸《の》ばそうとしたのが見えたからだ。このあとディゴリーのしたことは弁解《べんかい》の余地《よち》がないが、ディゴリーがあとになってこのときのことをとても悪かったと反省《はんせい》したことだけはここに書いておこうと思う（手遅れの反省は、よくあることだ）。ポリーの手がポケットにかかる直前にディゴリーはポリーの手首をつかみ、ポリーの前にからだをねじこんだ。そして、別《べつ》のほうのひじでポリーのもう一方の腕《うで》を封《ふう》じておいて前かがみになり、ハンマーを手に取って金色のベルを軽く短く打った。そのあと、ディゴリーはポリーの手を放し、二人は離《はな》れて激《はげ》しく息をつきながらにらみあった。ポリーは泣《な》きだしそうになっていた。恐《おそ》ろしかったからではなく、ディゴリーに手首をひどく傷《いた》めつけられたからでもなく、猛烈《もうれつ》な怒《いか》りから泣《な》きそうになっていたのだった。しかし、二秒もたたないうちに、二人ともけんかのことなど忘《わす》れてしまうような事態《じたい》が起こった。

ディゴリーがベルを打ったと同時に、ベルは予想したとおりのかわいらしい音をたてた。それほど大きい音ではなかった。ところが、音は小さくなって消えていくどころか、いつまでも鳴りつづけ、しかも、だんだん大きくなっていったのだ。一分もたたないうちに、最初《さいしょ》の二倍も大きな音になった。そのうちに、ポリーとディゴリーが言葉をかわそうとしても（二人とも口をあんぐり開けて立ちつくすばかりで、言葉をかわそうなんて考えもしなかったが）聞きとれないくらい大きな音になった。まもなく、ベルの音は二人が大声で叫《さけ》んでも聞こえないくらいに大きな音になった。しかも、音はさらに大きくなりつづけた。ずっと一定の高さで、ずっとかわいらしい音色《ねいろ》で、かわいらしいだけにいっそう恐《おそ》ろしい響《ひび》きに聞こえた。いまや大広間の空気全体が大《だい》音量《おんりょう》でびりびりと震《ふる》え、二人の足もとの石の床《ゆか》が小刻《こきざ》みに揺《ゆ》れるのが感じられた。そして、ついに、ほかの音も混《ま》じって聞こえはじめた。くぐもったような、破滅《はめつ》を告《つ》げる音。はじめは遠くを走る電車のような音が聞こえ、そのうちに木が倒《たお》れるときのようなメリメリという音が聞こえた。それから、ものすごく重いものが落ちる音が聞こえた。そして最後《さいご》に、耳をつんざく雷鳴《らいめい》のような音が鳴《な》り響《ひび》き、立っていられないほどの揺《ゆ》れが襲《おそ》ってきて、大広間の端《はし》のほうで屋根が四分の一ほど崩《くず》れ落《お》ち、二人の周囲《しゅうい》に大きな石が転がり落ちてきて、壁《かべ》がゆらゆらと波打った。そのとき、ベルの音がやんだ。たちこめていたほこりがおさまり、何もかもがふたたび静《しず》かになった。

屋根の崩落《ほうらく》は魔法《まほう》のせいだったのか、それとも耐《た》えがたいほどのベルの大音量《だいおんりょう》に崩れかけていた壁がついにもちこたえられなくなった結果《けっか》なのか、それは誰《だれ》にもわからない。

「ほら、ごらんなさい！　これで満足《まんぞく》でしょ！」ポリーが息を切らしながら言った。

「とにかく、これで終わったな」ディゴリーが言った。

二人ともそう思ったのだが、それはとんでもないまちがいだった。

5　滅《ほろ》びの言葉

ベルの音は鳴りやんだが、ポリーとディゴリーはベルの吊《つ》り下《さ》がっている四角柱をはさんで向かいあったまま、まだわなわなと震《ふる》えていた。不意《ふい》に、大広間の崩《くず》れ残《のこ》ったあたりから柔《やわ》らかな衣《きぬ》ずれの音が聞こえた。二人は即座《そくざ》にふりかえって見た。礼服を着た人物のひとりで、いちばん端《はし》にすわっていた人物、ディゴリーがすごい美人だと思った女の人が椅子《いす》から立ちあがるところだった。立ちあがった女の人は、ディゴリーとポリーが想像していたよりはるかに背《せ》が高かった。そして、王冠《おうかん》や衣装《いしょう》だけでなく、目の輝《かがや》きや唇《くちびる》の表情《ひょうじょう》から、その人が強大な力を持つ女王であることが一目でわかった。女の人は大広間を見わたして崩れ落ちた部分に目をやり、二人の子どもたちに目をとめたが、その表情からは、その人が建物《たてもの》の損害《そんがい》や子どもたちの存在《そんざい》

について どう思ったか、驚《おどろ》いているのかいないのか、何もわからなかった。女の人は大股《おおまた》でずんずんと進んできた。

「わらわを目ざめさせたのは、誰《だれ》じゃ？　呪文《じゅもん》を解《と》いたのは、誰じゃ？」女の人が口を開いた。

「ぼくだと思います」ディゴリーは言った。

「そちか！」女王はそう言って、片方《かたほう》の手をディゴリーの肩《かた》に置《お》いた。白くて美しい手だったが、ディゴリーはその手に鋼鉄《こうてつ》のペンチのような強い力を感じた。「そちが？　だが、そちはたかが小童《こわっぱ》、それも平民《へいみん》の子ではないか。そちのからだに王族や貴族《きぞく》の血が流れておらぬことは、一目瞭然《いちもくりょうぜん》じゃ。そちごとき者が、なにゆえ畏《おそ》れ多《おお》くもわが宮殿《きゅうでん》に足を踏《ふ》み入れたのか？」

「わたしたち、ほかの世界から来たんです。魔法《まほう》で」ポリーが口を開いた。そろそろディゴリーだけでなく自分にも女王が目をとめたってよさそうなものだと思ったのだ。

「それは、まことか？」女王はまだディゴリーに視線《しせん》を注いだまま、ポリーには一瞥《いちべつ》もくれずに言った。

「そうです」ディゴリーが答えた。

女王はもっとよく見ようとして、もう一方の手でディゴリーのあごをぐいと持ち上げた。ディゴリーは女王の目をにらみ返そうとしたが、すぐに目を伏《ふ》せてしまった。女王の目にはディゴリーを圧倒《あっとう》する迫力《はくりょく》があった。女王はディゴリーの顔を一分以《い》上《じょう》もじろじろ眺《なが》めたあと、あごから手を放して言った。

「そちは魔術師《まじゅつし》などではない。そちには魔術師の〈しるし〉が見えぬ。魔術師の召《めし》使《つかい》にすぎぬ者であろう。他人の魔術の力でここへやってきたのだな?」

「アンドリュー伯父《おじ》の魔術です」ディゴリーは答えた。

ちょうどそのとき、大広間の中ではないものの、どこか非常《ひじょう》に近いところから低《ひく》い地鳴《じな》りのような音が聞こえはじめ、次に何かがきしる音が聞こえ、そのあと石造《せきぞう》の建物《たてもの》が崩《くず》れ落《お》ちる轟音《ごうおん》が響《ひび》いて、床《ゆか》が揺《ゆ》れた。

「ここはおおいに危険《きけん》である」女王が言った。「宮殿《きゅうでん》全体が崩《くず》れようとしておるようじゃ。数分のうちにここを去らぬと、がれきに埋《う》もれることになろうぞ」それは、何でもないことを話しているような淡々《たんたん》とした口ぶりだった。「さ、行くぞ」と言って、女王は二人の子どもたちに手をさしだした。ポリーはこの女がきらいで、かなり気分を害《がい》してもいたので、できれば手などつなぎたくはなかったのだが、冷静《れいせい》な口調とは裏腹《うらはら》に女王の動きはすばやく、気がついたときにはポリーの左手は自分よりはるかに大きくて強い手に握《にぎ》られていて、どうすることもできなかった。

「とんでもない女だわ」ポリーは思った。「すごい力。わたしの腕《うで》なんか、ひとひねりでへし折《お》られちゃいそう。それに、左手を握られちゃったから、黄色い指輪《ゆびわ》に手が届《とど》かないし。右手をのばして左のポケットにつっこもうとしても届かないかもしれないし、何やってるのかって気づかれちゃいそう。何があっても、とにかくこの女に指輪のことを知られないようにしないと。ディゴリーにも黙《だま》ってるだけの分別《ふんべつ》があればいいんだけど。ああ、ディゴリーと二人っきりで話せたらいいのに」

女王は二人を連《つ》れて〈肖像《しょうぞう》の間〉から長い廊下《ろうか》に出たあと、迷路《めいろ》のように入り組んだ広間や階段《かいだん》や中庭を通って進んだ。巨大《きょだい》な宮殿《きゅうでん》のあちこちが崩《くず》れ落《お》ちる音が頻《ひん》繁《ぱん》に聞こえ、ときにはすぐそばの石積《いしづ》みが崩れてくることもあった。一度など、三人が通《とお》り抜《ぬ》けた直後に巨大《きょだい》なアーチの通路が轟音《ごうおん》をたてて崩れ落ちた。女王は足早に歩きつづけたが──子どもたちは小走りでついていった──恐《おそ》れる様子ひとつ見せなかった。ディゴリーは、「この女王はすばらしく勇敢《ゆうかん》な人だ。それに強い。これこそ女王と呼《よ》ぶにふさわしい人だ！　女王の口からこの場所の話を聞かせてもらいたいものだ」と思った。

歩きながら女王が聞かせてくれた話もあるにはあったが、「あれは地下牢《ちかろう》への入口じゃ」とか、「あの通路の先には重罪犯《じゅうざいはん》の拷問《ごうもん》部屋がある」とか、「これは昔の宴会《えんかい》用広間で、わらわの曽祖父《そうそふ》王が七〇〇人の貴族《きぞく》を招《まね》いて宴会を催《もよお》して、そやつらが酒に酔《よ》うか酔わぬかのうちに皆殺《みなごろ》しにした場所じゃ。連中《れんちゅう》め、謀反《むほん》を企《くわだ》てておったのでな」といったような殺伐《さつばつ》とした話ばかりだった。

三人はついに、それまで見た中でいちばん大きくて天井《てんじょう》の高い広間にやってきた。その大きさと、つきあたりに見えるりっぱな扉《とびら》から、やっと宮殿《きゅうでん》の正面玄関《げんかん》まで来たにちがいないとディゴリーは思った。ディゴリーの推測《すいそく》は当たっていた。扉は真っ黒で、黒檀《こくたん》でできているか、あるいはわたしたちの世界には存在《そんざい》しない何かの黒い金《きん》属《ぞく》でできていたのかもしれない。扉には太いかんぬきが何本もはまっていて、そのほとんどは手が届《とど》かないほど高いところにあり、とても持ち上げられそうもない重さに見えた。どうやって外に出るのだろう、とディゴリーは思った。

女王はディゴリーの手を放すと、腕《うで》を高く上げ、背《せ》すじをすっくと伸《の》ばして仁王立《におうだ》ちになった。そして、ポリーやディゴリーには理解《りかい》できない（けれども恐《おそ》ろしい響《ひび》きの）言葉をとなえ、扉《とびら》に向かって何かを投げつけるような動作をした。すると、高くて頑丈《がんじょう》な扉が絹《きぬ》のカーテンのように揺《ゆ》らめいたと思った次の瞬間《しゅんかん》、粉々《こなごな》にくだけて、ちりの山となってしまった。

「ヒューッ！」ディゴリーは口笛を鳴らした。

「そちの魔術《まじゅつ》の師匠《ししょう》である伯父《おじ》とやらは、わらわのような力を持っておるのか？」女王がふたたびディゴリーの手をがっちりつかんで、たずねた。「しかし、それはいずれわかること。さしあたり、いま見たことをおぼえておくがよい。わらわを邪魔《じゃま》だてすれば、物であろうが人であろうが、このようになるのじゃ」

その国に来てはじめて見る大量《たいりょう》の光がぽっかりあいた門からさしこんでいた。女王に連《つ》れられて門を出てみると、思ったとおり、そこは建物《たてもの》の外だった。顔に吹《ふ》きつける風は冷《つめ》たく、よどんだかび臭《くさ》いにおいがした。ディゴリーとポリーは高いところに作られたテラスに立っていて、眼下《がんか》には巨大《きょだい》な都市が広がっていた。

空の低《ひく》いところ、地平線の近くに、巨大な赤い太陽が見えた。わたしたちの世界の太陽よりはるかに大きな太陽だった。ディゴリーには、すぐに、その太陽がわたしたちの世界の太陽より古いということがわかった。寿命《じゅみょう》の終わりを迎《むか》えた太陽が疲《つか》れきった光で世界を満《み》たしていた。太陽の左手のいちだんと高いところに大きくて明るい星がひとつ見えた。暗い空に見えるのはその星と太陽だけで、わびしい眺《なが》めだった。そして地上には、どちらの方角を見ても目が届《とど》くかぎり巨大な都市が広がっていて、生きているものの姿《すがた》はひとつとしてなかった。寺院も、尖塔《せんとう》も、宮殿《きゅうでん》も、ピラミッドも、橋も、すべてが死にかけた太陽の光を浴《あ》びて不吉《ふきつ》な影《かげ》を長く引いていた。かつて都市の中を流れていた大きな川でさえ、はるか昔に水がかれて、いまでは灰色《はいいろ》のひからびた大きな溝《みぞ》と化していた。

「しかと見るがよい。今後ふたたび人の目がこれを見ることはなかろう」女王が言った。「これがチャーンの姿《すがた》じゃ。偉大《いだい》なる都、王のなかの王たる者の都、世界の驚《きょう》異《い》、そしておそらくありとあらゆる世の奇跡《きせき》であった。小童《こわっぱ》よ、そちの伯父《おじ》はこれほどの偉大《いだい》なる都を治《おさ》めておるのか？」

「いいえ」ディゴリーは答えた。そして、アンドリュー伯父はどこも治めてなんかいないと説明《せつめい》しようとしたが、女王はかまわず話を続《つづ》けた。

「いまは静《しず》まりかえって音もないが、かつてわらわがここに立ったころは、チャーンの喧噪《けんそう》で大気が沸《わ》きたっておったものじゃ。行進の足音、車輪《しゃりん》のきしむ音、鞭《むち》の鳴る音に奴隷《どれい》どものうめき声、チャリオット[1]のとどろき、寺院から聞こえてくるいけにえの儀式《ぎしき》の太鼓《たいこ》を打つ音。わらわはここに立ち——あれは最後《さいご》が近づいたころであった——通りという通りから戦《たたか》いの怒号《どごう》が上がるのを聞き、チャーンの川が血で赤く染《そ》まるのを眺《なが》めたものよ」そう言って女王はいったん言葉を切ったあと、「そのすべてを、一人の女が一瞬《いっしゅん》にして永遠《えいえん》に消し去ったのじゃ」と付《つ》け加《くわ》えた。

「誰《だれ》がですか？」ディゴリーは聞きとれないくらいの声でたずねたが、答えの見当はついていた。

「わらわじゃ」女王は答えた。「最後の女王にして全世界の女王たる、このジェイ

YOUCHAN

ディスじゃ」

ポリーとディゴリーは黙《だま》って立ちつくしたまま、冷《つめ》たい風に吹《ふ》かれて震《ふる》えていた。

「もとはと言えば、悪いのは姉のほうじゃ」女王は言った。「姉がわらわを追いつめたのじゃ。あらゆる神々の呪《のろ》いをあの女の上に永遠《えいえん》にあらしめよ！　わらわはいつでも和睦《わぼく》に応《おう》じる用意があった——そうとも、そして命乞《いのちご》いを聞いてやる用意もあった、あの女が王座《おうざ》を明《あ》け渡《わた》しさえすれば。だが、あの女はそれを拒《こば》んだ。あの女の傲《ごう》慢《まん》さが全世界を破壊《はかい》したのじゃ。戦《いくさ》が始まったあとでさえ、双方《そうほう》とも魔法《まほう》を使わぬという厳《げん》たる申し合わせがあった。しかし、むこうが約定《やくじょう》を破《やぶ》ったからには、どうすることができよう？　愚《おろ》か者《もの》め！　魔術《まじゅつ》ならばわらわのほうが上回ることを知らなんだではあるまいに。あの女は、わらわが〈滅《ほろ》びの言葉〉の秘密《ひみつ》を手にしておることも承知《しょうち》だったはず。あの女は——頭の弱い女め——わらわがそれを使わぬとでも思っていたのか？」

「それは何なんですか？」ディゴリーが聞いた。

「秘中《ひちゅう》の秘《ひ》じゃ」ジェイディス女王が言った。「はるか古代より、われら一族の偉大《いだい》なる王たちのあいだには、ある言葉の存在《そんざい》することが伝《つた》えられておった。しかるべき儀式《ぎしき》によりて口にしたならば、それを口にした者以外《いがい》の生きとし生けるものを破滅《はめつ》させる力を持つという言葉じゃ。しかるに昔の王たちは心の弱い腰抜《こしぬ》けぞろいで、自らその言葉を知ろうとする試《こころ》みはせぬという誓《ちか》いを立て、また後《のち》の世に続《つづ》くすべての王たちにも同じことを誓わせた。だが、わらわは秘密《ひみつ》の場所へおもむいて、その言葉をつきとめたのじゃ。そのために途方《とほう》もない犠牲《ぎせい》を払《はら》った。わらわが好《す》き好《この》んでその言葉を使ったのではない、あの女めが使わせたのじゃ。わらわは、あらゆるほかの手を繰《く》り出《だ》してあの女と戦《たたか》った。兵士《へいし》どもの血をおしみなく流して――」

「人でなし！」ポリーがつぶやいた。

「最後《さいご》の大合戦《だいがっせん》は、ここチャーンの都で三日三晩《みっかみばん》続《つづ》いた」女王は続けた。「三日のあいだ、わらわはまさにこの場所に立って、戦況《せんきょう》を見下ろしておった。わが軍《ぐん》の最後の兵士が倒《たお》れるまで、そしてあの呪《のろ》われた女、わらわの姉が反乱軍《はんらんぐん》を率《ひき》いて街《まち》からこ

1　古代エジプト、ギリシア、ローマなどで使われた、おもに二頭立て一人乗りの軽二輪戦車《けいにりんせんしゃ》。

のテラスへと続《つづ》く大階段《おおかいだん》の半《なか》ばまで押《お》し寄《よ》せるのを見るまで、わらわは魔法《まほう》を使わなんだ。たがいの顔が見えるほど敵軍《てきぐん》が近づいてくるまで待った。あの女は、身の毛もよだつ邪悪《じゃあく》なる目を光らせてわらわを見すえ、『勝ったな』と言い放《はな》った。『いかにも』と、わらわは答えた。『ただし、勝ったのはそなたではないわ』とな。そのあと、わらわは〈滅《ほろ》びの言葉〉を口にした。一瞬《いっしゅん》ののち、この世で生きておるのは、わらわ一人のみとなった」

「だけど、国民《こくみん》は？」ディゴリーが声をしぼりだした。

「何の国民じゃ？」女王が問い返した。

「ふつうの人たちのことです」ポリーが言った。「ふつうの人たちは、あなたに対して何も悪いことをしていないでしょう？　女の人たちや、子どもたちや、動物たちはどうなったのですか？」

「わからぬのか」女王は、あいかわらずディゴリーに向かってしゃべった。「わらわは女王であるぞ。民《たみ》はわらわのもの、わらわのものなのだ。わが意のままに使う以外《いがい》に、何の役に立つのじゃ？」

「それでも、やっぱりむごいと思います」ディゴリーが言った。

「ああ、そうか、そちが平民《へいみん》の子だということを忘《わす》れておったわ。そちのような者に国家の論理《ろんり》がわかるはずもない。よいか、小童《こわっぱ》、そちやそちのような平民どもにおいては悪行《あくぎょう》とされることであっても、わらわのような偉大《いだい》なる女王においては悪行とはならぬのじゃ。わらわの肩《かた》には世界の重責《じゅうせき》がかかっておる。わらわはいかなる掟《おきて》にも縛《しば》られるものではない。わらわのような人間は、孤高《ここう》なる運命をさずけられておるのじゃ」

とつぜん、ディゴリーはアンドリュー伯父《おじ》がそっくり同じ言葉を口にしたことを思い出した。ただし、同じ言葉でも、ジェイディス女王が口にすると、はるかに堂々《どうどう》と聞こえた。たぶん、アンドリュー伯父が身長二メートル一〇センチもなくて、目がくらみそうなほど美しくもなかったからだろう。

「それで、そのあとは、どうしたんですか？」ディゴリーが聞いた。

「わらわは、あらかじめ、先祖《せんぞ》たちの像《ぞう》が並《なら》んでおる大広間に強い魔法《まほう》をかけておいた。その魔法とは、わらわも先祖たちとともに像のようになって眠《ねむ》りにつき、何者かがやってきてベルを打ちわらわを目ざめさせるまで、千年の歳月《さいげつ》が過《す》ぎようとも、食べ物も火もなしに生きつづけられる、というものだったのじゃ」

「太陽があんなふうになったのも〈滅《ほろ》びの言葉〉のせいなのですか？」ディゴリーがたずねた。

「どのようだと言うのじゃ？」

「あんなに大きくて、あんなに赤くて、あんなに冷《つめ》たくて」

「太陽は昔からああいうものときまっておる」女王が言った。「少なくとも、何万年、何十万年のあいだ。そのほうどもの世界では、ちがう種類《しゅるい》の太陽なのか？」

「はい。もっと小さくて、もっと黄色っぽくて、もっとたくさんの熱《ねつ》を出します」

女王は「ほほう！」と声を出した。ディゴリーが見上げたその顔には、少し前にアンドリュー伯父《おじ》の顔に見たのと同じ貪欲《どんよく》な表情《ひょうじょう》がうかんでいた。「つまり、そのほうどもの世界はまだ若《わか》いのだな」

女王はいまいちど足を止めて住む者のいなくなった都を眺《なが》め──その都に自分がもたらした災厄《さいやく》について後悔《こうかい》していたとしても、表情には見せなかった──それから言った。

「さあ、行こう。ここは寒い。世の終わりを迎《むか》えようとしておるのじゃ」

「行くって、どこへ？」子どもたち二人が聞いた。

「どこへ、じゃと？」ジェイディス女王は驚《おどろ》いたようすで同じ言葉をくりかえした。

「もちろん、そのほうどもの世界へ行くのじゃ」

ポリーとディゴリーは、ぎょっとして顔を見合わせた。ポリーは最初《さいしょ》から女王をきらっていたし、ディゴリーでさえ、さきほどの話を聞いたあとでは、もう女王には愛想《あいそ》が尽《つ》きていた。どちらにしても、女王は連《つ》れて帰りたいような人物ではなかった。それに、たとえ連れて帰りたいと思ったとしても、どうすればいいのか、二人にはわからなかった。二人はとにかく自分たちがその場から離《はな》れたい一心だった。でも、ポリーは指輪《ゆびわ》に手が届《とど》かないし、ディゴリーはもちろんポリーを置《お》いていくわけにはいかない。ディゴリーは顔を真《ま》っ赤《か》にして、言葉につっかえながら言った。

「ぼ、ぼくたちの世界にですか？　そ、そうとは、思いませんでした」

「わらわを迎《むか》えにまいったのでなければ、何のためにそちはここへつかわされたのじゃ?」ジェイディス女王が言った。

「ぼくたちの世界なんか、ぜんぜん気に入らないと思いますよ」ディゴリーは言った。

「この人が来るような場所じゃないよね、ポリー? すごく退屈《たいくつ》なところだし、見るべきものもろくにないし」

「わらわが支配《しはい》するようになれば、たちまちのうちに、見るべき都となろう」女王が言い放った。

「そんなこと、無理《むり》です」ディゴリーが言った。「ちがうんです。支配なんて、させてもらえませんよ」

女王は傲慢《ごうまん》な笑《え》みをうかべて言った。「これまで、あまたの偉大《いだい》なる王たちがチャーン王家に刃向《はむ》かおうとした。しかし、かれらはすべて倒《たお》れ、名前さえも忘《わす》れ去《さ》られた。愚《おろ》か者《もの》どもめ! わからぬのか、わらわのこの美貌《びぼう》と魔法《まほう》をもってすれば、一年もたたぬうちに、そのほうどもの世界などまるごとわが足もとにひれ伏《ふ》すことになろうぞ。さっさと呪文《じゅもん》を使って、わらわをそのほうどもの世界へ連《つ》れてまいれ」

「とんでもないことになっちゃった」ディゴリーがポリーに言った。

「おそらく、そちは、自分の伯父《おじ》のことを心配しておるのであろう」ジェイディス女王は言った。「だが、わらわにしかるべき敬意《けいい》を払《はら》えば、命と王位《おうい》は許《ゆる》してつかわす。そちの伯父と戦《たたか》うためにそのほうどもの世界へ行くわけではないからな。そちをここへ送ってよこす方法《ほうほう》を見つけたのであれば、そちの伯父はなかなかの魔術師《まじゅつし》にちがいない。そちの伯父は全世界の王であるのか？　それとも一部を支配《しはい》しておるのか？」

「王なんかじゃありません」ディゴリーが言った。

「いつわりを申すでない」女王は言った。「魔術《まじゅつ》というものは、いつの世においても王の血統《けっとう》が継《つ》ぐものではないのか？　平民《へいみん》の魔術師など、聞いたこともないわ。そちが真実を述《の》べようと述べまいと、わらわには真実を見とおす力がある。そちの伯父はそのほうどもの世界の偉大《いだい》なる王であり、偉大なる魔術師であるにちがいない。そして、その魔術を用いて、わらわの顔を魔法《まほう》の鏡《かがみ》か、あるいは魔法の水盤《すいばん》に映《うつ》し見《み》たにちがいない。そして、わらわの美しさに心を奪《うば》われ、世界を根底《こんてい》より揺《ゆ》るがせし強力なる呪文《じゅもん》を用いて世界と世界をへだてる広き淵《ふち》を超《こ》え、わらわの恩寵《おんちょう》を願《ねが》い、そのほうどもの世界へ迎《むか》えんがために、そちを送りこんだにちがいない。答えるがよい。そうではないのか？」

「いや、ちょっとちがうんですけど……」ディゴリーが言った。

「ぜんぜんちがうわよ！」ポリーが叫《さけ》んだ。「そんな話、一から十まででたらめじゃない！」

「小童《こわっぱ》め！」女王はかんかんに怒《おこ》って、ポリーの髪《かみ》をむんずとつかんだ。頭のてっぺんの、いちばん痛《いた》いところを。だが、そうしたために、二人の子どもの手を放《はな》してしまった。「いまだ！」ディゴリーが叫《さけ》んだ。「早く！」ポリーが叫んだ。二人は左手をポケットにつっこんだ。指輪《ゆびわ》をつける必要《ひつよう》もなかった。指輪に手が触《ふ》れた瞬間《しゅんかん》、荒《あ》れはてた世界は目の前から消えた。二人はぐんぐん上昇《じょうしょう》していき、あたたかい緑色の光が頭の上から近づいてきた。

6　アンドリュー伯父《おじ》の受難《じゅなん》のはじまり

「放《はな》してよ！　放してったら！」ポリーが金切り声をあげた。

「ぼく、さわってないよ！」ディゴリーが言った。

と思ったら、二人の頭はもう水たまりの上へ出て、ふたたび光あふれる静《しず》かな〈世界のあいだの森〉にもどっていた。さっきまでのかびくさく荒《あ》れはてた場所にくらべると、なおのこと、森は豊《ゆた》かで暖《あたた》かく心やすらぐ場所に思われた。許《ゆる》されるものならば、ポリーもディゴリーもふたたび自分たちが何者だったかを忘《わす》れ、どこから来たのかも忘れて森の中に横たわり、うつらうつらしながら木々の育つ音に耳を傾《かたむ》けて夢《ゆめ》のような時間をすごしたことだろう。だが、今回は、うつらうつらどころの騒《さわ》ぎではなかった。水たまりから草の上へ這《は》い出《で》たとたん、自分たち二人のほかに連《つ》れがいることがわかったからだ。女王というか魔女《まじょ》（どちらでも好《す》きな呼《よ》び方《かた》でどうぞ）がポリーの髪《かみ》をわしづかみにしたまま、ついてきてしまったのだ。それでポリーが「放《はな》してよ！」と叫《さけ》んでいたのだった。

ところで、このおかげで指輪《ゆびわ》についてもうひとつ新しいことがわかった。それはアンドリュー伯父《おじ》が自分でも知らなかったためにディゴリーに教えてなかったことで、ひとつの世界から別《べつ》の世界へ指輪を使って移《うつ》るためには、指輪を自分で指にはめたり直接《ちょくせつ》さわったりしている必要《ひつよう》はなく、指輪に触《ふ》れている人にさわっていればそれで十分《じゅうぶん》、ということだった。つまり、磁石《じしゃく》と同じような原理なのだ。磁石で針《はり》をつりあげれば、その針に触《ふ》れているほかの針もいっしょにくっついてくることは、誰《だれ》でも知っていると思う。

森の中で見るジェイディス女王は、まるで別人《べつじん》だった。ひどく顔色が悪く、真《ま》っ青《さお》な顔をしているので、美貌《びぼう》がだいなしだった。それに、からだをかがめて、ひどく息苦しそうにしていた。まるで、この世界の空気では呼吸《こきゅう》ができないように見えた。ポリーもディゴリーも、こんな女王の姿《すがた》を見たら少しも怖《こわ》くなくなった。

「放《はな》してったら！　髪《かみ》の毛《け》を放してよ！　いったいどういうつもりなの⁉」ポリーが言った。

「おい！　髪の毛を放せよ！　放すんだ！」ディゴリーも言った。

二人はふりむいて、女王ともみあった。二人のほうが女王よりも力が強くて、ものの数秒で女王の手をふりほどいた。女王はふらふらと後ずさりし、荒《あら》い息をついて、目に恐怖《きょうふ》の色をうかべていた。

「早く、ディゴリー！」ポリーが声をかけた。「指輪《ゆびわ》を替《か》えて、家に帰る水たまりへ！」

「助けて！　助けておくれ！　後生《ごしょう》だから！」魔女《まじょ》は弱々しい声をあげながら二人のあとをよろよろと追いかけてきた。「いっしょに連《つ》れていっておくれ。こんな恐《おそ》ろしい場所に置《お》いていくつもりではなかろうな？　これでは死んでしまう……」

「これが国家の論理《ろんり》ってやつよ」ポリーがいやみたっぷりの声で言った。「あんたが自分の国でたくさんの人たちを殺《ころ》したのと同じよ。早く、ディゴリー」二人は緑の指輪を指にはめた。そのとき、ディゴリーがつぶやいた。

きたのだった。

「ああ、もう！　どうしろって言うんだ？」ディゴリーは女王が少し気《き》の毒《どく》になって

「馬鹿《ばか》なこと言ってないで」ポリーが言った。「そんなの、ごまかしに決まってるわよ。早くして」ポリーとディゴリーは家にもどる水たまりに飛《と》びこんだ。「水たまりに目印《めじるし》をつけといてよかった」とポリーは思った。ところが、水たまりに飛びこんだ瞬間《しゅんかん》、ディゴリーは大きな冷《つめ》たい親指と人差《ひとさ》し指《ゆび》に耳をつかまれたのを感じた。そして、どんどん底《そこ》へ沈《しず》んでいって、ごちゃごちゃの色や形がしだいにわたしたちの世界らしく見えてくるにつれて、耳をつかんでいる指の力が強くなってきたのを感じた。どうやら魔女《まじょ》が力を取りもどしつつあるようだった。ディゴリーはもがいたり足で蹴《け》ったりしたが、どうにもならなかった。気がつくと、ディゴリーとポリーはアンドリュー伯父《おじ》の書斎《しょさい》にいた。書斎にはアンドリュー伯父が待ちかまえていて、ディゴリーが別《べつ》の世界から連《つ》れ帰《かえ》った驚《おどろ》くべき女性《じょせい》を唖然《あぜん》とした面持《おもも》ちで見つめていた。

無理《むり》もない。ディゴリーとポリーだって、目がくぎづけになったのだから。魔女の体力が回復《かいふく》したことは、まちがいなかった。そしていま、わたしたちの世界にあらわ

れた魔女《まじょ》を日常《にちじょう》のごくあたりまえの風景《ふうけい》の中で見ると、その姿《すがた》は息をのむほど異様《いよう》だった。チャーンにいたときでさえ魔女はただならぬ存在《そんざい》だったが、ロンドンにあらわれた魔女にはぞっとするほど恐《おそ》ろしい迫力《はくりょく》があった。ひとつには、じっさいの魔女がディゴリーやポリーが感じていたよりはるかに大女だったからだ。「ほとんど人間ばなれしてるな」と、魔女の姿を見てディゴリーは思った。その感想は、あながち外《はず》れではなかったかもしれない。というのは、チャーン王家には巨人《きょじん》の血がまじっていたという説《せつ》があるからだ。しかし、その巨大《きょだい》ささえ忘《わす》れてしまうほど、魔女は美しく、猛々《たけだけ》しく、荒々《あらあら》しく見えた。ロンドンの街《まち》を歩いているふつうの人間の一〇倍も荒ぶって見えた。アンドリュー伯父《おじ》はぺこぺこおじぎをくりかえして両手をもみあわせ、はっきり言って完全《かんぜん》に縮《ちぢ》みあがったようすだった。魔女と並《なら》べてみると、アンドリュー伯父など取るに足らないカスにしか見えなかった。とはいっても、ポリーがのちに語ったように、魔女の顔とアンドリュー伯父の表情《ひょうじょう》にはどこか似《に》かよったものがあった。いわゆる邪悪《じゃあく》な魔法使《まほうつか》いの表情、ジェイディス女王がディゴリーの顔にはあらわれていないと言った魔術師《まじゅつし》の〈しるし〉がみとめられたのだ。アンドリュー伯父《おじ》とジェイディス女王を並《なら》べて眺《なが》めてみてよかったことといえば、もう二度とアンドリュー伯父のことを怖《こわ》いとは思わなくなったことだろう。ガラガラヘビを見たあとは青虫なんかちっとも怖くなくなる、猛《たけ》り狂《くる》った雄牛《おうし》を見たあとは乳牛《にゅうぎゅう》なんかちっとも怖くなくなる、というのと同じだ。

「へん、ばかみたいだ！」ディゴリーは心の中で思った。「伯父さんが魔術師《まじゅつし》とはね！　冗談《じょうだん》もいいところだ。本物の魔法使《まほうつか》いってのは、あの女王のことを言うのさ」

アンドリュー伯父は、さっきからずっと手をもみあわせてはぺこぺこしつづけていた。何か調子のいいおせじを言おうとするのだが、口がからからに乾《かわ》いてものが言えないらしい。指輪《ゆびわ》を使ったアンドリュー伯父のいわゆる「実験《じっけん》」は、期待以上《いじょう》の結果《けっか》を招《まね》いてしまった。何年も魔術《まじゅつ》をかじってきたとはいえ、アンドリュー伯父はいつだって危険《きけん》なことは（できるかぎり）他人にやらせてきたので、このようなことが自分の身に起こったのははじめてだった。

そのとき、ジェイディス女王が口を開いた。それほど大きな声ではないものの、その声には部屋じゅうの空気を震《ふる》わせる迫力《はくりょく》があった。

「わらわをこの世界へ呼《よ》びつけた魔法使《まほうつか》いは、どこにおるのじゃ？」

「えー、マダム」アンドリュー伯父《おじ》が口をぱくぱくさせながら答えた。「まことに名《めい》誉《よ》なことでございまして――ありがたき幸せで――思いもかけぬ歓《よろこ》びでございまして――その、ささやかなる準備《じゅんび》をする暇《ひま》さえございますれば――その、わたくしも――その、わたくしが――」

「魔法使いはどこにおるかと聞いておるのじゃ、馬鹿者《ばかもの》」ジェイディス女王が言った。

「わたくしで――わたくしめでございます、マダム。ここにおりまするいたずらっ子どもが失礼《しつれい》を働《はたら》きましたならば、なにぶんどうかお許《ゆる》しを。もちろん、悪気などひとつも――」

「そちがか？」女王はいちだんと恐《おそ》ろしい声で言った。そして、たった一歩で部屋を横切ると、アンドリュー伯父の白髪《しらが》をわしづかみにして頭をぐいと後ろへ傾《かたむ》け、顔を仰向《あおむ》かせて、チャーンの王宮でディゴリーの顔をしげしげ眺《なが》めたときと同じようにアンドリュー伯父の顔をとくと検分《けんぶん》した。そのあいだじゅう、アンドリュー伯父は目をぱちぱちさせ、不安《ふあん》そうに唇《くちびる》をなめていた。そのうちにやっと、女王はアンド

YOUCHAN

リュー伯父《おじ》から手を放《はな》した。いきなり手を放したので、アンドリュー伯父はよろよろと後ずさりして壁《かべ》にぶつかった。

「なるほど」女王は軽蔑《けいべつ》に満《み》ちた口調《くちょう》で言った。「たしかにそちは魔術師《まじゅつし》のはしくれのようじゃな。立て、犬め。そんなところに伸《の》びておるではないわ。女王の御前《おんまえ》であるぞ。そちはどのようにして魔術《まじゅつ》を使うようになった？　そちに王家の血が流れておらぬことは、わらわが断言《だんげん》する」

「はあ――あの、たしかに――その、厳密《げんみつ》な意味ではそうかもしれませんが」と、アンドリュー伯父は言葉につっかえながら答えた。「厳密には王族ではございません、マダム。しかしながら、ケタリー家はたいへんに古い家柄《いえがら》でございまして、ドーセットシャーの旧家《きゅうか》でございます、マダム」

「黙《だま》れ」魔女《まじょ》が一喝《いっかつ》した。「そちの正体などわかっておるわ。そちは本に書いてある型通《かたどお》りの魔法《まほう》しか使えぬケチなつまらぬ魔術師にすぎぬ。そちの血にも、心の臓《ぞう》にも、本物の魔術などやどってはおらぬわ。わらわの世界では、そちのような類《たぐ》いは千年も前に根絶《ねだ》やしにしてやった。だが、この世界では下僕《げぼく》として使ってやろう」

「ありがたき幸せ――何なりとよろこんでお役に――その、お役に立ちまする、はい」

「黙《だま》れ！　口数が多い。最初《さいしょ》の仕事じゃ、よく聞け。ここは大きな街《まち》と見た。ただちにチャリオットなり、空飛《と》ぶじゅうたんなり、調教ずみのドラゴンなり、そのほうどもの国で貴人《きじん》が使うにふさわしい乗り物を調達《ちょうたつ》してまいれ。そのあと、わらわの地《ち》位《い》にふさわしい着物や宝石《ほうせき》や奴隷《どれい》を手に入れられる場所へ案内《あんない》せよ。あすから、この世界の征服《せいふく》にとりかかる」

「は――はい――ただいますぐに馬車を呼《よ》んでまいりまする」アンドリュー伯父《おじ》は息もたえだえに答えた。

「待て」アンドリュー伯父がドアに手をかけたところで、魔女《まじょ》が言った。「裏切《うらぎ》りなどゆめ考えるでないぞ。わらわの目は壁《かべ》をとおして人の心の中まで見ることができるのじゃ。どこへ行こうと、わらわの目が見ていると思え。命令《めいれい》にそむくそぶりが見えたら、即座《そくざ》に呪《のろ》いをかけるから、忘《わす》れるな。呪いによって、そちが腰《こし》を下ろそうとするものすべてが灼《や》けた鉄のごとく熱《あつ》く感じられ、ベッドに横たわればかならず足もとに目に見えぬ氷の冷《つめ》たさを感じることになるであろう。さあ、行け」

アンドリュー伯父《おじ》は、しっぽを股《また》のあいだにしまった負け犬の態《てい》で部屋を出ていった。

ポリーとディゴリーは〈世界のあいだの森〉でのことでジェイディス女王に何か言われるのではないかとびくびくしていたが、じっさいには、そのときも、あとになっても、ジェイディス女王は森でのことについて何も言わなかった。ジェイディスの頭は、あの静《しず》かな場所のことをまるっきり記憶《きおく》しておけない質《たち》だったのだろう(ディゴリーも、そう考えている)。だからあの場所に何度連《つ》れていかれたとしても、そしてあの場所にどれほど長い時間置《お》いておかれたとしても、ジェイディスは何ひとつおぼえていなかっただろうと思われる。いま、書斎《しょさい》に子どもたち二人と残《のこ》されたジェイディス女王は、子どもたちのどちらにも関心《かんしん》を示《しめ》さなかった。それもジェイディス女王らしいことだった。チャーンでは、ジェイディスは(最後《さいご》の最後まで)ポリーにはいっさいの関心を示さなかった。というのは、女王が利用《りよう》しようと考えたのがディゴリーだったからだ。いま、女王はアンドリュー伯父を手に入れたので、もうディゴリーには関心を示《しめ》さなくなった。魔女《まじょ》とはたいていそんなもので、自分にとって利用《りよう》価値《かち》のある物や人のほかには興味《きょうみ》を示さない。魔女《まじょ》はおそろしく実利的《じつりてき》なのだ。そんなわけで、書斎《しょさい》では一、二分のあいだ沈黙《ちんもく》が続《つづ》いた。しかし、ジェイディスが足で床《ゆか》をコツコツ打っているようすから、女王がしだいにいらいらしはじめているのがわかった。

女王はひとりごとのように「あの老《お》いぼれめ、何をしておるのじゃ。鞭《むち》を持ってくればよかったわい」とつぶやいた。そして、子どもたちには一瞥《いちべつ》もくれず、アンドリュー伯父《おじ》を追って憤然《ふんぜん》たる足取りで書斎《しょさい》を出ていった。

「ふぅーっ！」ポリーが長い安堵《あんど》のため息をもらした。「わたし、家に帰らなくちゃ。ずいぶん遅《おそ》くなっちゃった。きっと叱《しか》られるわ」

「ね、たのむから、できるだけ早くもどってきてよね」ディゴリーが言った。「あいつがうちにいるなんて、ぞっとするよ。これからどうするか、計画を立てないと」

「それはもう伯父さんの責任《せきにん》でしょ」ポリーが言った。「だいたい、こういうややこしいことになったのは、伯父さんの魔法《まほう》のせいなんだから」

「それでもさ、また来てくれるだろう？　ちっ、こんなピンチにぼく一人残《のこ》して帰っ

「わたし、トンネルを通って帰るから」ポリーの口調《くちょう》は冷《ひ》ややかだった。「それがいちばん早いし。また来てほしいんなら、ごめんなさいぐらい言うべきじゃないの？」

「ごめんなさいだって？」ディゴリーが声をあげた。「女の子って、これだからわかんないんだ！　ぼくが何をしたっていうの？」

「あら、べつに何も」ポリーは皮肉たっぷりに言った。「ただ、あの蠟人形《ろうにんぎょう》の広間でわたしの手首をもげそうなくらいにねじっただけよ。ひきょうな悪ガキみたいにね。あと、ベルをハンマーで打っただけ。バカみたいに。それから、あの森で、家に帰る水たまりに飛《と》びこむ前にあんたが後ろをふりかえったせいであの女がくっついてきちゃっただけ。それだけですけどね」

「はあ！」ディゴリーには、まったく意外《いがい》で驚《おどろ》きだった。「わかったよ、ごめんなさいって言うよ。蠟人形の広間でのことは、ほんとうに悪かったと思ってるし。さ、ごめんなさいって言ったよ。だから、たのむよ、もどってきてよね。もどってきてくれないと、ぼく、すごく困《こま》るんだ」

「あんたに何か起こるってわけじゃないでしょ。灼《や》けた鉄の椅子《いす》にすわらされたりベッドに氷を入れられたりするのは、ケタリーさんなんだから。ちがう？」

「そういうことじゃないんだよ」ディゴリーは言った。「ぼくが心配してるのは、母さんのことなんだ。あいつが母さんの部屋にはいっていったら、どうなる？　母さん、驚《おどろ》いて死んじゃうかもしれないんだよ？」

「ああ、そういうことね」ポリーはさっきとは一変《いっぺん》した声で返事をした。「わかったわ。仲直《なかなお》りしてあげる。また来てあげるわ――来れたらね。でも、とにかく、もう行かなくちゃ」そう言って、ポリーは小さなドアからトンネルへよじのぼって姿《すがた》を消した。数時間前まであれほど興奮《こうふん》と冒険《ぼうけん》に満《み》ちた世界に思われた梁《はり》のあいだの暗い空間は、いまではすっかり退屈《たいくつ》でありふれた空間になってしまっていた。

さて、話をアンドリュー伯父《おじ》にもどそう。アンドリュー伯父は哀《あわ》れな老《お》いぼれた心《しん》臓《ぞう》をばくばくさせ、ハンカチでひたいをふきふき、よろめく足取りで屋根裏《やねうら》から二階への階段《かいだん》を下りていった。二階にある寝室《しんしつ》まで来たアンドリュー伯父は、部屋にはいってドアに鍵《かぎ》をかけた。そしてまず最初《さいしょ》にしたのは、衣装《いしょう》だんすの奥《おく》を手探《てさぐ》りして酒びんとワイングラスを取り出すことだった。レティ伯母《おば》さんに見つからないように、いつもそこに隠《かく》してあるのだ。アンドリュー伯父《おじ》は大人《おとな》用のろくでもない飲み物をグラスに注《つ》いで、一気に飲みほした。そして、深々と息をついた。

「いやはや、たまげた」アンドリュー伯父はひとりごちた。「仰天《ぎょうてん》のきわみだわい。まったく、この歳《とし》になって！」

アンドリュー伯父はもう一杯《いっぱい》グラスを満《み》たして、また飲みほした。それから、着がえをはじめた。読者諸君《しょくん》はこういう服を見たことはないと思うが、わたしはまだ記憶《きおく》している。アンドリュー伯父はすごく丈《たけ》の高い光沢《こうたく》のある硬《かた》い襟《えり》をつけた。これをつけると、いつもあごを上げていなくてはならない。それから、アンドリュー伯父は織《お》り模様《もよう》入りの白いベストを着て、懐中時計《かいちゅう》の金鎖《きんぐさり》がベストの前に見えるように整えた。そのあと、いちばん上等なフロックコートに袖《そで》を通した。結婚式《けっこんしき》や葬式《そうしき》のときに着る一張羅《いっちょうら》だ。着がえ終わると、アンドリュー伯父はいちばん上等なシルクハットを取り出して、ほこりを払《はら》った。そして、鏡台《きょうだい》の上にレティ伯母さんが飾《かざ》っておいた花びんから花を一輪《りん》取って、それを上着《うわぎ》のボタンホールに飾った。そのあと、左《ひだり》側《がわ》の小さなひきだしから洗《あら》いたてのハンカチーフ（いまではもう売っていないようなすてきなハンカチーフ）を出して、香水《こうすい》を二、三滴《てき》たらした。さいごに、アンドリュー伯父《おじ》は太い黒いリボンのついた片眼鏡《かためがね》[1]を取り上げて、目のくぼみにはめた。そして、自分の姿《すがた》を鏡《かがみ》に映《うつ》して眺《なが》めた。

子どもはときに馬鹿《ばか》げたことをするものだが、大人《おとな》も別《べつ》の意味で馬鹿げたことをする場合がある。このとき、アンドリュー伯父は、まさにその大人のする馬鹿げたことを始めたのだった。魔女《まじょ》が同じ部屋にいなくなったので、アンドリュー伯父はあっという間に魔女がどんなに恐《おそ》ろしい女だったかを忘《わす》れて、魔女のたぐいまれなる美しさのことしか考えられなくなり、さっきからずっと「あれは、いい女だ。いい女だなぁ。とびっきりの上玉《じょうだま》だ」などとつぶやいていた。どういうわけか、その「とびっきりの上玉」を連《つ》れてきたのが二人の子どもたちだということは忘れて、まるで自分が魔《ま》法《ほう》の力であの女を未知《みち》の世界から呼《よ》びよせたような気になっていた。

「なあ、アンドリューよ」アンドリュー伯父は鏡に映った自分に向かって語りかけた。「おまえさんは、その歳《とし》にしちゃ、おそろしく若々《わかわか》しく見えるぞ。いや、じつになかなかいい男だわい」

どうやら、この愚《おろ》かな老人《ろうじん》は、魔女《まじょ》が自分に恋《こい》するだろうと妄想《もうそう》しはじめているようだった。さっき飲んだ二杯《はい》の酒が効《き》いたせいだろう。それに、上等の服を着こんだ勢《いきお》いもあったかもしれない。どちらにしても、アンドリュー伯父《おじ》は、ひどくうぬぼれの強い人間だった。だからこそ、魔術師《まじゅつし》などになったのである。

アンドリュー伯父は部屋の鍵《かぎ》をあけて一階へ下りていき、お手伝《てつだ》いさん（当時はどこの家にもお手伝いさんがいた）に一頭だての馬車を呼《よ》んでくるよう言いつけてから、客間をのぞいた。思ったとおり、客間にはレティ伯母《おば》さんがいた。伯母さんはせっせとマットレスの修繕《しゅうぜん》をしていた。マットレスは窓《まど》ぎわの床《ゆか》に広げてあり、伯母さんはその上に膝《ひざ》をついて仕事をしていた。

「あー、レティティアさんよ」アンドリュー伯父はあらたまった声でレティ伯母さん

1　目のくぼみにはめこんで使う片目用の眼鏡《めがね》。一九世紀のヨーロッパではシルクハットとフロックコートと片眼鏡《かためがね》が紳士のシンボルだった。

に話しかけた。「わたしは――その――出かけなくてはならんので、五ポンドばかり用立《ようだ》ててもらえないかね、いい子だから」

「だめですよ、兄さん」レティ伯母《おば》さんは針仕事《はりしごと》から顔も上げずに、きっぱりと静《しず》かな声で言った。「兄さんにお金は貸《か》しませんと何度言っているかしれないでしょう」

「なあ、聞き分けのないことを言わんでおくれ、レティアちゃんよ」アンドリュー伯父《おじ》は食い下がった。「きわめて重要《じゅうよう》な用件《ようけん》なのだ。金を用立ててくれないと、わたしはひどく困《こま》った立場に追いこまれてしまうのだよ」

「兄さん」レティ伯母さんはアンドリュー伯父の顔を真正面から見すえて言った。「わたしにお金を無心《むしん》するなんて、恥《は》ずかしいと思わないのですか」

こうした言葉の背景《はいけい》には長く退屈《たいくつ》な大人《おとな》の事情《じじょう》があるのだが、読者諸君《しょくん》は、アンドリュー伯父が「レティちゃんに代わって財産《ざいさん》を管理《かんり》してあげよう」などと言いながら、じっさいは仕事なんかひとつもしないでブランデーと葉巻《はまき》の出費《しゅっぴ》ばかりを重ねて（いつも伯母さんがそれを支払《しはら》っていた）、おかげでレティ伯母さんは三〇年前よりずいぶん貧乏《びんぼう》になってしまった、ということだけ理解《りかい》しておいてくれれば十分《じゅうぶん》だろう。

「レティちゃんや」アンドリュー伯父《おじ》は猫《ねこ》なで声《ごえ》を出した。「あんたにはわからんかもしれんが、きょうは予定外の出費《しゅっぴ》がかなりかさみそうなのだよ。ちょっとした接《せっ》待《たい》をしなくちゃならんのでね。さ、たのむよ、めんどうなことを言わないでおくれ」

「接待って、いったい誰《だれ》を接待するのです?」レティ伯母《おば》さんがたずねた。

「あー、その、非常《ひじょう》に高貴《こうき》なお客人が、たったいま到着《とうちゃく》なさったところなのだ」

「高貴なお客人が、聞いてあきれますよ!」レティ伯母さんが一蹴《いっしゅう》した。「この一時間、玄関《げんかん》のベルは一度も鳴ってないじゃありませんか」

ちょうどそのとき、応接間《おうせつま》のドアがすごい勢《いきお》いで開いた。レティ伯母さんがふりかえると、なんと驚《おどろ》いたことに、戸口のところにとんでもなく大きな女が立っているではないか。女はすばらしく豪華《ごうか》な衣装《いしょう》を身につけ、両腕《りょううで》をむきだしにして、目をぎらぎら光らせていた。それは魔女《まじょ》だった。

7 玄関前《げんかんまえ》の大騒《おおさわ》ぎ

「おい、奴隷《どれい》、チャリオットひとつに何時間待たせるのじゃ?」魔女《まじょ》が大声でどやしつけた。アンドリュー伯父《おじ》は縮《ちぢ》みあがって魔女のそばからとびのいた。間近に魔女を見たとたん、さっき鏡《かがみ》を眺《なが》めながら楽しんでいた馬鹿《ばか》げた妄想《もうそう》はことごとく消え去った。けれども、レティ伯母《おば》さんはさっと立ちあがり、部屋の中央へ進み出た。

「兄さん、このお若《わか》い方はどなたですの?」レティ伯母さんは冷《ひ》ややかな口調でただした。

「さる高貴《こうき》な外国の方だ――ひ、非常《ひじょう》に重要《じゅうよう》なお、お方なんだ」アンドリュー伯父は口ごもりながら答えた。

「馬鹿馬鹿しい！」伯母さんはそう吐《は》き捨《す》てると、魔女のほうに向きなおって、「いますぐ、この家から出ていきなさい、この性悪女《しょうわるおんな》。出ていかないと警察《けいさつ》を呼《よ》びますよ」と言った。伯母《おば》さんは、魔女《まじょ》を見てどこかのサーカスの女だと思ったのだ。それに、伯母さんは、腕《うで》をむき出しにする服装《ふくそう》は下品だと考えていた。

「この女は何者じゃ？」ジェイディスが言った。「わらわに吹《ふ》き飛《と》ばされたくなければ、ひざまずけ、下人《げにん》め」

「この家でそのような言葉づかいは許《ゆる》しませんよ」レティ伯母さんはきっぱりと言った。

その瞬間《しゅんかん》、アンドリュー伯父《おじ》の目には、女王がすっくと背《せ》すじを伸《の》ばして仁王立《におうだ》ちしたように見えた。ジェイディスは火を噴《ふ》かんばかりの激《はげ》しい目つきでレティ伯母さんをにらみすえながら、少し前にチャーンで宮殿《きゅうでん》の扉《とびら》をちりに変《か》えたときと同じように片手《かたて》で何かを投げつけるジェスチャーをし、恐《おそ》ろしい響《ひび》きの言葉を口にした。けれども今回は何も起こらず、魔女《まじょ》の呪《のろ》いの言葉を英語《えいご》と勘《かん》ちがいしたレティ伯母さんがこう言っただけだった。

「そんなことだろうと思ったわ。この女、飲んだくれているのね。酔《よ》っぱらいとはね！　まともにしゃべることもできないじゃありませんか」

チャーンでは、たしかに使えたはずの魔法《まほう》だった。人間をちりに変《か》えるその魔法がわたしたちの世界では使えなくなっていることを知った瞬間《しゅんかん》、魔女《まじょ》はおおいにうろたえたにちがいない。しかし、魔女は一瞬《いっしゅん》たりともひるまなかった。魔法が効《き》かなくて気落ちするどころか、魔女はまっすぐ突進《とっしん》し、レティ伯母《おば》さんの首と膝《ひざ》のあたりをつかんで、まるで人形のように軽々と頭の上まで持ち上げ、部屋の奥へ投《な》げ飛《と》ばした。レティ伯母さんが空中を飛《と》んでいたちょうどそのとき、お手伝《てつだ》いさん（すばらしく心おどる朝の時間をすごしていた）が戸口に顔をのぞかせて、「失礼《しつれい》いたします、旦那《だんな》さま、馬車がまいりましたです」と声をかけた。

「案内《あんない》せよ、奴隷《どれい》」魔女がアンドリュー伯父《おじ》に言った。アンドリュー伯父は「暴力《ぼうりょく》はまことに遺憾《いかん》で……抗議《こうぎ》せざるを……」というようなことをぼそぼそ口にしたものの、ジェイディスのひとにらみで言葉をのみこんだ。女王はアンドリュー伯父を追い立てて部屋を出て、そのまま家を出ていった。ディゴリーが階段《かいだん》を駆《か》け下《お》りてきたのは、ちょうど二人が出ていってドアが閉《し》まったところだった。

「たいへんだ！」ディゴリーはつぶやいた。「魔女《まじょ》がロンドンに野放《のばな》しになっちゃう。アンドリュー伯父《おじ》さんといっしょに。いったいどういうことになるんだろう」

「あ、ディゴリー坊《ぼ》っちゃま」とお手伝《てつだ》いさん（まったくもって愉快《ゆかい》な一日をすごしていた）が声をかけてきた。「ミス・ケタリーがおけがをなさったようなんです」お手伝いさんとディゴリーは急いで応接間《おうせつま》へ駆《か》けこみ、ことのしだいを知った。

レティ伯母《おば》さんが落ちたところがむきだしの板の間だったとしたら、あるいはカーペットの上だったとしても、からだじゅうの骨《ほね》が折《お》れていたにちがいない。だが、さいわいなことに、伯母さんが着地したのはマットレスの上だった。レティ伯母さんは、きわめて頑丈《がんじょう》な老婦人《ろうふじん》だった。当時の伯母さんというのは、たいてい頑丈にできていたものだ。気つけ薬をもらって、二、三分ほどその場にすわっていたあと、伯母さんは何カ所か打ち身になった以外《いがい》はだいじょうぶだと言った。そして、すぐに事態《じたい》の収拾《しゅうしゅう》に乗りだした。

「サラ」レティ伯母さんはお手伝いさん（生まれてこのかた経験《けいけん》したことがないような一日をすごしていた）に指示《しじ》した。「いますぐ交番へ行って、頭のおかしい危険《きけん》な女が野放《のばな》しになっていると伝《つた》えなさい。ミセス・カークのお昼ごはんは、わたしが持っていきますから」ミセス・カークというのは、もちろん、ディゴリーの母親のことだ。

母親の昼食の世話をすませてから、ディゴリーとレティ伯母《おば》さんは自分たちも昼食をとった。そのあと、ディゴリーは懸命《けんめい》に考えた。

問題は、いかにして一刻《いっこく》も早く魔女《まじょ》をもとの世界へもどすか、あるいはとりあえずこの世界から追い出すか、ということだった。どうあっても、魔女を家の中で暴《あば》れさせるわけにはいかない。お母さんが魔女を見たら、たいへんなことになる。そして、できることなら、ロンドンの街中《まちなか》でも魔女が暴れるのを阻止《そし》しなくてはならない。魔女がレティ伯母さんを吹《ふ》き飛《と》ばそうとしたとき、ディゴリーはその場にはいなかったが、魔女がチャーンで王宮の門を吹き飛ばしたのを見ていたから、魔女がとんでもない魔力《まりょく》を持っていることは知っていた。そして、こちらの世界へ来たせいで魔法《まほう》の一部が使えなくなったことは知らなかった。しかも、ディゴリーは、魔女がわたしたちの世界を征服《せいふく》しようと考えていることを知っていた。いま現在《げんざい》でさえ、ディゴリーが想像するかぎり、魔女《まじょ》はバッキンガム宮殿《きゅうでん》や国会議事堂《こっかいぎじどう》を吹き飛《と》ばしているかもしれなかった。それに、まちがいなく、いまごろ多数の警官《けいかん》が吹き飛ばされて、ちっぽけなちりの山になっているはずだ。そして、そのことについて、ディゴリーには何ひとつ打つ手がないのだ。「だけど、あの指輪《ゆびわ》は磁石《じしゃく》みたいに効《き》いたんだっけ」と、ディゴリーは考えた。「ぼくが魔女にさわってるあいだに黄色い指輪をつければ、魔女もぼくも〈世界のあいだの森〉に行くはずだ。そしたら、魔女はまた弱るのかな？　あれは、あの場所のせいで起こったことなんだろうか、それとも自分の世界から引きずり出されたショックであなっただけなんだろうか？　どっちにしても、やってみるしかない。あいつをどうやって見つければいいんだろう？　レティ伯母《おば》さんは、行き先をちゃんと言わないと外出を許《ゆる》してくれそうもないし。手持ちのお金は二ペンスしかないし。ロンドンじゅう探《さが》しまわるには、乗り合い馬車や市電に乗るお金がいるしなぁ。どっちにしても、どこを探せばいいかなんて、見当もつかないや。アンドリュー伯父《おじ》さんは、まだ魔女といっしょにいるんだろうか？」

けっきょく、自分にできるのはアンドリュー伯父と魔女が家にもどってくるのを願《ねが》って待つことだけだ、というのがディゴリーの結論《けつろん》だった。もし二人が帰ってきたら、いそいで駆《か》けだしていって、魔女《まじょ》が家にはいる前につかまえて、黄色い指輪《ゆびわ》をつけなくてはならない。ということは、ネコがネズミの穴《あな》を見張《みは》るようにディゴリーは玄関《げんかん》を見張っていなければならないということだ。玄関から一歩だって動くわけにはいかないぞ、とディゴリーは考えた。そこで、ディゴリーは食事室へ行って、窓《まど》に顔をはりつけるようにして見張りを始めた。食事室の窓は弓形《ゆみがた》に張《は》り出《だ》したボウ・ウインドウで、そこからならば玄関へ上がってくる石段《いしだん》も見張れるし、家の前の通りも見張ることができるから、知らないうちに誰《だれ》かが玄関からはいってくる心配はない。

「ポリーはいまごろ何してるんだろう……？」ディゴリーは考えた。

最初《さいしょ》の三〇分がじりじりと過《す》ぎていくあいだ、ディゴリーは何度もポリーはどうしているのだろうと考えた。でも、読者諸君《しょくん》には、わたしがお話ししよう。ポリーは昼食の時間に遅《おく》れて家にもどり、靴《くつ》と靴下《くつした》がびしょぬれだった。いったいどこで何をしていたのかと聞かれたポリーは、ディゴリー・カークと出かけていたのだと答えた。さらに追及《ついきゅう》されたポリーは、足がぬれたのは水たまりにはいったからだと答え、その水たまりは森の中にあったのだと答えた。森とはどこの森なのかと聞かれたポリーは、わからないと答えた。その森は公園の中にあったのかと聞かれたので、ポリーは、公園のようなところだったかもしれないと答えた。それは、あながちうそではない。こうした問答のすえに、ポリーの母親は、娘《むすめ》が親に黙《だま》って出かけて、ロンドンのよく知らない場所で、よく知らない公園にはいって、水たまりに飛《と》びこんで遊んできた、というふうに解釈《かいしゃく》した。その結果《けっか》、ポリーはとても悪い子だったと叱《しか》られ、もう一度こんなことがあったらもう「カークさん家の息子《むすこ》さん」とは遊《ち》ばせませんからね、と言いわたされた。そのあと、ポリーは罰《ばつ》としておいしいおかずやデザートを全部ぬきにしたつまらない昼ごはんを食べさせられ、たっぷり二時間ベッドにはいってじっと反省していなさい、と命じられた。当時は、子どもに与《あた》える罰として、こういうことがよくおこなわれたものだった。

そんなわけで、ディゴリーが食事室の窓《まど》から外を見張《みは》っているあいだ、ポリーはベッドに寝《ね》かされて、二人とも遅々《ちち》として進まない時間にいらいらしながらすごしていたのだった。わたし自身としては、どちらかといえばポリーの立場のほうがましかと思う。というのは、ポリーはただ二時間が過《す》ぎるのを待っているだけでよかったのだが、ディゴリーのほうは数分おきに辻馬車《つじばしゃ》だのパン屋の荷馬車だの肉屋の小僧《こぞう》だのが通りの角を曲がってくる音を聞いては、そのたびに「あ、魔女《まじょ》だ!」と緊張《きんちょう》し、毎回けっきょく肩《かた》すかしで終わる、ということのくりかえしだったからだ。そして、緊張と緊張の合間の時間がはてしなく長く感じられるあいだ、時計だけがカチカチと時を刻《きざ》み、頭の上では大きなハエが手の届《とど》かない高いところで窓《まど》ガラスにぶつかりながらブンブン飛《と》び回《まわ》っていた。当時のロンドンでは、この家のように午後になるとひっそり静《しず》まりかえって退屈《たいくつ》きわまりなく、いつもマトン料理《りょうり》の匂《にお》いがただよっているような家がいくらもあった。

ディゴリーが外を見張《みは》っていたあいだに、ちょっとしたできごとがあった。あとになってこれが重要《じゅうよう》な意味を持つことになるので、ここでお話ししておくことにしよう。どこかの婦人《ふじん》がディゴリーの母親のお見舞《みまい》にブドウを持って訪《たず》ねてきた。食事室のドアが開いていたので、ディゴリーはレティ伯母《おば》さんがお客さんと玄関《げんかん》で話している声をもれ聞くことになった。

「まあ、おいしそうなブドウですこと！」レティ伯母《おば》さんの声がした。「妹には何よりですわ。でも、かわいそうに！　メイベルは、いまとなっては、若《わか》さの国から摘《つ》んできた果物《くだもの》でも食べさせなくては治《なお》らないんじゃないかと……この世のものでは、効《き》きそうもなくて……」そのあと二人は声を低《ひく》くしてまだしばらく話していたが、ディゴリーには聞こえなかった。

もしも、その若さの国の話を聞いたのが数日前のことだったならば、ディゴリーはレティ伯母さんがまた例《れい》によってたいした意味もない大人《おとな》の会話をしているだけだと思って、気にもとめなかったにちがいない。その日の午後でさえ、ほとんど聞き流しそうになったくらいだった。しかし、そのとき急に、ディゴリーの頭にうかんだことがあった。いまの自分はこの世とはちがう別《べつ》の世界がほんとうに存在《そんざい》することを知っているし（レティ伯母さんは知らないかもしれないけれど）、じっさいにそういう世界のひとつへ行ってきたのではないか、と。つまり、もしかしたら、どこかにほんとうに〈若さの国〉があるのかもしれない、何だって不可能《ふかのう》とは言いきれないはずだ、と。どこかほかの世界に、お母さんを治してくれる果物があるかもしれない！　それに――それに――ひたむきな願《ねが》いがかなうかもしれないと思いはじめたとき、どんな気分になるものか、読者諸君《しょくん》もおそらく知っていると思う。そんな都合のよいことなどとても実現《じつげん》するはずがないと思って、心の中の希望《きぼう》をおさえつけようとしたりするものだ。それまで何度も願っては失望《しつぼう》するということのくりかえしだったから。ディゴリーは、そんなふうに感じていた。でも、心にうかんだ希望の声を黙《だま》らせようとしても無理《むり》だった。もしかしたら、もしかしたら、実現できるかもしれないと思うと……。いままでだって、もうすでに、不思議《ふしぎ》なことがさんざん起こっているのだし。それに、自分の手もとには魔法《まほう》の指輪《ゆびわ》があるのだ。あの森のいろんな水たまりに飛《と》びこめば、さまざまな世界へ行けるにちがいない。ひとつひとつ手あたりしだいに探《さが》してみればいいのだ。そうすれば、お母さんが治《なお》るかもしれない。何もかもが以前のようになるかもしれない……。ディゴリーは魔女《まじょ》を見張《みは》っていたことをすっかり忘《わす》れてしまい、黄色い指輪のはいっているポケットに手を伸《の》ばそうとした。そのとき、とつぜん、すごいスピードで走る馬のひづめの音が聞こえてきた。

「あれ？　何だろう？」ディゴリーはぼんやり考えた。「消防《しょうぼう》馬車かな？　どこの家が火事なんだろう？　たいへんだ、こっちへ来るぞ。あ、あいつだ！」

「あいつ」が誰《だれ》のことか、説明《せつめい》するまでもないだろう。

最初《さいしょ》に角を曲がってきたのは辻馬車《つじばしゃ》だった。御者席《ぎょしゃせき》はからっぽで、片側《かたがわ》の車輪《しゃりん》を浮《う》かせながらフルスピードで角を曲がってくる辻馬車の屋根の上に立って――すわってではなくて、立って――みごとにバランスを取りながら乗りこなしているのは、女王のなかの女王、チャーンの大いなる恐怖《きょうふ》、ジェイディスその人だった。ジェイディスは歯をむき出し、目をらんらんと光らせ、長い髪《かみ》を彗星《すいせい》の尾《お》のように後ろになびかせながら、馬に容赦《ようしゃ》なく鞭《むち》を当てていた。馬は赤く充血《じゅうけつ》した鼻の穴《あな》を広げ、横っ腹《よこっぱら》に泡《あわ》のような汗《あせ》をかいている。馬はほんの数センチの差《さ》で街灯《がいとう》をかわし、狂《くる》ったようにディゴリーの家の玄関前《げんかんまえ》まで駆《か》けてきて、後ろ足で立ちあがった。辻馬車は街灯《がいとう》に激突《げきとつ》して粉々《こなごな》にこわれた。魔女《まじょ》はその寸前《すんぜん》にひとっ飛《と》びで馬の背中《せなか》に飛びうつった。

そして馬にまたがると、前かがみになって馬の耳に何ごとかささやいた。それは馬を落ち着かせる言葉ではなく猛《たけ》り狂《くる》わせる言葉だったようで、馬はあっという間にふたたび後ろ足で立ちあがり、甲高《かんだか》い声でいなないて、ひづめを蹴《け》りたて、歯をむき出し、

YOUCHAN

目をむいて、たてがみを振《ふ》り乱《みだ》した。よほどの乗り手でなければ、馬から振《ふ》り落《お》とされていただろう。

息つく間もなく、ディゴリーの目の前でさらにいろいろな騒《さわ》ぎが起こった。一台目につづいて、すぐあとから二台目の辻馬車《つじばしゃ》が猛《もう》スピードで走ってきて止まり、フロックコートを着た太った男と警官《けいかん》が飛《と》び降《お》りた。そのあと、三台目の辻馬車がやってきて、さらに二人の警官が降《お》りてきた。馬車を追って、自転車の二〇人ばかり（ほとんどが使い走りの少年たち）がベルを鳴らしたりはやしたてたり口笛を鳴らしたりしながらやってきた。最後《さいご》に、おおぜいの人たちが徒歩《とほ》で追いかけてきた。みんな走ってきたのでひどく興奮《こうふん》していたが、見るからに騒《さわ》ぎを楽しんでいるようすだった。通りぞいの家は軒《のき》なみ大急ぎで窓《まど》を開け、どの家の玄関《げんかん》にもお手伝《てつだ》いさんや執事《しつじ》が顔をのぞかせていた。みんな、騒ぎを見物しに出てきたのだ。

そのあいだに、一台目の辻馬車の残骸《ざんがい》の中から老紳士《ろうしんし》がよろよろと出てこようとしていた。何人かが助けに駆《か》け寄《よ》ったが、ある者はこっちから引っぱり、またある者はあっちから引っぱりするので、むしろ手を貸《か》さずに放っておいたほうが早く脱出《だっしゅつ》できたのではないかというようなありさまだった。ディゴリーはその老紳士《ろうしんし》がアンドリュー伯父《おじ》かもしれないと思ったが、顔を確《たし》かめることができなかった。というのは、シルクハットが顔にすっぽりはまってしまっていたからだ。

ディゴリーは駆《か》けだしていって、野次馬《やじうま》の群《む》れに加《くわ》わった。

「あの女です、あの女です」太った男がジェイディスを指さして叫《さけ》んでいた。「お願《ねが》いします、おまわりさん。あの女め、わたしの店から何十万も何百万もする商品を盗《と》っていったんです。あの首にかけている真珠《しんじゅ》のネックレス、見えますか？　あれ、うちの店のものです。おまけに、あの女に一発殴《なぐ》られたんです」

「そうだよ、おまわりさん、あの女だよ」野次馬の一人が言った。「それにしても、みごとな青タンだ。きれいに一発食《く》らったもんだ。いやはや、力の強い女だなぁ！」

「ビーフステーキ用の生肉で湿布《しっぷ》するといいですよ、だんな。効《き》き目《め》ばつぐんです」肉屋の小僧《こぞう》が言った。

「さて、と。これはいったいどういうことですかな？」いちばん偉《えら》い警官《けいかん》が聴取《ちょうしゅ》を始めた。

「だからね、あの女が──」太った男がそう言いかけたところで、誰《だれ》かが声をあげた。

「その辻馬車《つじばしゃ》のじじいを逃《に》がすなよ。そいつが女をそそのかしたんだ」

辻馬車のじじいというのは、思ったとおり、アンドリュー伯父《おじ》だった。アンドリュー伯父はようやく立ちあがって、あちこち打ち身をさすっているところだった。

「さてさて」と、さきほどの警官《けいかん》が、こんどはアンドリュー伯父のほうに向きなおって言った。「いったい、これは何事ですかな？」

「をむふぅ、ぽむふぃ、しょむふ」シルクハットの中からアンドリュー伯父の声が聞こえた。

「ふざけるのはやめなさい」警官がきびしい口調で言った。「これは笑《わら》いごとではありませんぞ。いいですか、その帽子《ぼうし》を取りなさい」

それは口で言うほど簡単《かんたん》なことではなかった。アンドリュー伯父はしばらく帽子と格闘《かくとう》していたが、取れないので、二人の警官が帽子のつばを持って力ずくで帽子を引《ひ》っぱった。

「ありがとう、ありがとうございます」シルクハットから解放されたアンドリュー伯父は、消え入りそうな声で言った。「ありがとうございます。いやはや、すっかり縮《ちぢ》みあがりましたわい。どなたか、ブランデーを一杯《いっぱい》くださらんかな――」

「いいですか、事情《じじょう》を聞かせてもらいますよ」さっきの警官《けいかん》がものすごく大きなノートとものすごく小さな鉛筆《えんぴつ》を取り出して言った。「あそこにいる若《わか》い女性《じょせい》は、おたくのお連《つ》れですかな？」

「あぶない！」野次馬《やじうま》の声がして、警官は間一髪《かんいっぱつ》のところでとびのいた。馬が警官を狙《ねら》って後ろ足を蹴《け》り上《あ》げたのだ。蹴られたら死んでいたところだ。そのあと、魔女《まじょ》は馬を返して集まっている人たちのほうを向き、馬の後ろ足を歩道にのせた。手には刃《は》渡《わた》りの長いナイフがぎらついている。魔女はさっきからせっせとナイフを使って馬を馬車の残骸《ざんがい》から切《き》り離《はな》していたのだ。

そのあいだじゅう、ずっと、ディゴリーはなんとか魔女にさわれるところまで近づこうとしていた。それは簡単《かんたん》なことではなかった。というのは、ディゴリーに近い側《がわ》には人が多すぎ、かといって、反対側《はんたいがわ》へ回るには、馬の後ろ足と家の周囲《しゅうい》のドライエリア[1]（ケタリーの家には地下があった）を囲《かこ》む鉄柵《てっさく》とのあいだを通らなければならず、馬のことを少しでも知っている人なら、そして、このときの馬がどんな興奮状《こうふんじょう》態《たい》にあるかを見たならば、それはかなり危険《きけん》なことだとわかったはずだからだ。ディゴリーは馬のことをよく知っていたが、覚悟《かくご》を決め、タイミングを見はからって馬の後ろを駆《か》け抜《ぬ》けようと待ちかまえていた。

ちょうどそのとき、山高帽《やまたかぼう》をかぶって顔を真《ま》っ赤《か》にした男が見物の人だかりを肩《かた》で押《お》し分《わ》けながら前のほうへ出てきた。

「あの、ちょっと、おまわりさん！」男の人は声をかけた。「あの女が乗ってんのは、あたしの馬なんでさ。んで、あの女が木《こ》っ端《ぱ》みじんにしやがった馬車も、あたしの馬車なんでさ」

「一人ずつ順《じゅん》に、一人ずつ順にやりますから」警官《けいかん》が言った。

「んな悠長《ゆうちょう》なこと言ってる場合じゃねえんです」辻馬車《つじばしゃ》の御者《ぎょしゃ》が言った。「あの馬のこたぁ、あたしのほうがよくわかってんだから。ありゃ、そんじょそこらの馬じゃね

1　地下室の外壁《がいへき》まわりを採光《さいこう》や通風の目的《もくてき》で掘《ほ》り下《さ》げた空間のこと。

えんだ。あれの父親は騎兵隊《きへいたい》の将校《しょうこう》さんを乗っけてた軍馬《ぐんば》なんでさ。あの女が馬をあおりつづけたら、いまに死人が出ますよ。ちょっと、あれのとこへ行かしてくださいよ」

警官《けいかん》は馬から離《はな》れられるというので、よろこんで御者《ぎょしゃ》を通した。御者は馬に一歩近《ちか》寄《よ》り、ジェイディスを見上げて、御者なりに親切な口調で話しかけた。

「ほれ、嬢《じょう》さんよ、その馬の手綱《たづな》を取らしておくんなさい。そんで、あんたは降《お》りたほうがいい。あんたみたいなレディが、こんなやっかいごとに巻《ま》きこまれたくはねえだろう？　うちに帰って、お茶でも飲んで、おとなしく横になるがいいよ。そうすりゃ気分が良《よ》くなるって」そう話しかけながら、御者は馬の首に手を伸《の》ばし、「よしよし、落ち着け、ストロベリー。いい子だ。よしよし、落ち着け」と声をかけた。

そのときはじめて、魔女《まじょ》が口を開いた。

「犬め！」魔女の冷《つめ》たく澄《す》みわたった声が、ほかのあらゆる騒音《そうおん》を制《せい》して響《ひび》きわたった。「犬め、王の乗馬《じょうば》から手を放《はな》せ。余《よ》は女帝《じょてい》ジェイディスであるぞ」

8　街灯下《がいとうか》の乱闘《らんとう》

「ほう、女帝《じょてい》だって？　お偉《えら》いことで」野次馬《やじうま》から声があがった。「コルニー・ハッチ[1]の女帝に万歳三唱《ばんざいさんしょう》だ」と別《べつ》の声がかかった。かなりの人数が万歳を唱和《しょうわ》した。魔女《まじょ》は顔を赤らめながら、ほんの心もち頭を下げた。しかし、万歳三唱の声はやんで、かわりに大爆笑《だいばくしょう》が起こり、魔女は自分がからかわれただけだったと知った。魔女は顔色を変《か》え、ナイフを左手に持ちかえたと思ったら、見るも恐《おそ》ろしいことをやってのけた。ごくふつうに右手をすっと伸《の》ばして、街灯《がいとう》の左右に突《つ》き出《で》ている横木を一本ねじり取ったのだ。わたしたちの世界へ来て魔法《まほう》の一部は使えなくなったものの、魔女の怪力《かいりき》は失《うしな》われていなかった。魔女は街灯の横木をキャンディー棒《ぼう》でも折《お》るようにポキリと引きちぎり、新しく手にした武器《ぶき》を空中に放《ほう》り上《あ》げて、それを受け止め、振《ふ》り回《まわ》しながら馬を前に進めた。

「いまだ！」と思ったディゴリーは、馬の後ろ足と鉄柵《てっさく》のあいだをさっと走り抜《はし》《ぬ》けて前方へ進んでいった。馬が少しのあいだじっとしていてくれさえすれば、魔女《まじょ》のかかとをつかめるかもしれない。ディゴリーが前方へ走りだしたと同時にグシャッと恐《おそ》ろしい音がして、人が倒《たお》れた。魔女が街灯《がいとう》の鉄棒《てつぼう》でいちばん偉《えら》い警官《けいかん》のヘルメットを殴《なぐ》ったのだ。警官はボウリングのピンのように倒れた。

「早く、ディゴリー。止めなくちゃ！」ディゴリーの脇《わき》で声がした。ポリーだった。ベッドから出ることを許《ゆる》された直後に駆《か》けだしてきたのだ。

「いいところに来てくれた！」ディゴリーが言った。「ぼくにしっかりつかまってて。それから、指輪《ゆびわ》のほう、たのむよ。黄色だからね。ぼくがいいって言うまで、指輪つけないで」

またしてもグシャッという音がして、警官が一人倒れた。見物人から怒声《どせい》があがった。「あの女を引きずり下ろせ。敷石《しきいし》をぶつけてやれ。軍隊《ぐんたい》を呼《よ》べ」しかし、勇《いさ》ましい言葉とは裏腹《うらはら》に、見物人のほとんどは女王からなるだけ遠ざかろうと後ずさりしていた。けれども、辻馬車《つじばしゃ》の御者《ぎょしゃ》だけは誰《だれ》よりも勇気《ゆうき》と優しさのある人だったようで、馬のそばから離《はな》れず、魔女《まじょ》の鉄棒《てつぼう》を右へ左へよけながら、なんとかして馬の首をつかまえようとしていた。

見物人のあいだから、ふたたびあざけりや怒声《どせい》があがった。石がディゴリーの頭上をかすめて飛《と》んでいった。そこへ女王の声が響《ひび》いた。巨大《きょだい》なベルのようにすみわたった声で、なかば事のなりゆきを楽しんでいるような響きさえあった。

「くずどもめが！　わらわがそのほうどもの世界を征服《せいふく》したあかつきには、この代償《だいしょう》は高くつくぞ。この都には石ひとかけらも残《のこ》らぬであろう。この地をチャーンのごとく、フェリンダのごとく、ソーロイスのごとく、ブラマンディンのごとくにしてくれようぞ」

ディゴリーはやっとのことで魔女の足首にとりついたものの、魔女がかかとで蹴《け》り返《かえ》したので、口を蹴《け》られてしまい、あまりの痛《いた》さに手を放《はな》した。唇《くちびる》が切れて、口の

1　ロンドンにある精神科《せいしんか》病院。

中が血だらけになった。すぐそばでアンドリュー伯父《おじ》の声がした。声を震《ふる》わせて何ごとか叫《さけ》んでいる。「マダム――お嬢《じょう》さん――どうか、どうかお静《しず》まりあそばして……」ディゴリーはもういちど魔女《まじょ》のかかとに手を伸《の》ばしたが、また振《ふ》り落《お》とされてしまった。そのあいだにも、鉄の棒《ぼう》で打ちのめされた人がどんどん倒《たお》れていく。そディゴリーはもういちどとびついて、三回目でやっと魔女のかかとをつかまえた。そして死に物ぐるいでしがみついたまま、ポリーに向かって「いまだ！」と叫《さけ》んだ――すると、ありがたや、怒《いか》り狂《くる》った人々の顔や恐怖《きょうふ》に震えあがった人々の顔が目の前から消えた。怒声《どせい》や悲鳴も聞こえなくなった。聞こえるのはアンドリュー伯父の声だけだった。ディゴリーのすぐ背後《はいご》の暗闇《くらやみ》からアンドリュー伯父の泣《な》きわめく声が聞こえた。「おう、おう、これは幻覚《げんかく》か？　この世の終わりか？　こんなことは耐《た》えられん。ひどすぎる。わたしは魔術師《まじゅつし》になろうと思ってなったわけではないのだ。すべては誤解《ごかい》なのだ。何もかも名付《なづ》け親《おや》のせいだ。抗議《こうぎ》せねばならん。こんな病弱の身なのに。ドーセットシャーの古い家系《かけい》なのだぞ」

「くそっ！」ディゴリーは舌打《したう》ちした。「あいつを連《つ》れてくるつもりはなかったのに。

これは、めんどうなことになったぞ。ポリー、そこにいる?」

「いるわよ。ちょっと、そんなにぐいぐい押《お》さないでよ」

「押してないよ」とディゴリーが言いかけたちょうどそのとき、みんなの頭が森の暖《あたた》かな緑の光の中へ出た。水たまりから這《は》い出《だ》しながら、ポリーが声をあげた。

「見てよ！　馬もくっついてきちゃった。それと、ケタリーさんも。あと、御者《ぎょしゃ》のおじさんも。混《こ》んでたはずだわ」

魔女《まじょ》は、ふたたび緑の森にもどってきたと知ったとたん顔色を失《うしな》い、馬のたてがみに顔がつくほど伏《ふ》せてしまった。ひどく気分が悪いようだ。アンドリュー伯父《おじ》はガタガタ震《ふる》えていた。けれども、馬のストロベリーは頭を振《ふ》り、うれしそうな声でいないて、気分がよさそうだった。この馬がこんなにおとなしくなったのを見るのは、はじめてだった。頭にくっつきそうなくらい後ろに倒《たお》していた耳も、いつもどおりピンと立って、目も火を噴《ふ》きそうな猛《たけ》り狂《くる》った目つきではなくなった。

「よーしよし、いい子だ」御者はストロベリーの首すじを手のひらで軽くたたいてやりながら声をかけていた。「よーしよし。どうどう。落ち着け」

YOUCHAN

ストロベリーは、馬としてごく当たり前の行動に出た。とてものどがかわいていたので（無理《むり》もない）、いちばん近くの水たまりへゆっくりと歩いていって、水の中へ足を踏《ふ》み入《い》れ、ひとくち飲もうとしたのだ。そのとき、ディゴリーは魔女《まじょ》のかかとをつかんでいて、ポリーはディゴリーと手をつないでいた。御者《ぎょしゃ》は馬の首に片手をかけていた。そしてアンドリュー伯父《おじ》は、よろよろしながら御者の手につかまったところだった。

「いまよ！」ポリーがディゴリーを見て言った。「緑！」

というわけで、馬は残念《ざんねん》ながら水にありつく暇《ひま》もなく、一行《いっこう》は闇《やみ》の底《そこ》へ沈《しず》んでいった。ストロベリーがいななき、アンドリュー伯父が泣《な》き言《ごと》を垂《た》れ、ディゴリーが「お気《き》の毒《どく》さま」と言い返した。

ややあって、ポリーが口を開いた。「そろそろ着いたんじゃない？」

「どこかには着いてるみたいだよ」ディゴリーが言った。「少なくとも、ぼくは何かしっかりしたものの上に立ってるけど？」

「ほんとだ、わたしもそういえば同じだわ」ポリーが言った。「だけど、どうしてこんなに暗いのかしら？　ねえ、わたしたち、飛《と》びこむ水たまりをまちがえたの？」

「たぶん、ここがチャーンなんだよ」ディゴリーが言った。「真夜中にもどってきたんじゃないかな？」

「ここはチャーンではない」魔女《まじょ》の声がした。「ここはからっぽの世界じゃ。〈無《む》〉の世界じゃ」

たしかに、〈無〉の世界と言えば、まさにその通りという感じがした。星ひとつない漆黒《しっこく》の闇《やみ》で、おたがいの姿《すがた》さえまったく見えなかった。これでは目を開いていても閉《と》じていても同じようなものだ。足の下には冷《つめ》たくて平らな何かがあって、もしかしたら地面かもしれないが、草や木が生えていないことはたしかだった。空気は冷たく乾《かわ》いていて、風もなかった。

「わが命運《めいうん》もついに尽《つ》きたか」魔女はぞっとするほど落ち着いた声で言った。

「ああ、そのようなことをおっしゃいますな」アンドリュー伯父《おじ》が訳《わけ》のわからない言葉を並《なら》べはじめた。「わが親愛《しんあい》なる若《わか》きレディよ、どうかそのようなことをおっしゃいますな。そんなに悪いことではないはずです。ああ――そうだ、御者《ぎょしゃ》さん――ああ、御者《ぎょしゃ》さん、フラスクを持ちあわせではないかね？　酒が一口あれば落ち着くんだが」

「まあ、まあ」御者の声がした。しっかりとした力強い声だった。「みなさん、どうかひとつ落ち着いてくださいい。骨《ほね》の折《お》れた方はおりませんかね？　よかった。とりあえず、それだけでもありがたいことでさ。あんなふうに落っこちたあとじゃ、ありえないような幸運でさ。ここが何か工事中の穴《あな》に落っこちたんだとしたら――たとえば地下鉄の新しい駅とかですがね――そのうちに誰《だれ》かやってきて助けてくれるはずですよ。で、もし、おっ死《ち》んじまったんだとしたら――ありえないとは言えませんからね――だとしたら、まあ、海で何かあったらもっとひどい目にあうわけだし、人はどうせいつか死ななくちゃならんわけですから。まっとうに生きてきた人間なら、心配することは何もありゃしません。あたしの考えを言わしてもらうなら、時間をやりすごすのにいちばんいいのは讃美歌《さんびか》を歌うことだと思いますよ」

その言葉どおり、御者はすぐさま感謝祭《かんしゃさい》の讃美歌を歌いはじめた。作物の刈《か》り入《い》れ

2　携帯《けいたい》用の酒びん。

が無事《ぶじ》にすんで感謝《かんしゃ》します、というような歌で、原初以来《げんしょいらい》いまだかつて作物など育ったことがあるとはとても思えないこのような場所で歌うには場ちがいな気もしたが、これが御者《ぎょしゃ》のいちばんよく知っている歌だったのだ。御者はなかなかの美声で、子どもたちも歌に加《くわ》わった。歌うと元気が出た。アンドリュー伯父《おじ》と魔女《まじょ》は歌に加わらなかった。

讃美歌《さんびか》が終わるころ、ディゴリーは誰《だれ》かがひじのところを引っぱるのを感じた。ブランデーや葉巻《はまき》のにおいがすることや、上等の服を着ているところから、どうやらアンドリュー伯父らしかった。アンドリュー伯父はそっとディゴリーをほかの人たちから引き離《ひ》そうとした。みんなから少し離《はな》れたところでアンドリュー伯父がディゴリーの耳に口を思いきり近づけてささやいたので、耳がこそばゆい感じがした。

「さ、指輪《ゆびわ》をつけなさい。さっさとおさらばしよう」

しかし、魔女の耳をごまかすことはできなかった。「愚《おろ》か者《もの》め!」声がして、魔女が馬から飛《と》び降《お》りた。「わらわが人間の考えを聞きとれると言ったのを、忘《わす》れたか？その小童《こわっぱ》から手を放《はな》せ。わらわを裏切《うらぎ》ろうとする者には、あらゆる世界で時の初《はじ》めより誰《だれ》も聞いたことがないような仕返しをしてやる」

「それに」と、ディゴリーもつけたした。「ぼくのことを、こんな場所にポリーを残《のこ》して——あと、御者《ぎょしゃ》さんと馬も残して——自分だけ帰ろうとするような人でなしだと思ってるのなら、大まちがいですからね」

「なんと聞き分けのない礼儀《れいぎ》知らずな小僧《こぞう》だ」アンドリュー伯父《おじ》が言った。

「しっ！」御者の声に、みんなは耳をすました。

真《ま》っ暗闇《くらやみ》の中で、何かが起ころうとしていた。声が歌いはじめたのだ。それはとても遠い声で、ディゴリーにはどちらの方角から聞こえてくるのかわからなかった。ときには、すべての方角から同時に聞こえてくるような気がした。かと思うと、足の下の地面から聞こえてくるんじゃないかと思えるときもあった。声が低《ひく》くなると、大地の声そのものといってもいいくらい深い音に聞こえた。歌詞《かし》はなかった。メロディさえ、ほとんどないような歌だった。でも、それはディゴリーがそれまで聞いたことのあるどんな歌よりはるかに美しい歌だった。美しすぎて、聞いているのが切なくなるくらいだった。馬も、その歌が好《す》きなようだった。馬は甘《あま》えた声でいなないたが、それは何年も馬車馬として使われたあげくに仔馬《こうま》のころ遊んでいた野原にもどって、よくおぼえている大好《だいす》きな人が角砂糖《かくざとう》を持って野原のむこうから近づいてくるのを見つけたときのような、甘《あま》えた声だった。

「おお……！」御者《ぎょしゃ》が声をあげた。「すてきな歌じゃありませんか？」

そのとき、同時に二つの驚《おどろ》くべきことが起こった。ひとつは、最初《さいしょ》の歌声にいきなり別《べつ》のたくさんの歌声が加《くわ》わったこと。とても数えきれないくらいたくさんの歌声が加わった。たくさんの歌声は最初の歌声とよく調和していたが、最初の歌声よりはるかに高い声で、冷《つめ》たくチリンチリンと鳴るような銀色に光る歌声だった。もうひとつの驚くべきできごとは、上空の真《ま》っ暗闇《くらやみ》にいっせいにきらめく無数《むすう》の星々があらわれたこと。星は、夏の夕方のようにひとつひとつ順《じゅん》に空にあらわれるのではなく、それまで真っ暗闇でしかなかった空に幾千《いくせん》という星がいっぺんに飛《と》び出《だ》すようにあらわれた。ひとつずつ光っている星もあれば、星座《せいざ》もあり、惑星《わくせい》もあった。どれも、わたしたちの世界より明るくて大きい星たちだった。夜空には雲ひとつなかった。新しい星と新しい歌声は、ぴったり同時に始まった。もしディゴリーのようにそのときのようすを目で見て耳で聞いたならば、あれはまちがいなく星たちが歌っていたのだ、そして最初《さいしょ》の低《ひく》い声こそが星々を空に配《はい》して歌わせたのだ、と確信《かくしん》したにちがいない。「神に栄《さか》えあれ!」御者《ぎょしゃ》がつぶやいた。「こんなことがあると知ってたら、あたしゃもっとましな人間になってただろうがなぁ」

大地の歌声は、いまやますます大きく歓喜《かんき》に満《み》ちた声になっていた。一方で、空からの歌声は、しばらく大きく聞こえていたあと、しだいに小さくなっていった。そして、こんどはまた別《べつ》のことが起ころうとしていた。

はるか遠く、地平線に近いところの空が、黒から灰色《はいいろ》に変《か》わりはじめたのだ。さやさやと新鮮《しんせん》な風も吹《ふ》きはじめた。灰色に変わりはじめた空は、ゆっくりと明るくなっていった。逆光《ぎゃっこう》の中に山や丘《おか》のシルエットが浮《う》かびあがった。そのあいだじゅう、声は歌いつづけていた。

まもなく、あたりの薄暗闇《うすくらやみ》の中でおたがいの顔が見えるようになった。御者と二人の子どもたちは口を開け、目を輝《かがや》かせて、歌声に聞きほれていた。三人の顔には何かをなつかしむような表情《ひょうじょう》がうかんでいた。アンドリュー伯父《おじ》の口も開いていたが、こちらは歓《よろこ》びの表情《ひょうじょう》ではなく、ただあごがはずれただけのように見えた。アンドリュー伯父《おじ》は背中《せなか》を丸め、ひざをがくがく震《ふる》わせていた。歌声が不快《ふかい》なのだ。ネズミの巣穴《すあな》にもぐりこめば歌声から逃《のが》れられるというのならば、アンドリュー伯父はそうしたにちがいない。一方、魔女《まじょ》のほうは、どうやらほかの誰《だれ》よりもよく歌の意味をわかっているように見えた。魔女は唇《くちびる》を固《かた》く結《むす》び、両手をきつくにぎりしめて立っていた。歌が始まったときからずっと、魔女はこの世界全体が自分の魔法《まほう》とはちがう魔法、自分の魔法よりも強い魔法で満《み》たされているのを感じていた。魔女にとっては許《ゆる》しがたいことだった。この歌を止めることができるのならば、魔女はこの世界全体を、そしてすべての世界を粉々《こなごな》に破壊《はかい》することもためらわなかったにちがいない。ストロベリーは耳を前に向けてぴくぴく動かしながら立っていた。そして、ときどき鼻を鳴らしたり地面を踏《ふ》み鳴《な》らしたりした。もはや老《お》いぼれた馬車馬ではなく、たしかに軍《ぐん》馬《ば》を父親に持つ馬とわかる気迫《きはく》をみなぎらせていた。

東の空が白からピンクに変《か》わり、そしてピンクから金色に変わった。声はますます大きくなり、やがて世界全体の空気を揺《ゆ》るがすほどになった。そして声がもっとも力強くもっとも輝《かがや》かしく響《ひび》いたそのとき、太陽が昇《のぼ》りはじめた。

ディゴリーは、こんな太陽を見たことがなかった。チャーンの廃墟《はいきょ》を照《て》らしていた太陽はわたしたちの太陽より年老《としお》いて見えたが、いま昇りつつある太陽はわたしたちの太陽より若《わか》く、高らかな歓《よろこ》びの笑《わら》い声《ごえ》を響かせながら昇ってくるようにさえ思われた。その光が地に降《ふ》りそそいだので、ディゴリーたちはいまはじめて自分たちがいる場所の地形を見わたすことができた。そこは谷間で、流れの速い大きな川がうねりながら太陽の昇る東へ向かって流れていた。南の方角には山々がつらなり、北の方角にはやや低《ひく》い丘陵《きゅうりょう》が続《つづ》いていた。しかし、谷間の土地は岩と水だけのむきだしの大地で、高い木もなければ低木《ていぼく》のしげみもなく、草一本も目につかなかった。大地はさまざまな色合いで、生まれたばかりの鮮烈《せんれつ》な色をしていた。心がわきたつような色だった。が、歌い手を見たとたん、ほかのことはすべて頭から吹《ふ》っ飛《と》んでしまった。

歌を歌っていたのはライオンだった。巨大《きょだい》なライオン、豊《ゆた》かなたてがみをたくわえた光《ひか》り輝《かがや》くライオンが、昇りくる太陽に向かって立っていた。ライオンは口を大きくあけて歌を歌いながら、ディゴリーたちから三〇〇メートルほど離《はな》れたところに立っていた。

「ここは途方《とほう》もなくひどい世界じゃ」魔女《まじょ》が言った。「すぐに去らなくてはならぬ。魔法《まほう》を準備《じゅんび》せよ」

「仰《おお》せのとおりでございます、マダム」アンドリュー伯父《おじ》が同調した。「はなはだ不《ふ》愉快《ゆかい》な場所ですな。文明のかけらもない。もしもわたしがもっと若《わか》くて、鉄砲《てっぽう》を持っていたら——」

「冗談《じょうだん》じゃない!」御者《ぎょしゃ》が言った。「おたく、あのライオンを撃《う》ち殺《ころ》せると思ってるわけじゃないでしょうね?」

「そんな人、いるわけないわ」ポリーが言った。

「魔法の準備をせよ、老《お》いぼれめ」ジェイディスが言った。

「かしこまりましてございます、マダム」アンドリュー伯父は抜《ぬ》け目《め》のない顔つきで言った。「わたくしは子どもたち二人に触《ふ》れておらなくてはなりませんので……さ、ディゴリー、いますぐ家にもどる指輪《ゆびわ》をはめなさい」アンドリュー伯父は魔女を置《お》き去《ざ》りにして逃《に》げようと考えていた。

「なに、指輪《ゆびわ》となな？」ジェイディスが声をあげた。そして、あっという間もなくディゴリーのポケットに手をつっこもうとしたが、ディゴリーはポリーの手を握《にぎ》って大声で叫《さけ》んだ。

「気をつけろ！　おまえたちのどちらでも、あと一センチだってぼくたちに近づいてみろ、ぼくたち二人ともこの世界から消えて、おまえたちをここに永久《えいきゅう》に置《お》き去《ざ》りにしてやる。そうさ、ぼくのポケットにはポリーとぼくを家に連《つ》れもどしてくれる指輪がはいっている。いいか、よく見ろ！　ぼくの手は、いつだって指輪に届《とど》くようになっている。だから、ぼくたちから離《はな》れてろ。おじさんにはすまないと思うけど」（と言ってディゴリーは御者《ぎょしゃ》を見た）「それに馬も気《き》の毒《どく》だと思うけど、しかたない。あんたたち二人は」（と言ってディゴリーはアンドリュー伯父《おじ》と魔女を見た）「両方とも魔術師《まじゅつし》なんだから、いっしょに楽しく暮《く》らせばいいさ」

「みなさん、お静《しず》かに」御者が言った。「あたしゃ、この音楽が聞きたいんです」

いま、歌は新しい調子に変《か》わっていた。

9　ナルニア創世《そうせい》

ライオンは何も生えていない地面をゆっくりと行ったり来たりしながら、さっきまでとはちがう歌を歌っていた。それは星たちや太陽を呼《よ》び出《だ》したときよりもっとしなやかで軽快《けいかい》な感じで、やさしく波が打《う》ち寄《よ》せるような歌だった。ライオンが歩き歌うにつれて、谷間に草の緑が広がっていった。草はライオンの周囲《しゅうい》に緑の水たまりができるように広がっていき、低《ひく》い丘《おか》の斜面《しゃめん》を波が洗《あら》うように駆《か》け上《あ》がっていった。ものの数分もしないうちに、緑の色は遠い山々の裾野《すその》を這《は》いあがっていき、生まれたての世界を刻一刻《こくいっこく》と柔《やわ》らかな色合いに変《か》えていった。やがて、そよ風に草のなびく音が聞こえるようになった。まもなく、草のほかにもいろいろなものが生えてきた。斜面の高いところは、ヒース[1]が生えて深い緑色になった。谷間のあちこちに、草より荒々《あらあら》

YOUCHAN

しい緑の密生《みっせい》する場所ができはじめた。すぐそばに同じようなものが生えてくるまで、ディゴリーはそれが何なのかわからなかった。それは小さなとげとげしたもので、何十本もの腕《うで》を広げたと思うと、その腕がたちまち緑におおわれて、毎秒一、二センチの速さでどんどん大きくなっていった。いまでは、ディゴリーの周囲《しゅうい》にこういうものが何十本も生えてきた。それが自分と同じくらいの高さになったとき、ディゴリーには、やっとわかった。「木だ！」とディゴリーは叫《さけ》んだ。

あとになってポリーが言ったものだが、感動に水を差《さ》したのは、新しい世界の変化《へんか》に心ゆくまで見とれている余裕《よゆう》のなかったことだ。「木だ！」と叫《さけ》んだ瞬間《しゅんかん》、ディゴリーはとびのいて逃《に》げなくてはならなかった。アンドリュー伯父《おじ》がふたたびにじり寄《よ》ってきて、ポケットに手をつっこもうとしたからだ。ただし、うまくいったとしても、アンドリュー伯父にはたいして救《すく》いにならなかっただろう。アンドリュー伯父はいまだに緑の指輪《ゆびわ》が「家にもどれる」指輪だと思っていたので、ディゴリーの右ポケットを狙《ねら》っていたのだ。とはいえ、もちろん、ディゴリーはどちらの指輪も失《うしな》いたくなかった。

「やめろ！」魔女《まじょ》が叫《さけ》んだ。「下がれ。だめだ、もっと下がれ。誰《だれ》であろうが、その小童《こわっぱ》どもから一〇歩以内《いない》に近づいたやつは、脳天《のうてん》をたたき割《わ》ってやる」魔女は街灯《がいとう》からねじり取った鉄の棒《ぼう》を手に構《かま》えて狙《ねら》いをつけていた。どう考えても、魔女が狙いをはずすとは思えなかった。

「なるほどな！」魔女が言った。「おまえはその小童といっしょにこっそり自分の世界にもどって、わらわをこの世界に置《お》き去《ざ》りにするつもりだったのだな」

とうとうアンドリュー伯父《おじ》の怒《いか》りが恐怖心《きょうふしん》を上回った。「そうですとも、マダム」アンドリュー伯父は言った。「もちろん、そうですとも。当然《とうぜん》ですよ。わたしはきわめて不名誉《ふめいよ》かつ不愉快《ふゆかい》なる扱《あつか》いをこうむったのですから。わが力のおよぶかぎり丁重《ていちょう》におもてなししようとしたにもかかわらず、それに対してあなたは何をなさったか。あなたは高級宝石店《ほうせきてん》にて強盗《ごうとう》をはたらいた。いいですか、もういちど申しますぞ――あなたは強盗をはたらいたのです。そして、とほうもなく高価《こうか》にして豪勢《ごうせい》なる

1　イギリス北部やアイルランドなどの荒れ地に生えるエリカ属《ぞく》の低木《ていぼく》や野草《やそう》の総称《そうしょう》。

昼食を食べさせろと要求《ようきゅう》し、おかげでわたしは金鎖《きんぐさり》つきの時計を質《しち》に入れるはめになった（申し上げておきますがね、マダム、わが家系《かけい》には質屋《しちや》通いをした者は一人《いちにん》たりともおらんのです、いとこのエドワードを除《のぞ》いては。エドワードはヨーマン[2]でしたから）。あの胸《むね》につかえるような食事のあいだじゅう――いまだに思い出すだけでむかむかする――あなたの態度《たいど》も会話も周囲《しゅうい》の人たちが眉《まゆ》をひそめるようなものでした。わたしは公衆《こうしゅう》の前で面目《めんぼく》をつぶされたようなものです。もう二度とあのレストランに顔を出すことはできますまい。あなたは警官《けいかん》にも襲《おそ》いかかった。しかも――」

「やめましょう、だんな。やめときましょう」御者《ぎょしゃ》が割《わ》ってはいった。「いまは見ること、聞くことです。しゃべるときじゃありません」

たしかに、見ることと聞くことはたっぷりあった。ディゴリーが「木だ！」と叫《さけ》んだあの木は、いまではブナの大木に育って頭の上で枝《えだ》をやさしく揺《ゆ》らしていた。足もとは涼《すず》しげな緑の草原になり、あちこちにヒナギクやキンポウゲが咲《さ》いていた。少し離《はな》れた川岸では、ヤナギが大きく伸びていくところだった。対岸では花をつけたスグリやライラックや野バラがからみあって育ち、シャクナゲが咲《さ》き乱《みだ》れて、ヤナギのすぐ根もとまで迫《せま》っていた。馬は生えたばかりの草をおいしそうにむしゃむしゃと食べた。

そのあいだじゅう、ライオンは歌いながら堂々《どうどう》たる足取りで行ったり来たりを続《つづ》けていた。気がかりなのは、ライオンが向きを変《か》えるたびに少しずつディゴリーたちのほうへ近づいてくることだった。ポリーは、ライオンの歌にすっかり魅《み》せられていた。ライオンの歌と目の前で起こっている変化とのあいだに関係《かんけい》があるらしいと気づいたからだ。一〇〇メートルほど先の尾根《おね》をふちどるように濃《こ》い緑色のモミの木が生えてきたときには、その直前にライオンが歌っていた長くのばした深い声が関係しているように思われた。そして、ライオンがテンポの速い軽快《けいかい》なメロディを歌いはじめると、急にあちらでもこちらでもサクラソウが生えてきたが、それを見てもポリーは驚《おどろ》かなかった。ポリーは言葉にならない興奮《こうふん》にかられながら、すべてのものは（ポリーの言葉を借《か》りるなら）「ライオンの頭の中から生まれてくる」

2　一五世紀《せいき》ごろのイギリスの独立《どくりつ》自営農民《のうみん》。義勇兵《ぎゆうへい》として国王を支《ささ》える軍事力《ぐんじりょく》に使われた。

にちがいないと確信《かくしん》した。ライオンの歌に耳を傾《かたむ》ければ、ライオンが生み出そうとしているものが聞こえてきた。そしてあたりを見まわすと、そのとおりになっていた。この発見にすっかり心を奪《うば》われていたポリーは、ライオンを怖《こわ》いとさえ思わなかった。だが、ディゴリーと御者《ぎょしゃ》は、ライオンが歩きながら向きを変《か》えるたびに近づいてくるのを見て、いささか不安《ふあん》にならずにはいられなかった。アンドリュー伯父《おじ》はどうしていたかというと、歯をガチガチいわせて震《ふる》えていたが、膝《ひざ》の力がぬけてしまって逃《に》げだせずにいた。

そのときいきなり、魔女《まじょ》が大胆《だいたん》にもライオンのほうへ足を踏《ふ》み出《だ》した。ライオンはあいかわらず歌いながら、ゆっくりと重々しい足取りで近づいてくる。もう一〇メートルほどしか離《はな》れていない。魔女は腕《うで》を振《ふ》り上《あ》げ、鉄の棒《ぼう》をライオンの頭めがけてまっすぐ投げつけた。

その距離《きょり》で、ほかならぬジェイディスが的《まと》をはずすはずがない。鉄の棒はライオンの眉間《みけん》に命中し、はね返ってドサッと草の上に落ちた。ライオンはあいかわらず近づいてくる。歩きかたがそれまでより速くなるわけでもなく、遅《おそ》くなりもしなかった。

鉄の棒《ぼう》が当たったことに気づいたのかどうかさえ、不明《ふめい》だった。ライオンの柔《やわ》らかい肉球は何の音もたてなかったが、その重みで大地が揺《ゆ》れるのを感じることができた。

魔女《まじょ》は金切《かなき》り声《ごえ》をあげて逃《に》げだし、あっという間に木々のあいだに姿《すがた》を隠《かく》した。アンドリュー伯父《おじ》も身をひるがえして逃げようとしたが、木の根につまずいて、川の本流へ流れこむ小川にばったりと顔からつっこんでしまった。子どもたちはその場から動けずにいたが、逃げたいのかどうか、自分でもよくわからないような気もちだった。ライオンは子どもたちには何の関心《かんしん》も向けなかった。大きな赤い口を開けてはいたが、それは歌うためであって、うなって威嚇《いかく》するためではなかった。ライオンは子どもたちのすぐそばを通りすぎた。手を伸《の》ばせばたてがみに触《ふ》れることもできそうなくらい近くを通った。子どもたちはライオンがこっちを向くのではないかとびくびくしていたが、奇妙《きみょう》なことに、そうなってほしいと願《ねが》う気もちもどこかにあった。けれども、ライオンは子どもたちの存在《そんざい》に気づいていたにせよ、いなかったにせよ、子どもたちに目をとめることもなく鼻をうごめかすこともなしに通りすぎ、さらに何歩か進んでから向きを変《か》えて、ふたたび子どもたちのすぐそばを通りすぎ、そのまま東へ向かって進んでいった。

アンドリュー伯父《おじ》が咳《せ》きこみながら水をはねちらして立ちあがった。

「さあ、ディゴリー。あの女もいなくなったし、ライオンめも行ってしまった。わたしと手をつないで、すぐに指輪《ゆびわ》をはめなさい」

「近寄《ちかよ》るな」ディゴリーは後ずさりしながら言った。「ポリー、あいつから離《はな》れてろよ。ぼくのそばへおいで。アンドリュー伯父さん、警告《けいこく》しておく。一歩でも近づいたら、ぼくたち消えるからね」

「いますぐ言われたとおりにしないか」アンドリュー伯父が言った。「おまえはとんでもなく反抗的《はんこうてき》でしつけの悪い子どもだ」

「まっぴらだね」ディゴリーは言った。「ぼくたちは、ここにいて、これから何が起こるか見たいんだ。おじさんもほかの世界を知りたがっていたんだと思ったけど？いま現実《げんじつ》にそういう世界にやってきて、うれしいと思わないの？」

「うれしいだと⁉」アンドリュー伯父は声を荒らげた。「わたしのこのありさまを見るがいい。いちばん上等な上着と、いちばん上等なベストだったのに」たしかに、アンドリュー伯父《おじ》はひどいありさまだった。上等の服を着ていればそれだけ、木っ端《こっぱ》みじんになった辻馬車《つじばしゃ》から這《は》い出《で》たり泥《どろ》だらけの小川につっこんだりしたあとは、よけいひどいありさまになるに決まっている。「ここがつまらん場所だとは言わん」と、アンドリュー伯父は続《つづ》けた。「わたしがもう少し若《わか》ければ――いや、先に若い者を来させればよかったんだな。猛獣狩《もうじゅうが》りのうまいやつを――この国も、使い道がないわけではあるまい。気候《きこう》はまことにけっこう。こんなにいい空気ははじめてだ。状況《じょうきょう》さえもう少し良《よ》ければ、やりようもあっただろうが。ああ、鉄砲《てっぽう》さえあればなぁ」

「鉄砲なんて、冗談《じょうだん》じゃない」御者《ぎょしゃ》が言った。「あたしはストロベリーにちょいとマッサージでもしてやってきます。あの馬のほうが、誰《だれ》とは言いませんが、そこらの人間よりよっぽど話がわかるってもんでさ」御者はストロベリーのいるほうへもどっていき、シーッシーッと声をかけながら馬の手入れにとりかかった。

「伯父さん、まだあのライオンを銃《じゅう》で撃《う》ち殺《ころ》せるなんて思ってるんですか?」ディゴリーが言った。「魔女《まじょ》が鉄の棒《ぼう》を投げつけたってへっちゃらだったのに」

「いやぁ、あれは欠点《けってん》もあるが、なかなか勇敢《ゆうかん》なお嬢《じょう》さんじゃて」アンドリュー伯父は、またそんなことを言いだした。「元気がよくて、けっこうなことだ」アンドリュー伯父《おじ》は両手をすりあわせ、関節《かんせつ》をぽきぽき鳴らして、またもや魔女《まじょ》が近くにいたときどんなに怖《こわ》かったかを忘《わす》れてしまったようだった。

「何がけっ、こ、こ、こうなものですか、とんでもないと思うわ」ポリーが反論《はんろん》した。「あのライオンが魔女に何をしたというの？」

「あれ！　ありゃ何だ？」ディゴリーが声をあげた。そして、ほんの数メートル先の何かを確《たし》かめようと駆《か》け寄《よ》った。「ねえ、ポリー」ディゴリーはふりかえってポリーを呼《よ》んだ。「こっちへ来て、見てごらんよ」

アンドリュー伯父もポリーについてきた。興味《きょうみ》があったからではなく、子どもたちの近くにいるのが得策《とくさく》と考えたからだ――もしかしたら指輪《ゆびわ》を奪《うば》うチャンスがあるかもしれないと考えていたのだ。けれども、ディゴリーが指さしているものを目にしたとたん、アンドリュー伯父でさえ興味《きょうみ》を示《しめ》した。それは街灯《がいとう》の完全《かんぜん》な縮小《しゅくしょう》コピーだった。高さ九〇センチほどだが、どんどん成長《せいちょう》中で、太さも高さに見合うように大きくなっていくところだった。じっさい、街灯は木と同じように成長していた。

「これ、生きてる――て言うか、明かりがともってるよ」ディゴリーが言った。ほんとうに、そのとおりだった。ただし、太陽がとても明るいので、街灯《がいとう》のちいさな明かりは見る人の影《かげ》が落ちて日陰《ひかげ》になったときにしかわからなかったが。

「すばらしい、これはすばらしいぞ」アンドリュー伯父《おじ》がつぶやいた。「このわたしでさえ、かような魔法《まほう》があろうとは夢《ゆめ》にも思わなかった。ここは何もかもが、街灯さえも、芽《め》を出して成長《せいちょう》する世界なのだな。それにしても、街灯はどんな種《たね》から育つんだろう？」

「わからないの、伯父さん？」ディゴリーが言った。「ここは、さっき鉄の棒《ぼう》が落ちたところだよ――魔女《まじょ》がロンドンの街灯からひきちぎった鉄の棒が。それが土にささって、小さな街灯になって、育ってきたんだよ」（とはいっても、もう街灯はそれほど小さな街灯ではなく、話しているディゴリーと同じくらいの高さに成長していた。）

「そういうことか！　いや、仰天《ぎょうてん》、仰天」アンドリュー伯父は両手をますます盛大《せいだい》にすりあわせながら言った。「ほう、ほう！　わたしの魔術《まじゅつ》を笑《わら》った連中《れんちゅう》め。あの馬鹿《ばか》な妹め、わたしのことを頭がどうかしておるなどと言いおって。これを見たら、なんと言うか? わたしは、ありとあらゆるものが生命力にあふれて育っていく世界を発見したのだ。コロンブスがなんだ。コロンブスくらいで騒《さわ》ぎおって。アメリカなんぞ、これにくらべたら何ほどのものでもないわ。この国で商売する気になれば、可《か》能性《のうせい》は無限《むげん》だ。くず鉄を運んできて土に埋《う》めれば、新品の機関車《きかんしゃ》だの軍艦《ぐんかん》だの何でも作れるわけだ。元手《もとで》はただ同然《どうぜん》で、育ったものをイギリスへ持っていけば目いっぱいの値《ね》がつく。わたしは大金持ちになれるぞ。それに、この気候《きこう》! もうすでに何歳《なんさい》も若返《わかがえ》ったような気がする。ここで保養所《ほようしょ》を経営《けいえい》するのもよかろう。りっぱな療養施《りょうようし》設《せつ》を建《た》てれば、年間二千万は下《くだ》るまい。もちろん、何人かの人間には秘密《ひみつ》を打ち明けねばならんが。とにかく、あの獣《けもの》を撃《う》ち殺《ころ》すことが先決《せんけつ》だな」

「おじさまって、魔女《まじょ》とそっくりですね」ポリーが言った。「殺《ころ》すことしか考えないんだから」

「それでもって、わたし自身については」アンドリュー伯父《おじ》は楽しい夢《ゆめ》を見つづけていた。「ここへ移住《いじゅう》してきたら、寿命《じゅみょう》が何年延《の》びることか。六〇を越《こ》した者にとっては、きわめて重大な話だ。この国で暮《く》らせば、一日たりとも歳《とし》を取らずにすむかもしれん！　いやはや、驚《おどろ》いた。若《わか》さの国とはな！」

「え⁉」ディゴリーが声をあげた。「若さの国⁉　伯父《おじ》さん、ほんとうにここが若さの国だと思うんですか？」もちろん、ディゴリーは、レティ伯母《おば》さんがブドウを持ってお見舞《みまい》に来てくれた婦人《ふじん》と話していたことを思い出したのだった。あのとき心に抱《いだ》いた希望《きぼう》が一気によみがえった。「アンドリュー伯父さん、この国には母さんの病気を治《なお》せるようなものがあると思いますか？」

「何を寝《ね》ぼけておるのだ」アンドリュー伯父が言った。「ここは薬屋じゃないんだぞ。さっきの話だが――」

「伯父さんは母さんのことなんかどうだっていいんだね」ディゴリーは激《はげ》しい口調で言った。「心配してくれてるかと思ってたのに。だって、ぼくの母さんだけど、伯父さんの妹でもあるわけでしょ？　でも、もういいや。助けてくれるかどうか、ぼく、ライオンに直接《ちょくせつ》聞いてくる」そう言うと、ディゴリーはくるりと向きを変《か》えて、さっさと歩きだした。ポリーも少し考えたあと、ディゴリーのあとを追った。

「おい！　止まれ！　もどってこい！　ぼうずめ、錯乱《さくらん》しおったな」アンドリュー伯《お》父《じ》はそう言いながらも、子どもたちのあとから慎重《しんちょう》に距離《きょり》をおいてついていった。緑の指輪《ゆびわ》からあまり離《はな》れたくはないが、ライオンにも近づきたくなかったのだ。

数分後、林の縁《ふち》まで来たディゴリーは、そこで足を止めた。ライオンの歌は続《つづ》いていたが、歌の調子がふたたび変化《へんか》していた。いま、ライオンの歌はメロディに近い節《ふし》回《まわ》しを持ち、それまでよりも野性的《やせいてき》な感じに変《か》わっていた。その歌を聞くと、無性《むしょう》に走ったりジャンプしたり何かによじ登りたい気分になった。何かを叫《さけ》びたい気分になった。誰《だれ》かに駆《か》け寄《よ》って、ぎゅっと抱《だ》きしめたい、あるいは取っ組み合いをしたい――そんな気分になるのだった。歌を聞いているうちに、ディゴリーの頬《ほお》が紅潮《こうちょう》してきた。歌は老人《ろうじん》にも多少の影響《えいきょう》をおよぼしたらしく、アンドリュー伯父はこんなことをつぶやいていた。「いやぁ、なかなか元気のいいお嬢《じょう》さんだ。あの気性《きしょう》は残念《ざんねん》だが、それでも、めっぽういい女に変わりはない。ああ、いい女だなぁ」しかし、歌が二人の人間におよぼした影響《えいきょう》など、歌が大地に起こした変化《へんか》にくらべれば、取るにたらないものだった。

読者諸君《しょくん》は、あたり一面に広がる草原が沸騰《ふっとう》したお湯のようにポコポコと泡立《あわだ》つ光《こう》景《けい》を想像《そうぞう》できるだろうか？　そのときに起こっていたことをいちばん的確《てきかく》に伝《つた》えるには、そう表現《ひょうげん》するしかない。そこらじゅうの草原が、むっくりふくれて小さなこぶのようになったのだ。こぶの大きさはいろいろで、モグラ塚《づか》ほどしかないこぶもあれば、手押《てお》し車《ぐるま》くらいのこぶもあり、一つは小屋ほどもある大きなこぶだった。そして、こぶはもぞもぞ動いて、ぐんぐんふくらんで、ついには破裂《はれつ》して土がぼろぼろとこぼれ落ち、中から動物があらわれた。モグラは、イギリスでモグラが出てくるのとそっくり同じようにして土の中から出てきた。犬たちは頭が出た瞬間《しゅんかん》からほえまくり、生垣《いけがき》の狭《せま》いすきまを通《とお》り抜《ぬ》けるときみたいにもがきながら地面の上へ出てきた。なんとも不思議《ふしぎ》な光景《こうけい》だったのは、雄《お》ジカが出てきたときだった。雄ジカの場合、からだよりずっと先に角《つの》だけが出てくるので、ディゴリーははじめ木が生えてきたのかと思った。カエルたちはみんな川のすぐそばで出てきて、大きな声でゲロゲロ鳴きながらまっすぐ川へ向かい、ポチャンポチャンと水に飛《と》びこんだ。ピューマやヒョウやその仲間《なかま》たちは、土から出るとすぐにすわりこんでお尻《しり》や後ろ足についた土をきれいになめ落とし、そのあと立ちあがって木の幹《みき》で前足の爪《つめ》をといだ。木々からは、たくさんの鳥たちが飛《と》びたった。チョウもひらひら舞《ま》って出てきた。ミツバチは、のんびりしている暇《ひま》なんかないといわんばかりに、さっそく花の蜜《みつ》を集めだした。しかし、何よりすごかったのは、いちばん大きなこぶが地震《じしん》のように地割《じわ》れして、中から小山のような背中《せなか》と大きくて賢《かしこ》そうな頭と四本のだぶだぶズボンをはいたような足のゾウが出てきたときだった。もはや、ライオンの歌はほとんど聞こえなかった。カラスがカァカァ鳴き、ハトがクークー鳴き、おんどりがコケコッコーと鳴き、ロバがしわがれた声でいななき、馬がヒヒーンといななき、犬がうなったりワンワンほえたりし、牛がモーモーと鳴き、羊やヤギがメェメェと鳴き、ゾウのトランペットのような甲高《かんだか》い鳴き声が響《ひび》いて、草原は大騒《おおさわ》ぎだった。

ライオンの歌は聞こえなくても、すっくと立つその姿《すがた》ははっきり見えた。ライオンはすばらしく大きく、すばらしく光《ひか》り輝《かがや》いていて、ディゴリーはライオンから目を離《はな》すことができなかった。ほかの動物たちはライオンを恐《おそ》れているようには見えなかった。じっさい、ちょうどそのとき、背後《はいご》からひづめの音が聞こえてきたと思ったら、辻馬車《つじばしゃ》に使われていた年寄《としよ》り馬のストロベリーがディゴリーのわきを駆《か》け抜《ぬ》けていって、ほかの動物たちの仲間《なかま》に加《くわ》わった（この世界の空気はアンドリュー伯父《おじ》だけでなく馬にも若返《わかがえ》りの効果《こうか》があったようで、ストロベリーはもはやロンドンで奴隷《どれい》あつかいされていた哀《あわ》れな老《お》いぼれ馬ではなくなり、頭を高くかかげて足取りも軽く駆《か》けていた）。いまはじめて、ライオンは完全《かんぜん》に沈黙《ちんもく》し、動物たちのあいだを行ったり来たりしていた。そして、ときどき、二頭の（きまって、つがいの）動物たちに近づいていき、その動物たちの鼻に自分の鼻を触《ふ》れた。すべてのビーバーの中から二頭のビーバーを選《えら》んで鼻に鼻を触れ、すべてのヒョウの中から二頭のヒョウを選んで鼻に鼻を触れ、すべてのシカの中から雌雄《しゆう》ひとつがいのシカを選んで鼻に鼻を触れ、それ以外《いがい》のシカには触れなかった。なかには、まったく鼻に触れることなく素通《すどお》りした動物もあった。ライオンが触れた動物のつがいは即座《そくざ》に自分たちの仲間《なかま》を離《はな》れ、ライオンのあとに従《したが》った。そして最後《さいご》にライオンが立ち止まると、ライオンが触れたすべての動物たちが集まり、ライオンのまわりに大きな輪《わ》を作って並《なら》んだ。ライオンが触れなかった動物たちは思い思いの方向へ散《ち》っていき、その物音はしだいに遠くなり消えていった。選《えら》ばれてその場に残《のこ》った動物たちは、いまや完全《かんぜん》に静《しず》まりかえり、全員が一心にライオンに視線《しせん》を注いでいた。ネコ科の動物たちがときおりしっぽをぴくりと動かすだけで、あとは全員が身じろぎひとつしなかった。その日はじめて、谷間を完全《かんぜん》な沈黙《ちんもく》が支配《しはい》した。聞こえるのは流れる水の音だけだった。ディゴリーの心臓《しんぞう》は激《はげ》しく打っていた。これから何かとても厳粛《げんしゅく》なことが始まるのを予感したからだ。母親のことを忘《わす》れたわけではなかったが、たとえ母親のためであっても、このような場を邪魔《じゃま》してはならないと心得《こころえ》ていた。

ライオンはまばたきひとつせず、動物たちをじっと見つめていた。まるで、見つめる視線《しせん》の力だけで全員を焼《や》きつくそうとするかのような迫力《はくりょく》だった。やがて、徐々《じょじょ》に変化《へんか》が起こりはじめた。小さな動物たち——ウサギやモグラのような動物たち——は、からだの大きさがずいぶん大きくなった。とても大きな動物たち——いちばんはゾウだった——は、いくらか小さくなった。多くの動物が後ろ足をたたんで「おすわり」していた。ほとんどが小首をかしげて、何かを理解《りかい》しようと懸命《けんめい》に考えているように見えた。ライオンが口を開いた。しかし、声は出なかった。かわりに、ライオンは長くて温かい息を吐《は》いた。すると、木々が風になびくように、すべての動物たちがライオンの息を受けてからだを揺《ゆ》らした。頭のはるか上のほうで空の青いベールに隠《かく》されていた星たちがふたたび歌いだした。澄《す》みきった、冷《つめ》たい、難《むずか》しい音楽だった。そのあと、空から落ちてきたのかライオンから発したのかわからないが、火のような（しかし、誰《だれ》もやけどはしなかった）まばゆい光が横切って、ポリーとディゴリーはからだじゅうの血が一滴《てき》残らずぞくぞく震《ふる》えるのを感じた。そして、それまで聞いたことのないような深くて野性《やせい》に満《み》ちた声が言った。

「ナルニア、ナルニア、ナルニアよ、目ざめよ。愛《あい》せよ。考えよ。話せ。歩く木々となれ。もの言うけものとなれ。聖《せい》なる流れとなれ」

10 最初《さいしょ》のジョークと、そのほかのこと

それはもちろんライオンの声だった。ポリーとディゴリーはずっと前からライオンが口をきけるにちがいないと感じていたが、じっさいにその声を聞いてみると、すてきに思う気もちと激《はげ》しい驚《おどろ》きの両方が胸《むね》にわきあがった。

木々のあいだから森の神々や女神《めがみ》たちがあらわれた。フォーン[1]やサタイア[2]やドワーフ[3]もあらわれた。川の中からは娘《むすめ》ナイアス[4]たちを連《つ》れた川の神が姿《すがた》をあらわした。そして、それら自然《しぜん》の精《せい》やけものや鳥たちが高い声や低《ひく》い声やしわがれ声や澄《す》んだ声を合わせてライオンの呼《よ》びかけに応《こた》えた。

「アスラン万歳《ばんざい》。われらは聞き、われらは従《したが》う。われらは目ざめ、われらは愛《あい》する。われらは考え、われらは話し、われらは知る」

「あの、すみません、まだあまりよくわかんないんだけど」と鼻息の荒《あら》い声が割《わ》りこんだのを聞いて、ポリーとディゴリーは驚《おどろ》きのあまりとびあがった。というのも、その声の主《ぬし》は馬車馬のストロベリーだったからだ。

「あら、ストロベリーじゃないの」ポリーが言った。「よかったわ、ストロベリーが〈もの言うけもの〉に入れてもらえて」子どもたちのそばへ来て立っていた御者《ぎょしゃ》の男も、こう言った。「たまげたなぁ。あたしがいっつも言ってたとおりだ。この馬は頭がいいんでさ」

「選《えら》ばれしものたちよ、これよりあなたがたはあなたがた自身のものである」アスランが力強く晴れやかな声で言った。「わたしはあなたがたにこのナルニアの地を永遠《えいえん》に与《あた》える。わたしはあなたがたに森を与え、果実《かじつ》を与え、川を与える。わたしはあな

1　ローマ神話のファウヌス。人間の上半身にヤギの耳と角《つの》と下半身を持つ半人半獣《はんじんはんじゅう》の牧神《ぼくしん》。
2　ギリシア神話のサテュロス。馬またはヤギの下半身を持つ半人半獣の森の神。
3　北欧《ほくおう》神話では地下に住む背の低い種族で、金属細工《きんぞくざいく》の腕《うで》を持つとされる。
4　ギリシア神話の水の精《せい》で、泉《いずみ》や川の神の娘《むすめ》とされる。

たがたに星を与《あた》え、わたし自身を与える。わたしが選《えら》ばなかった〈もの言わぬけもの〉たちも、あなたがたのものである。彼《かれ》らをやさしく扱《あつか》い、慈《いつく》しみなさい。しかし、彼らのような在《あ》り方《かた》にもどってはいけない。もどれば、あなたがたは〈もの言うけもの〉ではなくなってしまう。なぜなら、あなたがたは彼らの中から選ばれしものであり、彼らの中へ還《かえ》りうるものだからである。そうしてはならない」

「いいえ、アスラン、いたしません、いたしません」全員が応《こた》えた。一羽《わ》の元気のいいコクマルガラスが大きな声で「もどるなんて、まっぴらです!」とつけくわえた。ところが、全員が返事をしおわった直後だったので、コクマルガラスの声は沈黙《ちんもく》の空間にはっきりと響《ひび》きわたった。それがパーティーの場などでどんなに決まりのわるいことか、読者諸君《しょくん》はご存じと思う。コクマルガラスは恥《は》ずかしくなって、眠《ねむ》ったふりをするように翼《つばさ》の下に頭を隠《かく》してしまった。ほかの動物たちは奇妙《きみょう》な音を出しはじめた。それは動物たちの笑《わら》い声《ごえ》で、もちろん、わたしたちの世界では誰《だれ》も聞いたことのない声だ。はじめ動物たちは笑い声をがまんしようとしたが、アスランが言った。

「生き物たちよ、笑うがよい。恐《おそ》れることはない。もはやもの言わぬ愚鈍《ぐどん》なけものではないのだから、しじゅうまじめくさっている必要《ひつよう》はない。ジョークも、正義《せいぎ》も、言葉によってもたらされるものなのだ」

そこで、みんなは思いきり笑《わら》った。底抜《そこぬ》けに陽気な笑《わら》い声《ごえ》が響《ひび》いたので、当のコクマルガラスも元気を取りもどしてストロベリーの頭に飛《と》びのり、耳と耳のあいだにとまって、両の翼《つばさ》を打ちあわせながら言った。

「アスラン！　アスラン！　ぼく、最初《さいしょ》のジョークを言ったんですか？　これから先ずっと、ぼくがどんなふうに最初のジョークを言ったかが語りつがれていくんですか？」

「いや、そうではない、小さき友よ」ライオンが言った。「あなたは最初のジョークを言ったのではなく、最初のジョークになっただけだ」それを聞いて、動物たちはますます笑った。コクマルガラスはいっこうに気落ちするふうもなくいっしょになって大声で笑っていたが、ストロベリーが首を振《ふ》ったので、バランスを崩《くず》して馬の頭からすべり落ちてしまった。が、地面まで落ちる前に自分には翼（まだ新しくてなじみがなかった）があったことを思い出したので無事《ぶじ》だった。

「さて」アスランが口を開いた。「これでナルニアはできあがった。次はこの地の守りを考えなくてはならない。あなたがたのうち何名かを協議会《きょうぎかい》に招集《しょうしゅう》しようと思う。ドワーフの頭《かしら》、川の神、オークの精《せい》、オスのフクロウ、ワタリガラスのつがい、そして、オスのゾウよ、わたしとともに来なさい。話しあわなくてはならぬ。この世界ができてまだ五時間にもならぬのに、すでに悪《あく》がはいりこんでいる」

名前を呼《よ》ばれた生き物たちが進み出ると、ライオンはそれらを従《したが》えて東へ向かって歩きはじめた。ほかの生き物たちはいっせいにしゃべりだして、「この世界に何がはいりこんだって？〈あーく〉？〈あーく〉って何だ？いや、ちがう、〈あーく〉じゃないぞ、アスランは〈あーぐ〉って言ったんだ。ちがうか？」などと言っていた。

「ねえ」ディゴリーはポリーに声をかけた。「ぼく、追っかけなきゃならないんだ、アスランを——あのライオンを。アスランに話があるんだ」

「本気？」ポリーが言った。「わたしだったら、やめとくけど」

「話をしなくちゃならないんだ。母さんのこと。母さんの病気を治《なお》せる何かが手にはいるとしたら、アスランがくれると思うんだ」

「あたしがいっしょに行ってあげましょう」と、辻馬車《つじばしゃ》の御者《ぎょしゃ》が言った。「あたしゃ、あのライオンの風采《ふうさい》が気に入ったんでね。ほかの動物たちが襲《おそ》ってきそうにも見えないし。それに、ストロベリーとちょいと話もしたいし」

そこで三人は思いきって――できるだけ思いきって――動物たちが集まっているほうへ歩きだした。生き物たちはたがいに声をかけあったり仲良《なかよ》くなったりするのに忙《いそが》しくて、三人の人間たちがすぐ近くに来るまで気づかなかった。アンドリュー伯父《お》の声も、ここまでは届かなかった。アンドリュー伯父《じ》はボタンどめの深靴《ふかぐつ》をはいてガタガタ震《ふる》えながら、ずいぶん離《はな》れた場所に立って叫《さけ》んでいた（といっても、けっして精一杯《せいいっぱい》の声をはりあげたわけではなかったが）。

「ディゴリー！　もどってきなさい！　いますぐ、言うことを聞いてもどってくるんだ！　それ以上《いじょう》先へ進むことは許《ゆる》さん！」

三人が動物たちの輪《わ》の中へはいっていくと、ようやく動物たちはおしゃべりをやめて三人の人間に注目した。

YOUCHAN

「はてな？」口を開いたのは、オスのビーバーだった。「アスランの名にかけて、こいつらいったい何なんだ？」

「あのう」ディゴリーがかすれた声で言いかけたところへ、ウサギが口を開いた。

「これは大きなレタスじゃないかとオレは思うんだ」

「いいえ、ちがいます。ほんとうです、わたしたちレタスじゃありません」ポリーが急いで言った。「わたしたち、食べてもぜんぜんおいしくないですから」

「ほれ！」モグラが言った。「こいつらは口がきけるんだ。口をきくレタスなんか、聞いたことあるか？」

「たぶん、この三人は〈二番目のジョーク〉なんじゃないかな？」コクマルガラスが意見をのべた。

さっきから顔の手入れをしていたピューマが、その前足をちょっと止めて、「そうだとしても、最初《さいしょ》のジョークにくらべたらカスみたいなもんだな。少なくとも、オレにはおもしろくもなんともないね」と言って、あくびをしてから、また顔の手入れを続《つづ》けた。

「お願《ねが》いです」ディゴリーが言った。「ぼく、すごく急いでるんです。ライオンに会いたいんです」

さっきからずっと辻馬車《つじばしゃ》の御者《ぎょしゃ》はストロベリーの視線《しせん》をとらえようとしていたが、いまやっと馬と目があった。「なあ、ストロベリーよ」御者は馬に声をかけた。「あたしだよ、わかるだろう？　知りませんなんて言わないでおくれよ」

「おい、馬、このモノは何を言ってんだ？」という声が動物たちのあいだからあがった。

「うーん」ストロベリーはひどく歯切れの悪い口調で答えた。「よくわからないんだよな。おれたちみんな、まだあまり何も知らないだろう？　けど、こういうモノを前に見たことがあるような気はするんだよな。なんか、前はちがうとこに住んでたような気もするし――ていうか、自分がなんかちがうものだったような気がする――アスランがちょっと前にみんなを目ざめさしてくれたより前の話なんだけどさ。なんだか、えらくごちゃごちゃしてんだ。夢《ゆめ》みたいに。けど、この三つのモノみたいなのが夢に出てきたような気はするなぁ」

「なんだって？」御者が言った。「あたしをおぼえてないって？　おまえさんの具合が悪い夜なんかにゃ、あったかいマッシュ[5]を持ってってやったのに？　ちゃんとブラシもかけてやったのに？　寒い時期に立たせっぱなしにしておくときにゃ、忘《わす》れずに毛布《もうふ》をかけてやったのに？　おまえさんがそんな薄情《はくじょう》なやつだとは思わなかったよ、ストロベリー」

「ああ、そうだ、思い出してきた」と、ストロベリーが考え考え言った。「そうだ。ちょっと待ってくれ、いま思い出すから。そうだ、あんたは何だか黒くて恐《おそ》ろしいものをおれの後ろにくくりつけて、そんでもっておれをたたいて走らせたんだ。そんで、どこまで走っても、その黒いやつはずーっとガタガタいいながら後ろから追っかけてきたっけ」

「生きるために稼《かせ》がにゃならんかったんだよ、な？」御者《ぎょしゃ》が言いわけした。「おまえさんの暮《く》らしも、あたしの暮らしも、あれにかかってたんだ。仕事もいやだ鞭《むち》もいやだっていうんじゃ、厩《うまや》だって干《ほ》し草《くさ》だってマッシュだって手にはいらねえし、オー

5　オートムギやフスマを湯で煮《に》た粥状《かゆじょう》の飼料《しりょう》。

トムギも口にはいらねえんだぞ。ほれ、オートムギ、食わしてやっただろうが。金が払《はら》えるときは。忘《わす》れたとは言わせねえぞ」

「オートムギ？」ストロベリーは耳をそばだてた。「ああ、それはおぼえてる。うん。だんだん思い出してきたぞ。あんたはいっつも、どっか後ろのほうにすわってて、おれはいっつも前で走ってた。あんたと黒いやつを引っぱって。もっぱらおれが働《はたら》いてたんだな」

「夏場《なつば》はそうだったかもしれん」御者《ぎょしゃ》は言った。「おまえさんが暑い思いをして働いて、あたしゃ御者席にすわって涼《すず》しくしてた。けど、冬はどうだい？　おまえさんはあったかくしてられるけど、あたしゃ御者席にすわったまんま、足は氷みてえに冷《ひ》えるし、鼻は冷《つめ》たい風でもげそうになるし、手はかじかんで手綱《たづな》を握《にぎ》るのもやっとだったんだぞ？」

「きつい暮《く》らしだったな」ストロベリーが言った。「草もなくて。硬《かた》い石ばっかしで」

「そのとおりだ、おまえさんの言うとおりだよ！」御者は言った。「たしかに、きつい暮らしだった。あたしゃいつも言ってたもんだ、石だたみは馬にはかわいそうさ、あたしだって、ロンドンって街《まち》なんだ、しかたないさ。あたしだって、おまえさんと同じで、あんな街はきらいだった。おまえさんは田舎《いなか》育ちの馬だし、あたしも田舎育ちの男だ。昔は合唱隊《がっしょうたい》で歌を歌ったもんだった、田舎の実家におった時分《じぶん》は。けど、田舎じゃ暮《く》らしていけなかったのさ」

「すみません、あの、お願《ねが》いです」ディゴリーが口をはさんだ。「急いでもらえませんか？　ライオンがどんどん遠くへ行っちゃう……。ぼく、どうしても、どうしてもライオンと話がしたいんです」

「なあ、ストロベリーよ」御者《ぎょしゃ》が言った。「この坊《ぼう》や、あのライオンに話があるんだそうだ。おまえさんたちがアスランとか呼《よ》んでる、あのライオンに。どうだろう、この坊やを背中《せなか》に乗せてライオンのところまでひとっ走り連《つ》れていってやってくれんかね？　坊や、よろこぶと思うよ。あたしとこっちの嬢《じょう》ちゃんは、あとからついていくから」

「乗せる？」ストロベリーが言った。「ああ、思い出した。おれの背中にすわるってことだね？　あんたみたいな二本足のチビが、ずっと昔、そんなことをしたもんだった。その子は白くて小さくて硬《かた》くて四角いかたまりをくれたっけな。ありゃ、うまかった――草より甘《あま》くて、うまかったなぁ」

「ああ、それは角砂糖《かくざとう》だ」御者《ぎょしゃ》が言った。

「お願《ねが》いだよ、ストロベリー」ディゴリーが言った。「お願いだから、ぼくを乗せてアスランのところまで行ってくれない？」

「一度くらいならいいよ」馬が言った。「乗りなよ」

「いい子だ、ストロベリー」御者が言った。「さ、坊《ぼう》や、おじさんが乗せてやろう」ディゴリーはストロベリーの背中《せなか》にまたがった。乗馬姿はさまになっている。ディゴリーは小さいころ、自分のポニーに鞍《くら》なしで乗った経験《けいけん》があったのだ。

「じゃ、たのむよ、ストロベリー」ディゴリーが声をかけた。

「あの例《れい》の白いかたまり、もしかして持ってないかね？」馬が聞いた。

「ううん。ごめん、持ってないんだ」と、ディゴリー。

「じゃ、しかたないか」ストロベリーはそう言って出発した。

ちょうどそのとき、鼻をくんくんさせながらあたりを見まわしていた大きなブルドッグがみんなに声をかけた。

「おい、見ろよ。あそこのあれ、さっきのへんちくりんな生き物の仲間《なかま》じゃないか？　むこうのほう、川のすぐそば、木の下……」

それで、動物たち全員がそちらに目を向け、アンドリュー伯父《おじ》を見つけた。アンドリュー伯父はシャクナゲの木立《こだ》ちの中に隠《かく》れ、動物たちに気づかれないようにじっと立っていた。

「行こう！」声があがった。「行って、何なのか見てみよう」

というわけで、ストロベリーがディゴリーを乗せて速足で駆《か》けていく一方で（ポリーと御者《ぎょしゃ》はあとから歩いてついていった）、ほとんどの生き物たちはアンドリュー伯父の隠れているほうへ楽しげにほえたり鼻を鳴らしたり思い思いの音をたてながら興味津々《きょうみしんしん》で駆《か》けだしたのだった。

さて、ここで時間を少しもどして、この光景《こうけい》がアンドリュー伯父の立場からはどう見えていたのか、説明《せつめい》してみよう。アンドリュー伯父にとって、一連《いちれん》のできごとは御者や子どもたちとはまるっきりちがって見えた。何がどう見えてどう聞こえるかは、その人の立場によって大きく左右されるものだし、その人がどんな人間であるかによっても大きくちがってくる。

動物たちが生まれ出た直後から、アンドリュー伯父《おじ》はしげみの奥《おく》へ奥へと後退《こうたい》していった。もちろん、動物たちのようすは油断《ゆだん》なく見ていたが、それは動物たちに興《きょう》味《み》があったからではなく、自分を襲《おそ》ってこないかどうかを心配していただけだった。魔女《まじょ》と同じで、アンドリュー伯父もおそろしく実利的《じつりてき》な人間だったのだ。アスランがあらゆるけものの中からひとつがいずつを選《えら》び出《だ》していることなど、アンドリュー伯父はまるっきりわかっていなかった。アンドリュー伯父が見たのは、あるいは見たと思いこんでいたのは、たくさんの危険《きけん》な野獣《やじゅう》が野放しでうろついている光景《こうけい》だった。そして、なぜほかの動物たちはあの大きなライオンから逃《に》げようとしないのだろう、と不思議《ふしぎ》に思いつづけていた。

偉大《いだい》な瞬間《しゅんかん》がおとずれてけものたちが口をきけるようになっても、アンドリュー伯父は肝腎《かんじん》なことを何ひとつ理解《りかい》できなかった。なぜ理解できなかったかというと、それにはなかなか興味深い理由がある。ずいぶん前、まだ世界がとても暗かったとき、ライオンが歌いはじめた声を聞いたアンドリュー伯父《おじ》は、それが歌だということは理《り》解《かい》できた。そして、ひどく不愉快《ふゆかい》な歌だと思った。ライオンの歌は、アンドリュー伯父に考えたくないことを考えさせ、感じたくないことを感じさせる歌だったからだ。そのうちに太陽が昇《のぼ》って、歌っているのがライオンだとわかると（「なんだ、ライオンじゃないか」）、アンドリュー伯父は全力を傾《かたむ》けて自分に言い聞かせた——いま聞こえているのは歌ではない、さっきから聞こえていたのも歌などではない、動物園にいるライオンと同じようにただ吼《ほ》えているだけなのだ、と。「もちろん歌なんか歌えるはずがないじゃないか」と、アンドリュー伯父は思った。「気のせいにちがいない。ちょっと神経《しんけい》がまいっているんだな。ライオンが歌うなんてことが、あってたまるか」そして、ライオンの歌が続《つづ》き、ますます美しく響《ひび》くにつれて、アンドリュー伯父はますます懸命《けんめい》に信《しん》じこもうとした——自分が聞いているのはただの吼え声にすぎないのだ、と。本来の自分よりも馬鹿《ばか》になろうと努力《どりょく》すると、やっかいなことに、たいていの場合、そうなってしまうものだ。アンドリュー伯父も例外《れいがい》ではなかった。まもなく、アンドリュー伯父はアスランの歌を聞いても吼え声にしか聞こえなくなった。

そして、もはや吼《ほ》え声以外《ごえいがい》の意味《いみ》を聞きとろうとしても、聞きとれなくなった。だから、最後《さいご》にライオンが「ナルニアよ、目ざめよ」と言ったときにも、アンドリュー伯《お》父《じ》にはその言葉がわからず、ライオンのうなり声が聞こえただけだった。アスランの言葉にけものたちが応《こた》えた声も、アンドリュー伯父の耳には、ただの吠え声やうなり声や遠吠《とおぼ》えにしか聞こえなかった。そのあと、動物たちが笑《わら》ったときは——想像《そうぞう》してみてほしい——アンドリュー伯父にとって最悪《さいあく》の瞬間《しゅんかん》だった。それまでの人生で聞いたこともないような、腹《はら》をすかせ殺気立《さっきだ》った野獣《やじゅう》どもの血に飢《う》えた空恐《そらおそ》ろしい騒《さわ》ぎ声《ごえ》に聞こえたのだから。そして、そのとき、なんと腹立《はらだ》たしくも恐ろしいことに、自分以外の三人の人間たちが空き地《あち》へ足を踏《ふ》み出《だ》して、動物たちのほうへ進んでいくのが見えたのだった。

「馬鹿者《ばかもの》どもが!」アンドリュー伯父はつぶやいた。「これで、指輪《ゆびわ》は子どもたちといっしょに野獣《やじゅう》に食われてしまって、わたしは二度と家にもどれなくなるにちがいない。ディゴリーめ、なんと自分勝手なやつなのだ! ほかの連中《れんちゅう》も連中だ。命を捨《す》てたいのなら好《す》きにすればいいが、このわたしはどうなる? 連中は、そこのところを考えておらんのだ。誰《だれ》もわたしのことを考えてくれない」

そして、ついに動物たちが束《たば》になって自分のほうへ向かってきたとき、アンドリュー伯父《おじ》は身をひるがえして死にものぐるいで逃《に》げだした。この若《わか》い世界の空気が年寄《としよ》りにどれほど効《き》き目《め》があったか、はからずも、ここではっきりした。ロンドンにいたときは、アンドリュー伯父は歳《とし》を取りすぎていて、走ることなどとうていおぼつかなかったのが、いまやイギリスの小学生と一〇〇メートル競走《きょうそう》をしたらかならず勝てるくらいのスピードで走っていたのだ。フロックコートの裾《すそ》をひるがえして走るアンドリュー伯父の姿《すがた》は、なかなかの見物《みもの》だった。が、もちろん、逃げたって無駄《むだ》だ。うしろから追いかけてくる動物たちの多くは、足の速さが自慢《じまん》だったのだから。みんな、生まれてはじめて走るので、新しい筋肉《きんにく》を使いたくてうずうずしているところだった。「追っかけろ！　追っかけろ！」動物たちは叫《さけ》んだ。「きっと、あいつが〈あーく〉にちがいない！　タリホー！[6]　早駆《はやが》けだ！　先回りしろ！　囲《かこ》め！　行け

6　キツネ狩《が》りで猟犬《りょうけん》をけしかけるときのかけ声。

行け！　フレー、フレー！」

ものの数分で、けものたちの一部はアンドリュー伯父《おじ》を追《お》い越《こ》し、一列に並《なら》んで行く手をふさいだ。残《のこ》りのけものたちは背後《はいご》から迫《せま》ってくる。どっちを見ても、恐《おそ》ろしいけものばかり。頭の上からは、巨大《きょだい》なヘラジカの角《つの》とゾウの大きな顔が見下ろしているし、背後ではにこりともしないクマとイノシシがうなり声をあげている。すまし屋のヒョウやピューマは、いやみな顔（とアンドリュー伯父には見えた）で眺《なが》めながらしっぽを揺《ゆ》らしている。アンドリュー伯父を何よりも震《ふる》えあがらせたのは、大きく開いた口が無数《むすう》に並《なら》んでいることだった。動物たちはハァハァと息を切らして口を開けていただけなのだが、アンドリュー伯父は動物たちが自分を食《く》い殺《ころ》そうとしていると思ったのだった。

アンドリュー伯父はがたがた震《ふる》え、ふらつきながらその場に立っていた。ふだんから動物好《ず》きではないし、むしろ動物は怖《こわ》くて苦手なほうだったうえに、何年ものあいだ動物を使って残酷《ざんこく》な実験《じっけん》を重ねてきたせいで、ますます動物ぎらいで動物を怖がるようになっていた。

「おたずねしますが」ブルドッグが持ち前のてきぱきした口調で声をかけた。「おたくは動物ですか？　野菜《やさい》ですか？　それとも鉱物《こうぶつ》ですか？」じっさい、ブルドッグはそう言ったのだが、アンドリュー伯父《おじ》には「ウウーッ、ガウ！」としか聞こえなかった。

11　ディゴリーとアンドリュー伯父《おじ》の試練《しれん》

アンドリュー伯父がポリーやディゴリーや御者《ぎょしゃ》と同じ種類《しゅるい》の生き物だと気づかなかった動物たちをすごく馬鹿《ばか》だと思うかもしれないが、動物は服を着るという概念《がいねん》とまったく無縁《むえん》であるという点を考慮《こうりょ》してやってほしい。動物たちは、ポリーのワンピースやディゴリーのノーフォーク・ジャケット[1]や御者の山高帽《やまたかぼう》を見て、自分たちの毛皮や羽根《はね》と同じようにからだの一部だと思ったのだ。子どもたちと御者が話しかけてこなかったら、そしてストロベリーがこの三人を同じ種類の生き物だと思っているらしいところを見せなかったら、三人が同種《どうしゅ》の生き物だということすら、動物たちにはわからなかっただろう。そのうえ、アンドリュー伯父は子どもたちよりずっと背《せ》が高かったし、御者よりはるかにやせっぽちだった。着ている服も白い（もうあまり白くない）ベストを別《べつ》にすれば黒ずくめだったし、白髪《しらが》まじりの髪《かみ》（もじゃもじゃに乱《みだ》れていた）だって、動物たちの目から見れば、ほかの三人とは似《に》ても似《に》つかぬ外見だった。だから、動物たちが首をかしげたのも無理《むり》からぬことだった。何よりやっかいなのは、この男が言葉を話せないらしいということだった。

アンドリュー伯父《おじ》も、話そうとはしてみた。ブルドッグが話しかけてきたとき（アンドリュー伯父から見れば、犬が歯をむきだしてうなったとき）、アンドリュー伯父は震《ふる》える手をさしだして、口をぱくぱくさせながら、「よしよし、わんちゃん、いい子だね。おじさんは、哀《あわ》れな年寄《としよ》りなんだよ」と話しかけた。しかし、アンドリュー伯父が動物たちの言葉を理解《りかい》できないように、動物たちもアンドリュー伯父の言葉を理解できなかった。動物たちの耳には、言葉ではなく意味不明《ふめい》なシューシューいう音が聞こえただけだった。意味が伝《つた》わらなかったのは、むしろ幸いだったかもしれない。

1　英国《えいこく》式の狩猟《しゅりょう》用ジャケット。胸《むね》と背《せ》にプリーツがはいり、ウエストまわりにベルトがついている。

どんな犬だって、ましてナルニアのもの言う犬であれば、「わんちゃん」などと呼《よ》ばれてよろこぶ犬はいないのだから。読者諸君《しょくん》が「坊《ぼう》や」「嬢《じょう》ちゃん」などと呼ばれてうれしくないのと同じだ。

そのあと、アンドリュー伯父《おじ》は気絶《きぜつ》してばったりと倒《たお》れた。

「それみろ！」イボイノシシが言った。「ただの木だよ。そうだと思ったんだ」（動物たちは気絶というものを見たことがなく、ばったり倒れるしぐささえ見たことがなかった。）

ブルドッグはアンドリュー伯父をすみずみまで嗅《か》ぎまわったあと、顔を上げて、「これは動物だ。まちがいなく動物だ。おそらく、さっきの連中《れんちゅう》と同じ種類《しゅるい》の動物だと思う」と言った。

「納得《なっとく》できないな」と、クマが言った。「動物は、あんなふうにひっくりかえって伸《の》びたりしないだろう。おれたちは動物で、おれたちはひっくりかえったりしない。動物ってのは、ちゃんと立つもんだ。こういうふうにな」クマは立ちあがり、一歩うしろに下がったが、低《ひく》いところに張《は》り出《だ》していた枝《えだ》にひっかかって、あおむけにひっくりかえってしまった。

「三つめのジョーク！　三つめのジョーク！　三つめのジョーク！」コクマルガラスが大興奮《だいこうふん》して騒《さわ》ぎたてた。

「おれは、やっぱり木だと思うな」イボイノシシが言った。

「木なら、幹《みき》にハチの巣《す》があるかもしれないわね」と、メスのクマが言った。

「これは、どう見ても木ではないと思います」アナグマが言った。「ひっくりかえる前に、何かしゃべろうとしていたように思いましたが」

「それは木の枝《えだ》が風に鳴っただけさ」イボイノシシが言った。

「まさか、おたく、これが〈もの言うけもの〉だとおっしゃるつもりじゃないでしょうね？」コクマルガラスがアナグマに言った。「こいつは何の言葉もしゃべりませんでしたよ？」

「そうは言ってもね」と、メスのゾウ（オスのゾウは、さきほどアスランに呼《よ》ばれて行った）が口をはさんだ。「そうは言っても、これは何かの動物の一種《いっしゅ》かもしれませんよ。この端《はし》っこについている白っぽいかたまりは、顔みたいなものじゃありません？　この穴《あな》が目と口なのではないかしら？　もちろん、鼻は見当たりませんけどね。そこらあたりは、まあ——えへん——大目に見てあげませんとね。鼻と呼《よ》べるほどの鼻がついている動物は、ごくごく少数しかおりませんから」メスのゾウは目を細め、もっともなプライドをこめて自分の長い鼻を見下ろした。

「ただいまの発言にきわめて強く抗議《こうぎ》する」ブルドッグが言った。

「ゾウの言うとおりだよ」バクが言った。

「いい考えがある！」ロバが明るい声で言った。「たぶん、あれはしゃべれないけど自分ではしゃべれると思ってる動物だよ」

「あれを立たせることはできないかしら？」ゾウが何か考えのありそうな顔つきで言った。そして、だらんとなったアンドリュー伯父《おじ》のからだを鼻でやさしく持ち上げると、縦向《たてむ》きにした。ただ、残念《ざんねん》ながら上下が逆《ぎゃく》だった。そのせいで、アンドリュー伯父のポケットから一〇シリング・コイン[2]が二個《こ》と、半クラウン・コイン[3]が三個と、六ペンス・コイン[4]が一個こぼれ落ちた。ゾウの骨折《ほねお》りにもかかわらず、アンドリュー伯父はふたたびくずれおちた。

「やっぱり！」いくつかの声があがった。「動物じゃないんだよ。生きてないもの」

「いいや、これはまちがいなく動物だ」ブルドッグが言った。「自分でにおいを嗅《か》いでみるといい」

「においを嗅ぐだけがすべてではありませんよ」ゾウが言った。

「なぜだ？」と、ブルドッグ。「自分の鼻を信用《しんよう》できなけりゃ、何を信用するんだ？」

「それは、あなた、脳《のう》みそでしょう」やんわりとゾウが答えた。

「ただいまの発言にきわめて強く抗議《こうぎ》する」ブルドッグが言った。

「とにかく、これをなんとかしないと」ゾウが言った。「だって、これ、〈あーく〉かもしれないでしょう？　そうだったら、アスランに見せなくちゃなりませんからね。みなさんのお考えは、どちらかしら？　これは動物？　それとも、木みたいなもの？」

2　金貨《きんか》。
3　銀貨《ぎんか》。二シリング六ペンス。
4　白銅貨《はくどうか》。

「木だ！　木だ！」一ダースほどの声があがった。

「わかりました」ゾウが言った。「じゃあ、木だとすると、植えてあげないとね。穴《あな》を掘《ほ》らなくては」

二匹《ひき》のモグラが穴掘りを手っ取り早くかたづけた。どっちを上にして植えつけるべきかについては、ちょっとした論争《ろんそう》があり、アンドリュー伯父《おじ》はあやうく頭を下にして埋《う》められるところだった。何匹《なんびき》かの動物がアンドリュー伯父の足を見て枝《えだ》にちがいないと言い、したがって灰色《はいいろ》のふわふわしたもの（髪《かみ》のこと）は根っこにちがいない、と主張《しゅちょう》したのだ。だが、ほかの動物たちは、アンドリュー伯父の二つに分かれているほうの端《はし》っこに泥《どろ》がたくさんついているし、そっちのほうが大きく広がるから、それが根っこなのではないか、と言った。そこで、けっきょく、アンドリュー伯父は上下正しい向きに植えつけてもらえることになったのだった。動物たちが土をならしてみると、土はアンドリュー伯父のひざより上まであった。

「ずいぶんしおれてるねえ」ロバが言った。

「もちろん、水やりが必要《ひつよう》なのよ」ゾウが言った。「ここにおいでのみなさんに対す

YOUCHAN

る悪気はさらさらないのですけれど、そういうお仕事には、やはり、わたしのような鼻が――」

「ただいまの発言にきわめて強く抗議《こうぎ》する」ブルドッグが言った。しかし、ゾウは黙《だま》って川まで歩いていき、長い鼻に水をいっぱい吸《す》いこんでもどってきて、アンドリュー伯父《おじ》にかけてやった。賢《かしこ》いゾウはこれを何度もくりかえして何十リットルもの水をかけたので、水がフロックコートの裾《すそ》からしたたり落ちて、アンドリュー伯父は服を着たままお風呂《ふろ》をつかったようなようすになってしまった。そして、ようやく、アンドリュー伯父は意識《いしき》を取りもどした。それにしても、なんという目ざめだったことだろう！　アンドリュー伯父には自分のしたことをゆっくり反省《はんせい》させておくとして（この老人《ろうじん》にそんな分別《ふんべつ》があればの話）、もっと重要《じゅうよう》な展開《てんかい》に目を転じることにしよう。

ディゴリーを背中《せなか》に乗せたストロベリーは速足で駆《か》けていった。ほかの動物たちの話し声は遠くなり、アスランと選《えら》ばれた動物たちが協議会《きょうぎかい》を開いているすぐそばまで来た。ディゴリーは、こんな重大な会議《かいぎ》に割《わ》ってはいることはできないとわきまえていたが、そんな心配は無用《むよう》だった。アスランがひと声かけると、オスのゾウもワタリガラスのつがいも残《のこ》りの動物たちも脇《わき》へよけてくれた。ディゴリーは馬の背《せ》から降《お》りて、アスランと真正面から向きあった。アスランは思っていたよりずっと大きく、ずっと美しく、金色に輝《かがや》いていて、はるかに恐《おそ》ろしい存在《そんざい》だった。ディゴリーはライオンの大きな目を見ることができなかった。

「お願《ねが》いです、ライオン――その、アスランさん」ディゴリーは言った。「どうか、あの、お願いです、この国にある果物で母さんの病気を治《なお》すことのできる果物を、ぼくにもらえませんか？」

ディゴリーは、ライオンが「よろしい」と言ってくれるようにと必死《ひっし》で願っていた。一方で、「だめだ」と言われるんじゃないかとひどく心配でもあった。意外なことに、返事はどちらでもなかった。

「これが、その子だ」アスランはそう言って、ディゴリーではなく、会議に集まっている動物たちに顔を向けた。「この子どもがやったのだ」

「たいへんだ」ディゴリーはうろたえた。「ぼく、何をやったんだろう？」

「アダムの息子《むすこ》よ」ライオンが言った。「わたしの新しい国ナルニアに、邪悪《じゃあく》な魔女《まじょ》がいる。ここにいる善《よ》きけものたちに、なぜ魔女がこの国へ来たのか、話して聞かせなさい」

何をどう言おうか、一ダースものいろいろな言《い》い訳《わけ》が頭をよぎったが、ディゴリーは賢明《けんめい》にも真実だけを語ることにした。

「ぼくが連《つ》れてきたのです、アスラン」ディゴリーは低《ひく》い声で答えた。

「いかなる目的《もくてき》で？」

「ぼく、魔女をぼくたちの世界から連れ出して、もといた世界へもどしたかったんです。そこへ連れていったつもりでした」

「どのようなわけで魔女はあなたの世界にやってきたのか、アダムの息子よ？」

「魔術《まじゅつ》……のせいです」

ライオンが何も言わないので、ディゴリーはその答えでは不十分《ふじゅうぶん》なのだと悟《さと》った。

「ぼくの伯父《おじ》のせいなんです、アスラン」ディゴリーは言った。「伯父は魔法《まほう》の指輪《ゆびわ》を使ってポリーとぼくをぼくたちの世界から送り出したんです。とにかく、ぼくは行くしかありませんでした。伯父《おじ》がポリーを先に送ってしまったから。で、そのあと、ぼくたちはチャーンという場所で魔女《まじょ》に出会って、ぼくたちがもどるときに魔女がついてきて——」

「魔女に出会った、と?」アスランは低《ひく》い声で言った。その声にはうなるようなすごみがあった。

「魔女が目をさましたんです」ディゴリーはみじめな気もちで白状《はくじょう》した。そして、そのあと、血《ち》の気《け》の引いた顔でつけくわえた。「あの、ぼくが目ざめさせたんです。ベルを打ったらどうなるか、知りたくて。ポリーは反対しました。だからポリーのせいじゃないんです。ぼく——ぼく、ポリーを力ずくで押《お》さえつけました。悪いことをしたって、わかっています。ぼく、ベルの下に書いてあった詩のせいで、ちょっと魔法にかかっていたんだと思います」

「そうかな?」アスランが聞いた。その声はさっきと同じくとても低くて深い声だった。

「いいえ」ディゴリーは言った。「いま考えると、そうじゃなかったと思います。ぼく、魔法《まほう》にかかったふりをしていただけです」

そのあと、長い沈黙《ちんもく》があった。沈黙のあいだじゅう、ディゴリーは、「これで何もかもだめになっちゃった。母さんに何も持って帰ってあげられなくなっちゃった」と考えていた。

ライオンがふたたび口を開いた。その言葉はディゴリーに向けられたものではなかった。

「聞いたか、友よ。わたしがあなたがたに与《あた》えた新しくけがれのない世界に、七時間もたたぬうちに悪の力がはいりこんだ。悪の力は、このアダムの息子《むすこ》によって目ざめさせられ、この世界にもたらされた」ストロベリーも含《ふく》めた動物たちからいっせいに視線《しせん》を向けられたディゴリーは、大地にのみこまれてしまいたい気もちになった。「しかし、落胆《らくたん》することはない」アスランは動物たちに向かって話しつづけた。「その悪からわざわいが生じるであろう、しかしそれはまだはるかに先のことだ。そして、わたしは、最悪《さいあく》の事態《じたい》がわたしにふりかかるようにしておく。それまでのあいだは、何百年にもわたり、この地が心楽しき世界の心楽しき国でありつづけるよう、手段《しゅだん》を講《こう》じるとしよう。アダムの息子がわざわいをもたらしたのであるから、アダムの息子《むすこ》にわざわいをしりぞける助けとなってもらう。こちらへ来なさい、そこの二人」

この最後《さいご》の言葉は、ちょうど到着《とうちゃく》したポリーと御者《ぎょしゃ》に向けられたものだった。ポリーは目をみはり口を開けたままアスランを見つめ、片方《かたほう》の手でしっかりと御者の手を握《にぎ》っていた。御者はライオンを一目見て、山高帽《やまたかぼう》を取った。山高帽をかぶっていない御者を見るのは、みんなはじめてだった。山高帽を取った御者はそれまでより若々《わかわか》しく好人物《こうじんぶつ》に見え、ロンドンの辻馬車《つじばしゃ》の御者というよりも田舎《いなか》の農夫《のうふ》という印象《いんしょう》だった。

「息子よ」アスランは御者に話しかけた。「わたしはあなたを昔から知っている。あなたはわたしを知っているか？」

「いえ、存《ぞん》じません」御者は言った。「少なくとも、ふつうの意味では。でも、どういうわけだか、ご無礼《ぶれい》を承知《しょうち》で言わしてもらうんなら、前にお目にかかったことがあるような気もします」

「よろしい」ライオンが言った。「あなたは自分で思っているよりもよくものをわかっている。そして、これからわたしについてもっとよく知ることになろう。あなたは、この地をどう思うか?」

「すごくいいとこだと思います」御者《ぎょしゃ》は言った。

「ここにずっと住みたいと思うか?」

「はあ。あの、あたしには家内《かない》がおりますんで」御者は言った。「もし家内がいっしょでしたら、あたしら二人ともロンドンにもどりたいなんて、これっぽちも思わないだろうと存《ぞん》じます。あたしら二人とも、もともとは田舎《いなか》の出なんで」

アスランは豊《ゆた》かなたてがみにふちどられた頭をさっと空に向け、口を開けて、長くひと声を発した。それほど大きな声ではないものの、力のみなぎった声だった。それを聞いたとき、ポリーの心臓《しんぞう》はびくんと跳《は》ね上《あ》がった。そして、ポリーにはわかった――これは呼《よ》び声《ごえ》にちがいない、その呼び声を聞いた者は誰《だれ》でもその声に従《したが》いたいと思い、(もっとすごいことに)どれほど遠い世界や遠い時代にいてもその声に従うことができるのだ、と。だから、若《わか》くて親切で正直そうな顔をした女の人がいきなりどこからともなくあらわれて自分の横に立ったとき、ポリーはそれをすごいことだと思ったものの、それほど驚《おどろ》きもしなければショックも受けなかった。ポリーにはすぐにわかった。その女の人は御者《ぎょしゃ》の奥《おく》さんで、わたしたちの世界から連《つ》れてこられたのだった。しかも、けちな魔法《まほう》の指輪《ゆびわ》などを使ったのではなく、小鳥が巣《す》に向かって飛《と》んでいくようにすばやく、すんなりと、やさしく連れてこられたのだった。若《わか》い女の人はどうやら洗濯《せんたく》の最中《さいちゅう》だったようで、エプロンをつけて袖《そで》をひじまでまくりあげていて、両手に石けんの泡《あわ》がついていた。もし上等の服に着がえる暇《ひま》があったとしたら、（いちばん上等の帽子《ぼうし》は作り物のサクランボがついているような代物《しろもの》だったので）ひどく趣味《しゅみ》の悪いかっこうになっていたことだろうが、そうではなかったので、女の人はすてきに見えた。

もちろん、女の人は自分が夢《ゆめ》を見ているのだと思っていた。だから、急いで夫《おっと》に駆《か》け寄《よ》って「いったいぜんたい何がどうなってるの？」とたずねたりはしなかった。しかし、ライオンを見たとき、女の人は、もしかしたらこれは夢ではないかもしれないと感じた。にもかかわらず、なぜか、それほど怖《こわ》がっているようには見えなかった。そのあと、女の人は左足を後ろへ引いてひざを折《お》る上品なおじぎをした。そのころは、まだ、田舎《いなか》育ちの女の子たちはこういうあいさつの仕方を心得《こころえ》ていたのだ。そのあと、女の人は御者《ぎょしゃ》のところへいって夫《おっと》と手をつなぎ、少しはにかんだ顔であたりを見まわした。

「わが子らよ」アスランが御者とその妻《つま》をじっと見すえて言った。「あなたがたをナルニア初代《しょだい》の王と女王とする」

御者は驚《おどろ》きのあまり口をあんぐり開け、妻のほうは真《ま》っ赤《か》になった。

「あなたがたはすべての生き物を統《す》べ、名づけ、公正に扱《あつか》い、敵《てき》があらわれたときには敵から守ってやりなさい。敵はあらわれるであろう、なぜならこの世界には邪悪《じゃあく》な魔女《まじょ》がいるからだ」

御者は何度かつばをのみこみ、せきばらいをして言った。

「すみません、たいへんもったいない話ですが、そんで家内《かない》も同じように感謝《かんしゃ》してるとは思うんですけど、あたしはとてもそういう仕事に向いてるような人間じゃございません。学校さえまともに行ってねえような者で……」

「なるほど」アスランは言った。「あなたは鋤《すき》や鍬《くわ》を使って地面を耕《たがや》し食べ物を得《え》る術《すべ》を知っているか？」

「はい、それなら少しはできます。そういうふうに育てられましたもんで」

「あなたはこれらの生き物をやさしく公平に扱《あつか》い、彼《かれ》らがあなたの生まれた世界の〈もの言わぬけもの〉たちのような奴隷《どれい》ではなく、〈もの言うけもの〉であり自由な民《たみ》であることを心にとどめておけるか？」

「わかります」御者《ぎょしゃ》は言った。「すべての生き物に公平であるようにつとめますです」

「そして、あなたはあなたの子どもたちや孫《まご》たちもそれにならうよう育てることができるか？」

「それは自分しだいでできると思います。ベストをつくします。そうだな、ネリー？」

「そして、あなたは子どもたちのあいだにも、またほかの生き物たちのあいだにも、えこひいきをせず、他者を服従《ふくじゅう》させたり酷使《こくし》したりする行為《こうい》を許《ゆる》さぬようにできるか？」

「あたしは、そういうことは許せない質《たち》なんで、ほんとうに。そんなとこを見つけたら、ひどくとっちめてやりますです」と御者は言った。こうした会話が続《つづ》くあいだに、御者《ぎょしゃ》の口調《くちょう》はだんだんゆったりとしたものになり、声はより豊《ゆた》かな響《ひび》きをおびるようになった。鋭《するど》く早口のロンドン訛《なま》りではなく、御者が子どものころしゃべっていたはずの田舎風《いなかふう》の話し方にもどっていくようだった。

「そして、もし敵《てき》がこの国を襲《おそ》ってきて（敵はかならずあらわれるであろう）戦《たたか》いになったときには、あなたは突撃《とつげき》の先頭に立ち、退却《たいきゃく》の最後尾《さいこうび》を守ることができるか？」

「それは――」御者は慎重《しんちょう》に言葉を選《えら》んだ。「人間というもんは、じっさいに試《ため》されるときが来ないと、ほんとのとこはわからないと思います。あたしも、もしかしたら、臆病者《おくびょうもの》の顔をさらすことになるかもしれません。こぶしで殴《なぐ》りあう以上《いじょう》のけんかをしたことがないもんで。自分の役目を果《は》たすようにがんばります――できるだけ、という意味ですが」

「よろしい」アスランは言った。「あなたは王のなすべきことをすべて果《は》たすであろう。まもなく戴冠式《たいかんしき》をおこなう。あなたと、あなたの子どもたちと、あなたの孫《まご》たちは祝福《しゅくふく》され、ある者はナルニアの王となり、またある者は南の山々のかなたに広がるアーケン国の王となるであろう。それから、そちらの娘《むすめ》よ（ここでアスランはポリーのほうを向いた）、あなたもよく来た。あなたは、呪《のろ》われたチャーンにおいて、廃墟《はいきょ》と化した宮殿《きゅうでん》の〈肖像《しょうぞう》の間〉でこの少年があなたに暴力《ぼうりょく》を働《はたら》いたことを許《ゆる》したか？」

「はい、アスラン。もう仲直《なかなお》りしました」ポリーは言った。

「よろしい」アスランが言った。「それでは、次はこの少年だ」

12　ストロベリーの冒険《ぼうけん》

ディゴリーは口をかたくむすんでいた。さっきから、いたたまれない気もちがどんどん大きくなっていたが、何が起ころうともぜったいに大泣《おおな》きしたり馬鹿《ばか》なことをしたりはするまいと覚悟《かくご》を決めていた。

「アダムの息子《むすこ》よ」アスランが言った。「わたしの大切な国ナルニアに対して、よりにもよってその誕生初日《たんじょうしょにち》に、あなたは害《がい》をなした。それをつぐなう覚悟はあるか？」

「あのう、ぼくに何ができるかわからないんですけど」ディゴリーは言った。「だって、女王は逃《に》げちゃったし、それに――」

「覚悟はあるか、と聞いたのだ」ライオンが言った。

「はい」ディゴリーは答えた。「ぼくの母さんを助けると約束《やくそく》してくれるなら、お役に立つつもりがあります」と言ってみようかというとんでもない考えが頭をよぎったが、いや、このライオンは取り引きのきく相手ではない、と思いとどまった。でも、「はい」と返事をしたとき、ディゴリーは母親のことを思った。そして、自分が胸《むね》に抱《いだ》いていた大きな希望《きぼう》のこと、その希望がいまは失《うしな》われようとしていることを思った。そうしたら熱《あつ》いものがこみあげてきて涙《なみだ》がこぼれそうになり、思わず言葉が出てしまった。

「でも、お願《ねが》いです、お願いですから、どうか、母さんの病気を治《なお》すものをいただけませんか?」そのときまで、ディゴリーはライオンの大きな足と鋭《するど》いかぎ爪《づめ》ばかりを見つめていたのだが、もうどうにでもなれという気もちになってライオンの顔を見上げた。そこに見たものは、ディゴリーにとって人生最大《さいだい》の驚《おどろ》きだった。ライオンの小麦色の顔は深く垂《た》れてディゴリーの顔のすぐそばにあり、しかも驚くべきことに、ライオンの目からは輝《かがや》く大粒《おおつぶ》の涙がこぼれそうになっていたのだ。それはディゴリーの涙よりはるかに大きくてきらきら光る涙だったので、ディゴリーは一瞬《いっしゅん》、自分よりライオンのほうが母さんのことを案《あん》じてくれているのではないかと思ったくらいだった。

「息子《むすこ》よ、わが息子よ」アスランは言った。「わかっている。悲しみは大きい。この国でそれを知るのは、いまはまだあなたとわたしだけだ。わたしたちは、たがいに助けあおう。しかし、わたしはナルニアの暮《く》らしを何百年何千年の先まで考えねばならない。あなたがこの世界へ連《つ》れこんだ魔女《まじょ》は、ふたたびナルニアへもどってくるだろう。だが、それはまだ先のことだ。わたしはこのナルニアに魔女を近づけぬ力を持つ木を植えたいと思う。その木は長き歳月《さいげつ》にわたってナルニアを魔女から守ることになろう。そして、この国は、いつか太陽が雲におおわれる日まで長いあいだ、輝《かがや》かしい朝を迎《むか》えることとなろう。あなたは、その木が育つ種《たね》を手に入れてこなくてはならない」

「わかりました」ディゴリーは言った。どのようにして目的《もくてき》を達《たっ》すればいいのか考えもつかなかったが、いまでは、きっとできるにちがいないという確信《かくしん》が胸《むね》にあった。ライオンは深く息を吸《す》い、さらに頭を低《ひく》くして、ディゴリーにライオン流のキスをした。すると、たちまち、ディゴリーの中に新たな力と勇気《ゆうき》が流れこんできた。

「これからせねばならぬことを教えよう。西の方角をふりむいて、何が見えるか言ってみなさい」

「親愛《しんあい》なる息子《むすこ》よ」アスランが言った。「これからせねばならぬことを教えよう。西の方角をふりむいて、何が見えるか言ってみなさい」

「ものすごく大きな山々が見えます、アスラン」ディゴリーは言った。「この川の上流が滝《たき》になって崖《がけ》を流れ落ちてくるのが見えます。そして、崖のむこうには高い丘《おか》が連《つら》なっていて、緑の森がしげっています。そのむこうには、もっと高い山脈《さんみゃく》があって、ほとんど黒く見えます。それから、もっとずっと遠くには、大きな雪山がいっぱい連なって見えます――アルプスの写真みたいに。その先は、空しか見えません」

「よい目をしている」ライオンが言った。「よいかな、ナルニアの国土は滝が流れ落ちるところまでだ。崖の頂上《ちょうじょう》から先はもはやナルニアの国ではなく、〈西の荒野《こうや》〉にはいる。あなたは山々を越《こ》えていき、氷山に囲《かこ》まれた緑の渓谷《けいこく》にある青い湖を見つけなくてはならない。湖のいちばん奥《おく》にけわしい緑の丘がある。その丘の頂《いただき》に果樹《かじゅ》園《えん》がある。その果樹園の中央に一本の木がある。その木からリンゴを一個《こ》もぎ取り、持ち帰ってくるのだ」

「わかりました」ふたたびディゴリーは答えた。崖《がけ》を登ってたくさんの山々を越《こ》えるなんて、どうやって行けばいいのか見当《けんとう》もつかなかったが、言《い》い訳《わけ》がましく聞こえるのがいやだったので、それは言わなかった。ただ、ディゴリーはこう言った。「アスラン、お急ぎでないといいのですが。短い時間でそこまで行って帰ってくることは、できないだろうと思います」

「アダムの小さき息子《むすこ》よ、助けを与《あた》えよう」アスランが言った。そして、さきほどからずっとみんなの横に黙《だま》って立っていたストロベリーのほうに向きなおった。ストロベリーはときどきしっぽを振《ふ》ってハエを追《お》い払《はら》いながら、ちょっと難《むずか》しい話を理解《りかい》しようとするかのように小首《こくび》をかしげて聞いていた。

「翼《つばさ》の生えた馬になりたいか？」アスランはストロベリーにたずねた。

ストロベリーはたてがみを震《ふる》わせ、鼻を大きくふくらませて、片方《かたほう》の後ろ足で地面をトンと軽く蹴《け》った。翼のある馬になりたがっている気もちがはっきりと伝《つた》わってきた。が、ストロベリーはこう言っただけだった。

「アスランのお望《のぞ》みとあらば。思《おぼ》し召《め》しならば。どうしておれなのか、わかりませんけど——おれ、そんなに賢《かしこ》い馬じゃないので」

「翼《つばさ》を持て。すべての天馬《てんば》の父となれ」アスランが大地を揺《ゆ》るがす声で吼《ほ》えた。「おまえの名をフレッジとする」

ストロベリーは、かつて辻馬車《つじばしゃ》を引かされていたみじめな日々と同じしぐさで後ずさりして、大きく息を吐《は》いた。そして、肩《かた》ぐちにとまったハエを気にするかのように首をぐっと後ろへそらした。すると、けものたちが土の中から出てきたときと同じように、フレッジの両肩《りょうかた》から翼が生え出てぐんぐん広がり、ワシの翼よりも大きくなり、白鳥の翼よりも大きくなり、教会の窓《まど》に描《えが》かれた天使の翼よりも大きくなった。翼は栗色《くりいろ》と銅色《どういろ》に輝《かがや》いていた。フレッジは翼を大きくはばたかせて舞《ま》い上《あ》がり、アスランとディゴリーの六メートルほど上空で鼻を鳴らし、いななき、かろやかに跳《ちょう》躍《やく》した。そして、上空をひとまわりしたあと下りてきて、四本の足で同時に着地した。まだぎこちなく、自分でもとまどっているように見えたが、このうえなくうれしそうだった。

「どうかな、フレッジ？」アスランが聞いた。

「とてもいいです、アスラン」フレッジが答えた。

「この小さきアダムの息子《むすこ》を背中《せなか》に乗せて、わたしが話した山あいの渓谷《けいこく》まで連《つ》れていってくれるかな?」

「え? いまですか? いますぐに?」ストロベリー――ではなくて、フレッジ――は言った。「よしきた! おいで、ぼうず。おれは前にあんたみたいなのを背中に乗せたことがある。ずっと昔のことだけどな。あのころは、緑の草原があったなぁ。あと、角砂糖《かくざとう》も」

「イヴの娘《むすめ》たち二人は、何をこそこそ話しているのかな?」アスランがとつぜんポリーと御者《ぎょしゃ》の妻《つま》のほうを向いて声をかけた。二人は仲良《なかよ》くなったところだった。

「できましたら」ヘレン女王(御者の妻ネリーは、ヘレン女王となった)が言った。「こちらのお嬢《じょう》さんもいっしょに行きたがっているように思います、おじゃまでなければ」

「フレッジは何と言うかな?」ライオンがたずねた。

「ああ、二人でもかまいませんよ、小さい人たちなら」フレッジが言った。「ゾウもいっしょに、なんて言われると困《こま》りますがね」

ゾウからはそのような希望《きぼう》はなかったので、ナルニアの新しい王が二人の子どもたちに手を貸《か》して天馬《てんば》の背に乗《せ》せた。もう少しくわしく言うと、ディゴリーに対しては手荒《てあら》に持ち上げてやり、ポリーに対してはこわれやすい陶器《とうき》の人形でも扱《あつか》うようにそっと大切に馬の背に乗せてやった。「さあ、いいぞ、ストロベリー……じゃなくて、フレッジ。妙《みょう》な感じだな」

「あまり高く飛《と》びすぎぬように」アスランが言った。「氷の大山脈《だいさんみゃく》を越《こ》えて行こうとしてはならない。緑の谷間を探《さが》して、そこをたどって飛んでいくように。かならずそういう道がある。では行け、わが祝福《しゅくふく》とともに」

「たのむよ、フレッジ！」ディゴリーは前かがみになって馬のつややかな首すじをやさしくたたいた。「これは楽しくなるぞ。ポリー、しっかりつかまってろよ」

次の瞬間《しゅんかん》、大地がはるか下のほうへ落ちていき、ぐるぐると回った。西へ向けて長い空の旅を始める前に、フレッジが大きなハトのように一回二回と上空で輪《わ》を描《えが》いたのだ。ポリーが下を見ると、王と女王の姿《すがた》はもうほとんど見えず、アスランでさえ緑の草原に輝《かがや》く金色の点にしか見えなかった。まもなく風が顔に当たり、フレッジの翼《つばさ》が規則正《きそくただ》しくはばたきはじめた。

眼下《がんか》には芝生《しばふ》や岩場やヒースやさまざまな木々にいろどられたナルニア全土が広がり、その中を水銀のリボンのように川が流れていた。早くも二人の右手、北の方角に低《ひく》くつらなる山々を越《こ》えて、その先にヒースにおおわれた広大な荒野《こうや》がゆるやかにせりあがって地平線まで続《つづ》いているのが見えた。左手のほうにはもっとずっと高い山々がそそりたっていたが、ときどき山の切れ目があって、松林《まつばやし》におおわれた急斜面《きゅうしゃめん》のあいだから、その先に広がる南の大地が青くはるかにのぞめた。

「あれがアーケン国のあるところね」ポリーが言った。

「うん。ね、前を見て！」ディゴリーが言った。

目の前に大きな崖《がけ》が壁《かべ》のようにそそりたち、滝《たき》となって流れ落ちる水に太陽の光がきらきらと反射《はんしゃ》して、まぶしさに目がくらみそうだった。川は西方の高地に源《みなもと》を発し、泡立《あわだ》つ滝となって崖を流れ落ち、ナルニアの国へはいっていく。天馬《てんば》はすでにずいぶん高いところを飛《と》んでいたので、滝《たき》つぼから上がってくる轟音《ごうおん》はかすかにしか聞こえなかったが、それでもまだ崖《がけ》の頂上《ちょうじょう》ははるか上のほうに見えた。

「ここからちょっとジグザグにのぼるから、しっかりつかまっててよ」フレッジが二人に声をかけた。

フレッジは行ったり来たりをくりかえしながら、少しずつ高くのぼっていった。空気がだんだん冷《つめ》たくなり、ワシの鳴き声がはるか下のほうから聞こえた。

「ね、ふりかえって！　後ろを見て！」ポリーが言った。

後方をふりかえると、ナルニアのある渓谷《けいこく》全体を見わたすことができた。ナルニアの国土ははるか東のほうまで広がっていて、陸《りく》が空にとけこむ直前に海がきらめいて見えた。ずいぶん高く上がったので、北西に広がるヒースの荒野《こうや》の先にぎざぎざの山《さん》脈《みゃく》が小さく見えてきた。そして、はるか南の方角には、砂漠《さばく》のような平原が見えた。

「いろんな場所がどんなところなのか知りたいなぁ」ディゴリーが言った。

「まだ、どんなところでもないんじゃない？」ポリーが言った。「だって、誰《だれ》も住んでないし、何も起こってないんだもの。この世界はきょうできたばっかりだから」

「うん。でも、いずれは、ああいう場所にも人が行くようになるだろう？」ディゴ

YOUCHAN

リーが言った。「そしたら、歴史《れきし》が始まるんだ」

「まだ歴史が始まってなくて、よかったわ」ポリーが言った。「だって、何の戦《たたか》いが何年だったとか、めんどくさいこと暗記しなくていいもの」

天馬《てんば》と子どもたちは崖《がけ》の頂上《ちょうじょう》にさしかかり、数分のうちにナルニアの渓谷《けいこく》は後方へ沈《しず》んで見えなくなった。天馬は川すじにそって飛《と》びつづけ、けわしい丘《おか》や暗い森の続《つづ》く荒野《こうや》を越《こ》えていく。前方に巨大《きょだい》な山脈《さんみゃく》が迫《せま》ってきたが、太陽が目にはいって、山の方向はよく見えなかった。太陽はしだいに西へ傾《かたむ》き、空全体が黄金を溶《と》かした巨大《きょだい》な炉《ろ》のように輝《かがや》いた。やがて、太陽は山のむこうへ沈《しず》んでいった。逆光《ぎゃっこう》の中で、山々のシルエットがボール紙細工のように平面的《へいめんてき》に見えた。

「こんなに高いと、けっこう寒いわね」ポリーが言った。

「おれの翼《つばさ》も痛《いた》くなってきた」フレッジが言った。「アスランが言ってた湖のある谷間はまだ影《かげ》も形も見えないし、ここらでいったん地面に下りて、夜をすごすのにいい場所を探《さが》すってのはどうだろう？　今夜じゅうには目的地《もくてきち》に着けそうもないよ」

「そうだね。それに、もう夕ごはんの時間だし」ディゴリーが言った。

そこで、フレッジは高度を下げはじめた。山々に囲《かこ》まれた地面が近づいてくるにつれ、空気が温かくなった。天馬《てんば》に乗っているあいだじゅう何時間もフレッジが羽《は》ばたく音しか聞こえなかっただけに、石の川床《かわどこ》を躍《おど》るように流れる川のせせらぎやそよ風に揺《ゆ》れる木々の葉ずれなど耳なれた地上の音を聞くと、心がなごんだ。太陽に灼《や》かれた土の温かくなつかしいにおいや草花の芳香《ほうこう》がたちのぼってきた。まもなく、フレッジが地面に下り立った。ディゴリーは天馬の背中《せなか》から滑《すべ》りおりたあと、ポリーが降《お》るのに手を貸《か》した。二人ともこわばった足を伸《の》ばして、ひと息ついた。

ディゴリーたちが下りた谷間は、深い山ふところに抱《いだ》かれた場所だった。周囲《しゅうい》を見上げると雪をかぶった山々がそびえていて、その中のひとつは夕焼《ゆうや》けに照《て》らされてバラ色に染《そ》まって見えた。

「おなかがすいたな」ディゴリーが言った。

「さあ、たらふく食べなよ」フレッジが草を口いっぱいにほおばりながら言った。そして、食べかけの草が口の両脇《りょうわき》にひげのようにはみだした顔を上げて、「さあ、二人とも遠慮《えんりょ》せずに。三人でたっぷり食べられるくらいあるから」とすすめた。

「けど、ぼくたち、草は食べられないもん」ディゴリーが言った。

「ほむ、ほむ」フレッジが口いっぱいに草をほおばったまま言った。「ああ——ほむ——それじゃ、どうしたもんかね。すごくおいしい草なんだけどね」

ポリーとディゴリーは、がっかりして顔を見合わせた。

「誰《だれ》か食事の心配をしてくれてもよかったのに」ディゴリーが言った。

「アスランがしてくれただろうと思うよ、たのめばね」フレッジが言った。

「たのまれなくても、アスランだったらわかったんじゃないの？」ポリーが言った。

「もちろん、わかったと思うけど」フレッジが（まだ口いっぱいに草をほうばったまま）言った。「でも、たぶん、アスランはたのまれるのが好《す》きなんだと思うよ」

「ねえ、どうしたらいいと思う？」ディゴリーが聞いた。

「どうしたもんかねえ」フレッジが言った。「草を食べたくないって言うんじゃねえ。思ったよりおいしいかもしれないよ？」

「ばかなこと言わないでよ」ポリーが足をドンと踏《ふ》みならして言った。「人間は草なんか食べられないに決まってるでしょ、馬がマトン・チョップ[1]を食べられないのと同じよ」

「たのむから、マトン・チョップとか言わないでよ」と、ディゴリー。「ますますおなかがすいてきた」

ディゴリーは、ポリーが指輪《ゆびわ》を使って家にもどって何か食べ物を取ってくるのがいいんじゃないかと提案《ていあん》した。ディゴリー自身は、まっすぐアスランの使いに行くことを約束《やくそく》したから寄《よ》り道《みち》はできないと考えていた。それに、いったん家にもどったりしたら、何が起こってまた帰ってこられなくなるか知れたものではない。でも、ポリーは、ディゴリーだけを残《のこ》していくわけにはいかないと言った。それで、ディゴリーもポリーの気もちをありがたく受けとめたのだった。

「ねえ」ポリーが言った。「わたし、上着《うわぎ》のポケットにタフィー[2]の残りがはいってるの。何もないよりは、ましじゃない?」

「うん、はるかにましだよ」ディゴリーが言った。「でも、気をつけて。ポケットに手を入れるとき指輪にさわらないようにね」

それはなかなかに工夫《くふう》を要《よう》する作業だったが、なんとかうまくできた。ようやくポケットから取り出した小さな紙の袋《ふくろ》はくしゃくしゃで、タフィーはべとべとになっていて、タフィーを紙袋《かみぶくろ》から取り出すというよりも、タフィーにくっついた紙袋をはぎとるというほうが当たっているくらいだった。大人《おとな》だったら（こういうことに関《かん》して大人はかなり気難《きむずか》しいので）、べとべとのタフィーなんか食べるくらいならいっそ夕食抜《ぬ》きでがまんするほうがましだと言うかもしれない。タフィーはぜんぶで九個《こ》あった。ディゴリーがいいことを思いついた。一人四個ずつ食べて、残《のこ》った一個を土に埋《う》めようと考えたのだ。「街灯《がいとう》からねじり取った鉄棒《てつぼう》が小さい街灯になったんだから、これだってタフィーの木になるかもしれないよ?」そこで二人は草地に小さな穴《あな》を掘《ほ》って、タフィーを一個埋めた。そして、残《のこ》ったタフィーをできるだけ長持ちするようにゆっくりと食べた。タフィーにくっついてとれなかった紙までいっしょに食べたが、それでもずいぶんとなさけない食事だった。

1　骨付《ほねつ》きのヒツジ肉。
2　砂糖《さとう》や糖蜜《とうみつ》を煮詰《につ》め、ナッツなどを加《くわ》えたキャラメル風のキャンディー。

フレッジは、すばらしい夕ごはんを食べおわったあと、地面に横たわった。子どもたちもそばにきてフレッジの両側《りょうがわ》に一人ずつ腰《こし》をおろし、温かい馬のからだに身を寄《よ》せた。フレッジが翼《つばさ》を広げて子どもたちを包《つつ》みこむと、とても居《い》ごこちのいい空間になった。新しい世界の生まれたばかりの星たちが明るく輝《かがや》く夜空の下で、子どもたちはあれやこれや話をした。ディゴリーがお母さんを治《なお》すものを何か持って帰りたいと思っていたこと。だけど、アスランの使いでこうして旅に出る運命になったこと。二人は、目ざす場所を見つけるための目印《めじるし》をひとつひとつ口に出しておさらいした——青い湖、頂上《ちょうじょう》に果樹園《かじゅえん》のある丘《おか》。二人が眠《ねむ》くなり、言葉がとぎれかけたちょうどそのとき、ポリーがとつぜん目を大きくみひらいてからだを起こし、「しっ！」と言った。

みんな、息をひそめて耳をすました。

「たぶん、木の葉が風に鳴っただけだよ」まもなくディゴリーが言った。

「どうかな」フレッジが言った。「どっちにしても——待て！　ほら、まただ。アスランにかけて、何かがいるにちがいない」

　馬は大きな音をたててからだを起こし、立ちあがった。子どもたちも立ちあがっていた。フレッジは速足であたりを行ったり来たり走りまわり、においを嗅《か》いだり低《ひく》い声でいななりしたりした。子どもたちは忍《しの》び足《あし》であたり一帯《いったい》を歩きまわり、しげみや木々のうしろを見て歩いた。子どもたちもフレッジも、たしかに何かを見たような気がした。一度など、ポリーが背《せ》の高い黒い人影《ひとかげ》が音もなく速足で西の方角へ歩いていったのをまちがいなく見た、とまで言った。でも、けっきょく何もつかまえられず、最後《さいご》にはフレッジがふたたび地面に横たわり、子どもたちもフレッジの翼《つばさ》の下にはいった。そして、すぐに眠《ねむ》りこんでしまった。フレッジのほうは、そのあともずいぶん長いあいだ目をさましていて、暗闇《くらやみ》の中で耳をあちこちに向けて動かしたり、ハエがたかるのを気にするように肌《はだ》を小さく震《ふる》わせたりしていたが、やがてフレッジも眠りについた。

13 魔女《まじょ》との対決

「起きて、ディゴリー。起きて、フレッジ」ポリーの声がした。「ほんとにタフィーの木が生えてきたのよ。それに、とってもすてきな朝」

朝の低《ひく》い太陽の光が木々のあいだからさしこみ、露《つゆ》のおりた灰色《はいいろ》の草原にクモの巣《す》が銀細工のように光って見えた。ディゴリーたちのすぐそばに、小さくて樹皮《じゅひ》のとても黒っぽい木が生えていた。リンゴの木くらいの大きさだ。葉は白っぽくて紙のような感じで、オネスティ（正直）という名のハーブ[1]に似《に》ていた。そして、その木にはナツメヤシに似た小さな茶色の実がたわわに実っていた。

「やったあ！」ディゴリーが声をあげた。「でも、ぼく、先にちょっとひと泳ぎしてくるよ」ディゴリーは花をつけている低木《ていぼく》のしげみを一つ二つすりぬけて、川べりまで行った。読者諸君《しょくん》は、山あいの川で泳いだことがあるだろうか？　浅瀬《あさせ》を走る清《せい》流《りゅう》が小さな滝《たき》をつらねたように躍《おど》り、赤や青や黄色の小石が太陽の光をまぶしく反《はん》射《しゃ》して、海で泳ぐのと同じくらい楽しいものだ。もしかしたら、海よりもっと楽しいかもしれない。もちろん、ディゴリーはからだを拭《ふ》かずにそのまま服を着なくてはならなかったが、それでもじゅうぶん満足《まんぞく》できる水浴《すいよく》だった。ディゴリーがもどってくると、こんどはポリーが川へ泳ぎに行った。少なくとも本人は「泳いだ」と言っていたが、ポリーはあまり水泳が得意《とくい》なほうではないので、細かいことは追及《ついきゅう》しないでおこう。フレッジも川まで行ったが、流れの真ん中で頭を下げて水をたっぷり飲んだだけで、そのあとたてがみを震《ふる》わせて何度かいななないた。

ポリーとディゴリーはタフィーの木から実をもぎ取った。とてもおいしい果実《かじつ》だった。タフィーとそっくり同じ味ではなく、タフィーよりも柔《やわ》らかくて汁気《しるけ》がたっぷり

1　ルナリア、和名ゴウダソウ。花が咲《さ》いたあと、種子《しゅし》のはいった平たいさやをつけるが、さやの隔膜《かくまく》が白く半透明《はんとうめい》で、紙に似《に》ている。

あったが、それでもタフィーを思い出すような味の果実《かじつ》だった。フレッジもすばらしい朝食にありついた。タフィーの果実もひとつ味見して気に入ったようだったが、朝のこの時間には草のほうがいいな、と言った。そのあと、子どもたちは少し苦労《くろう》しながら天馬《てんば》の背中《せなか》によじのぼって、二日目の旅が始まった。

二日目の旅は、前日より愉快《ゆかい》だった。みんなすっかり元気を回復《かいふく》していたこともあるし、朝の太陽を背《せ》に受けての旅だったこともある。光が背中からさしているときは、何もかもがすてきに見える。すばらしい天馬の旅だった。どちらを見ても、大きな雪山が高くそびえていた。はるか下に見える渓谷《けいこく》は鮮《あざ》やかな緑色で、氷河《ひょうが》から発して本流に勢《いきお》いよく流れこむ谷川はどれも鮮やかな青色で、まるで巨大《きょだい》な宝石飾《ほうせきかざ》りの上を飛《と》んでいるような眺《なが》めだった。三人ともこんな時間がもっと長く続《つづ》けばいいと思ったが、まもなく、鼻をひくひくさせながら「これ、何だろう？」とか「何かにおわない？」とか「どこからにおってくるのかな？」などと言葉をかわすようになった。というのは、世界じゅうのおいしい果実や美しい花々を集めたような温かくて黄金色《こがねいろ》のえもいわれぬ香《かお》りが行く手から漂《ただよ》ってきたのだ。

「あの湖のある谷間からにおってくるみたいだ」フレッジが言った。

「ぼくもそう思う」ディゴリーが言った。「見て！　湖の奥《おく》に緑の丘《おか》がある。それに、水がすごく青いよ」

「ここにちがいない」と、子どもたちもフレッジも思った。

フレッジは大きな円を描《えが》きながらしだいに高度を下げていった。雪をかぶった山々の頂《いただき》が高く高くせりあがっていく。空気が温かくなり、いい香《かお》りが刻一刻《こくいっこく》と強くなってきた。泣《な》きたくなるくらいに甘《あま》い香《かお》りだった。フレッジは羽《は》ばたくのをやめ、両翼《りょうよく》を大きく広げたまま滑空《かっくう》しながら、ひづめを掻《か》いて地面を探《さぐ》っている。けわしい緑の丘が目の前に迫《せま》ってきた。と思ったら、フレッジが少し危《あぶ》なっかしげに斜面《しゃめん》に着地して、子どもたちは天馬《てんば》の背《せ》から転げ落ちた。でも、下には温かく柔《やわ》らかい草が生えていたのでけがはなく、二人とも息を少しはずませて立ちあがった。

着地したのは、丘を四分の三ほど上がった場所だった。子どもたちはすぐに頂上《ちょうじょう》めざして登りはじめた。フレッジは翼《つばさ》でバランスを取ったり羽ばたいたりしながら、なんとか子どもたちについていった。丘の頂上には緑の芝生《しばふ》でできた高い堤《つつみ》がめぐらされていた。堤《つつみ》の内側《うちがわ》には果樹《かじゅ》が育っていて、その枝《えだ》が堤の外まで張《は》り出《だ》していた。風が吹《ふ》くと、木々の葉が揺《ゆ》れて緑にも青にも銀色にも見えた。ディゴリーたちは丘《おか》のてっぺんに着いたあと、芝生《しばふ》の堤の外側《そとがわ》をほぼ一周《しゅう》ぐるりと回って、門を見つけた。それは金《きん》でできた高い門で、真東を向き、ぴったりと閉《と》じていた。

このときまで、フレッジとポリーは自分たちもディゴリーといっしょに果樹園《かじゅえん》へはいっていくつもりでいたのだが、門の前まで来て、その考えをあらためた。果樹園は、あきらかに余人《よじん》の立ち入りを厳《きび》しく拒《こば》むたたずまいだったのだ。果樹園が誰《だれ》かの所有物であることは、一目見ればわかった。特別《とくべつ》な目的《もくてき》でつかわされた人間でなければ中にはいれないことぐらい、誰の目にもあきらかだった。ディゴリー自身も、ポリーとフレッジが自分といっしょには来られないことをすぐに理解《りかい》した。ディゴリーは、ひとりで門の前まで進んでいった。

門に近づくと、金色の扉《とびら》に銀の文字で次のような文句《もんく》が書かれていた。

黄金《こがね》の門よりはいれ、さなくばはいるべからず

わが果実《かじつ》は他者のために取れ、さなくば取るべからず
わが果実を盗《ぬす》む者、わが堤《つつみ》を乗《の》り越《こ》える者は
望《のぞ》むものを手に入れ、また絶望《ぜつぼう》をも見出《みいだ》すであろう

「わが果実は他者のために取れ、か」ディゴリーはつぶやいた。「それは、いま、ぼくがやろうとしてることだ。つまり、ぼくが自分で食べちゃいけないってことだな。けど、最後《さいご》の行は、何言ってんだかわかんないな。黄金《こがね》の門よりはいれ、か。そりゃそうさ、門からはいれるんだったら、誰《だれ》が堤をよじのぼりたいなんて思うものか！　だけど、門はどうやったら開くんだろう？」ディゴリーは門に手をかけた。すると、その瞬間《しゅんかん》にちょうつがいが音もなく動いて、門がさっと内側《うちがわ》へ開いた。

門の奥《おく》をのぞいてみると、果樹園《かじゅえん》はますます余人《よじん》の立ち入りがたい場所に思えてきた。ディゴリーは緊張《きんちょう》した面持《おもも》ちであたりを見まわしながら進んでいった。果樹園の中は、しんと静《しず》まりかえっていた。中央に近いところにある噴水《ふんすい》でさえ、ほんのかすかな音をたてているだけだった。あたり一帯《いったい》にすばらしい香《かお》りが満《み》ち満《み》ちていた。

果樹園《かじゅえん》は人を幸福な気分にさせると同時に厳粛《げんしゅく》な気分にもさせる場所だった。

目ざす木は、すぐにわかった。その木が果樹園のいちばん真ん中に立っていたこともあるが、たわわに実った大きな銀色のリンゴがとても明るく輝《かがや》いて、太陽の光が届《とど》かない木蔭《こかげ》までみずから発する光で明るく照《て》らしていたからだ。ディゴリーはまっすぐその木のところへ歩いていって、リンゴの実を一個《こ》取り、ノーフォーク・ジャケットの胸《むね》ポケットに入れた。でも、ポケットに入れる前に、どうしてもそのリンゴを眺《なが》めて香《かお》りをかがずにはいられなかった。

そんなことは、しないほうがよかったのだ。ディゴリーは恐《おそ》ろしい飢《う》えと渇《かわ》きに襲《おそ》われ、どうしようもなくリンゴを味わってみたくなってしまった。手にしていたリンゴは大急ぎでポケットにしまったものの、そのリンゴ以外《いがい》にも実はたくさんなっている。それをひとつ食べてみるのは、いけないことだろうか? どっちにしろ、門のところに書いてあった言葉は命令というほど厳《きび》しいものではなかったかもしれないし……と、ディゴリーは考えた。あれは単《たん》なるアドバイスだったのかもしれない、と。だとしたら、気にする必要《ひつよう》もないだろう。それに、もしあれが命令だったとしても、リンゴ一個を食べることがその命令《めいれい》にそむくことになるだろうか？　すでに「他者のために」実を取るという部分は、ちゃんと守ったのだから。

そんなことをあれこれ考えながら、ディゴリーはふと枝《えだ》ごしに木のてっぺんを見上げた。すると、頭上の枝に、すばらしい鳥が巣《す》をかけていた。「巣をかける」と言ったのは、鳥がほとんど眠《ねむ》っているように見えたからだが、完全《かんぜん》に眠っていたわけではなかったようだ。片方《かたほう》の目がほんのすこしだけ細く開いていた。鳥はワシよりも大きく、胸《むね》のところがサフラン色で、頭には深紅《しんく》のとさかがあり、尾羽《おばね》は紫色《むらさきいろ》だった。[2]

「だから、つまり」と、のちになってこの話をするときに、ディゴリーは言ったものだ。「ああいう魔法《まほう》のかかった場所では、注意して注意しすぎるってことはないんだよ。どこから見張《みは》られているか、わからないからね」けれど、わたしは、どちらにしてもディゴリーが自分のためにリンゴを取ることはしなかっただろうと思う。「汝盗《なんじぬす》むなかれ」といったような教えは、当時の子どもたちのほうがいまの子どもたちより

2　濃《こ》い黄色。

YOUCHAN

ずっと厳《きび》しくたたきこまれていたからだ。とはいえ、こんな話は憶測《おくそく》の域《いき》を出ないのだが。

門のほうへもどろうと向きをかえたところで、ディゴリーはちょっと足を止め、最後《さい》にもういちどあたりを見まわした。そして、おそろしいショックを受けた。果樹園《かじゅえん》に自分以外《いがい》の者がはいりこんでいたのだ。ディゴリーからほんの数メートルのところに立っていたのは、魔女《まじょ》だった。魔女は食べおえたリンゴの芯《しん》を投《な》げ捨《す》てるところだった。リンゴの果汁《かじゅう》は思ったより色が濃《こ》くて、魔女の口のまわりは醜《みにく》いしみになっていた。ディゴリーには、すぐにわかった――魔女は堤《つつみ》を乗《の》り越《こ》えて果樹園にはいってきたにちがいない。そして、門に書いてあった「望《のぞ》むものを手に入れ、また絶望《ぜつぼう》をも見出《みいだ》すであろう」という最後の一行にはどうやら意味があるらしいこともわかりかけてきた。魔女はそれまでにもまして力強く気高《けだか》く、見方によっては勝《か》ち誇《ほこ》ったようにさえ見えたものの、その顔はすっかり血《ち》の気《け》を失《うしな》って蒼白《そうはく》だったのだ。

ディゴリーは一瞬《いっしゅん》のうちに頭を働《はたら》かせ、即座《そくざ》にその場を逃《に》げ出《だ》して門のところまで全力で走った。魔女はすぐあとから追ってきた。ディゴリーが外に出たとたんに門がひとりでに閉《と》じたおかげで魔女《まじょ》との差《さ》が少し開いたが、長くはもたなかった。ディゴリーがポリーたちのところまでもどって「急いで！　乗って、ポリー！　飛《と》ぶんだ、フレッジ！」と叫《さけ》んでいるあいだに、魔女は堤《つつみ》を乗《の》り越《こ》えたか飛《と》び越《こ》えたかして、ふたたび背後《はいご》に迫《せま》ってきた。

「動くな！」ディゴリーは魔女をふりかえって言った。「近づいたら、ぼくたち消えるからな。一センチだって近づくな」

「愚《おろ》かな小童《こわっぱ》め」魔女は言った。「なにゆえ、わらわから逃《に》げる？　そちに危害《きがい》を加《くわ》えようというわけではないのじゃ。いま立ち止まってわらわの話に耳を貸《か》さぬと、一生を幸せに暮《く》らせる知恵《ちえ》を聞きのがすことになるぞ」

「そんなもの、聞きたくない。たくさんだ」と言ったものの、ディゴリーはけっきょく聞いてしまった。

「そちが何の使いでまいったのか、わらわは知っておる」魔女は言葉を続《つづ》けた。「なぜなら、昨夜《さくや》、森でそのほうどものそばにひそんで話を聞いておったのは、このわらわだからじゃ。そちは、果樹園《かじゅえん》でリンゴの実を摘《つ》んだ。いまそちのポケットにはいっておる、その実じゃ。そして、そちはその実の味を知ることもなしに、かのライオンのもとへ持ち帰ろうとしておる。あやつが食《く》らうため、あやつが使うために。なんと愚《おろ》かなことよ！　あれがどのような実であるか、そちは承知《しょうち》しておるのか？　教えてやろう。あれは若《わか》さの実、生命《いのち》のリンゴじゃ。わらわにはわかる、なぜなら自分で食《しょく》してみたからじゃ。すでにして、わらわのこの身が変《か》わりつつあるのが感じられる。わらわはもはや老《お》いることもなく、死ぬこともない。食してみよ、そちも食してみるがよい。そして、わらわとそちは永遠《えいえん》の命を得《え》て、この天界を統《す》べる王と女王になるのじゃ——あるいは、そちの世界にもどるならば、その世界の王と女王になろうぞ」

「ことわる」ディゴリーは言った。「ぼくは、知っている人たちがみんな死んでしまったあとまで自分ひとりだけ永遠に生きたいなんて思わない。ふつうの時間だけ生きて、死んで、天国に行くほうがいい」

「ならば、そちの母親はどうなる？　ずいぶんと大切に思っているようであるが？」

「母さんに何の関係《かんけい》があるんだ？」ディゴリーが言った。

「わからぬのか、愚《おろ》か者《もの》め。あのリンゴを一口食《しょく》すれば、母親の病《やまい》は治《なお》るのだぞ。しかも、リンゴはそちのポケットにはいっておるではないか。ここには、わらわとそちしかおらぬ。ライオンは遠いところじゃ。そちの魔術《まじゅつ》を用いてむこうの世界にもどるがよい。一分後には、そちは母親の枕辺《まくらべ》にすわって、リンゴを食わせてやれるだろう。五分もすれば、母親の顔に血《ち》の気《け》がもどってくるのがわかるはずじゃ。母親は、痛《いた》みが消えたと言うにちがいない。そして、まもなく、元気が出てきたような気がすると言うだろう。そして、母親は眠《ねむ》りにつく——考えてみるがよい、何時間も心地《ここち》よい自然《しぜん》の眠りを得《え》られるのだぞ。痛みもなく、薬も使わず。翌日《よくじつ》になれば、皆《みな》が驚《おどろ》くほどの回復《かいふく》ぶりを見せるであろう。じきに、母親はすっかり元気になる。何もかもがもとどおりになる。そちの家にもふたたび幸せが訪《おとず》れよう。そちも、ほかの小童《こわっぱ》どもと同じようになれるのじゃ」

「ああ！」ディゴリーは、まるで自分が傷《きず》つけられたかのように声をしぼりだし、手で頭をかかえた。この上なく恐《おそ》ろしい選択《せんたく》が自分の前に横たわっていることを知ったからだった。

「あのライオンがそちに何をしてくれた？　そちが奴隷《どれい》にならねばならぬほどの何をしてくれたというのじゃ？」魔女《まじょ》が言った。「そちが自分の世界にもどってしまえば、あのライオンに何ができる？　それに、そちの母親が何と思うか？　痛《いた》みをいやす手段《しゅだん》があったのに、命を取りもどす手段があったのに、そちの父親にとっても心痛《しんつう》をとりのぞく手段があったというのに、そちがそれを選《えら》ばなんだと知ったら？　それよりも、むしろ、見知らぬ世界で何の義理《ぎり》もない野獣《やじゅう》の使い走りをするほうを選んだと知ったら？」

「アスランは――アスランは野獣なんかじゃない」ディゴリーはかすれた声で言い返した。「アスランは――アスランは――」

「野獣でなければ、もっと質《たち》の悪いものじゃ」魔女が言った。「いますでに、あやつがそちに何をしたか、考えてみるがよい。あやつがそちをいかに冷酷《れいこく》な人間にしたか、考えてみるがよい。あやつに耳を貸《か》す者は、みなそうなるのじゃ。無慈悲《むじひ》で薄情《はくじょう》な小童《こわっぱ》め！　そちは母親が死んでもかまわぬと――」

「黙《だま》れ！」ディゴリーはあいかわらずのかすれ声をはりあげた。みじめな気分だった。

「ぼくがそんなことぐらいわからないと思っているのか？　だけど、ぼくは——ぼくは約束《やくそく》したんだ」

「ほう。だが、約束の中身を承知《しょうち》せぬまま約束をかわしたのであろう？　その気にさえなれば、ここにはそちを邪魔《じゃま》だてする者はおらぬのだぞ」

「母さん自身がよろこばないさ」ディゴリーは、やっとのことで言葉をしぼりだした。「母さんは、約束を守ることにとても厳《きび》しいから——それに、盗《ぬす》んじゃいけないってことも——そういうことすべてに厳しい人だから。母さんこそ、もしいまここにいたなら、そんなことをしちゃいけないって最初《さいしょ》に言うはずだ」

「母親に打ちあける必要《ひつよう》はないのじゃ」魔女《まじょ》は猛々《たけだけ》しい顔とは似《に》ても似《に》つかぬ甘《あま》い声で言った。「いかにしてリンゴを手に入れたかなぞ、言わずにおけばよい。父親にも打ちあける必要はない。そちの世界の誰《だれ》にも、いっさい話す必要はないのじゃ。その女子《おなご》とても、連《つ》れ帰《かえ》る必要はなかろうが？」

ここで魔女は決定的《けっていてき》なミスをおかした。もちろん、ディゴリーは自分がこの場から指輪《ゆびわ》を使って消えることができるのと同じようにポリーも自分の指輪で消えることができるとわかっていた。しかし、どうやら魔女《まじょ》はそのことを知らなかったようだ。ポリーを置《お》いてけぼりにすればよいという魔女の卑劣《ひれつ》な誘《さそ》いを耳にしたとたん、それまでの甘《あま》い言葉がことごとく不実《ふじつ》で空虚《くうきょ》に思えてきた。みじめな気分のどん底《ぞこ》にいたものの、ディゴリーはにわかに迷いが晴れて、それまでとはちがう大きな声で言い返した。

「いったいなんだって、おまえは口をはさむんだ？　なんで、とつぜん、ぼくの母さんのことをそんなに気にかけてくれるようになったんだ？　おまえに何の関係《かんけい》がある？　いったい何をたくらんでいるんだ？」

「よく言ったわ、ディゴリー」ポリーがディゴリーの耳もとでささやいた。「急いで。早く！」それまでディゴリーが魔女と言いあっているあいだじゅう、ポリーはあえて何も言わなかった。死にかけているのは自分の母親ではないからだ。

「行こう」ディゴリーはポリーをフレッジの背中《せなか》に押《お》し上《あ》げ、自分も大急ぎでよじのぼりながら言った。天馬《てんば》が翼《つばさ》を広げた。

「ならば行くがよい、愚《おろ》か者《もの》どもめ」魔女が言い放った。「老《お》いぼれて死ぬまぎわに、わらわのことを思い出すがよい、永遠《えいえん》の若《わか》さを手に入れる幸運をみすみす捨《す》てたことを！　もう二度とこのような幸運はないと思え」

天馬《てんば》はすでに高く飛《と》びあがっていたが、かろうじて魔女《まじょ》の声は聞こえた。魔女のほうも、いつまでも空を見上げて時間を無駄《むだ》にするようなことはしなかった。ディゴリーたちが見下ろすと、魔女が丘《おか》の斜面《しゃめん》を下って北のほうへ向かうのが見えた。

その日は出発したのが朝早くだったし、果樹園《かじゅえん》でのことはそれほど長い時間を取らなかったので、フレッジとポリーは、このぶんなら夜になる前に悠々《ゆうゆう》ナルニアにもどれるね、などと話しあっていた。ディゴリーは、帰りの旅のあいだ、ひとこともしゃべらなかった。ポリーたちも、ディゴリーに話しかけるのを遠慮《えんりょ》していた。ディゴリーは悲しい気もちでいっぱいで、自分がはたして正しいことをしたのかどうかさえ自信《じしん》が持てなかった。でも、アスランの目に光っていた涙《なみだ》を思い出すたびに、自分は正しいことをしたはずだと思えるのだった。

一日じゅう、フレッジは疲《つか》れもみせず翼《つばさ》を動かしつづけた。川すじにそって東へ進み、山々のあいだを抜《ぬ》け、緑濃《こ》い森におおわれた丘を越《こ》え、大きな滝《たき》を越してしだいに高度を下げ、ナルニアの森に巨大《きょだい》な崖《がけ》が暗い影《かげ》を落としているあたりを過《す》ぎ、そしてついに後方の空が夕陽《ゆうひ》で赤く染《そ》まるころ、たくさんの生き物たちが川岸に集まっている場所が見えてきた。真ん中にアスランの姿《すがた》が見えた。フレッジは滑空《かっくう》しながら高度を下げ、四本の足を広げて翼《つばさ》をたたみ、ゆったりとした駆《か》け足《あし》で着地したあと停止《ていし》した。子どもたちは天馬《てんば》から降《お》りた。すべての動物たち、ドワーフ、サタイア、ニンフ、[3]そしてさまざまな生き物たちが左と右に下がってディゴリーのために道をあけた。ディゴリーはアスランの前まで進み、リンゴを渡《わた》して、言った。

「お望《のぞ》みのリンゴを持ってまいりました」

3　ギリシア・ローマ神話に登場する海、川、森、山などの精《せい》。美しい乙女《おとめ》の姿《すがた》をしている。

14　リンゴを植える

「よくやった」アスランが大地を揺《ゆ》るがす声で言った。そのとき、ディゴリーには、ナルニアのすべての民《たみ》がこの言葉を聞いたこと、そして自分たちの物語がこの新しい世界で父から子へと何百年も、おそらく永遠《えいえん》に語《かた》り継《つ》がれるであろうことを悟《さと》った。しかし、そのことでディゴリーがうぬぼれるおそれはなかった。アスランの前に立ったディゴリーの頭には、手柄《てがら》を自慢《じまん》する思いなどみじんもなかったからだ。いま、ディゴリーはアスランと正面から目を合わせることができた。心配ごとは忘《わす》れ、心から満《み》たされた気もちだった。

「よくやった、アダムの息子《むすこ》よ」ライオンはくりかえした。「この果実《かじつ》のために、あなたは飢《う》えと渇《かわ》きに耐《た》え、涙《なみだ》を流した。ナルニアの守りとなる木の実を植えるのは、あなたの手をおいてほかにない。このリンゴを川岸の土の柔《やわ》らかいところに向かって投げなさい」

ディゴリーは言われたとおりにした。全員が静《しず》まりかえったので、リンゴが泥《どろ》に落ちる柔らかい音が聞こえた。

「けっこう」アスランが言った。「それでは、これからナルニアのフランク王とヘレン女王の戴冠式《たいかんしき》を始めよう」

子どもたちは、このときはじめて王と女王に気づいた。王と女王は風変《ふうが》わりだが美しい服を着て、豪華《ごうか》なローブをはおっていた。王のローブのすそは四人のドワーフたちがささげ持ち、女王のローブのすそは四人のニンフたちがささげ持っていた。王と女王は頭に何もかぶっていなかったが、ヘレン女王は髪《かみ》を下ろしていたので、顔立ちがたいへん美しく見えた。けれども、二人が昔の二人とすっかりちがって見えたのは、髪型《かみがた》のせいでもなければ、衣服《いふく》のせいでもない。表情《ひょうじょう》がすっかり変《か》わっていたのだ。とくに王の表情は一変《いっぺん》していた。ロンドンで辻馬車《つじばしゃ》の御者《ぎょしゃ》をしていたころのとげとげしさやずる賢《がしこ》さやけんかっ早《ぱや》い物腰《ものごし》はきれいさっぱり消えて、もともとこの男が持っていた勇気《ゆうき》と親切にあふれた気性《きしょう》があらわれていた。おそらく、この若《わか》い世界の空気がそうさせたのだろう。あるいは、アスランと話したせいかもしれないし、その両方かもしれない。

「いやあ、驚《おどろ》いた」フレッジがポリーにささやいた。「うちのご主人ときたら、おれに負けないくらい変《か》わったね！　これでこそ、本物のご主人だ」

「そうね。でも、耳もとでコソコソ言うの、やめてくれる？」ポリーが言った。「くすぐったくてしかたないわ」

「さて」アスランが言った。「誰《だれ》か、あそこの木がもつれたものをほぐしなさい。中に何があるか見てみよう」

ディゴリーが目をやると、四本の木がかたまって生えている場所に、枝《えだ》と枝を組んだり若枝《わかえだ》で結《むす》びあわせたりして鳥かごのようなものができていた。二頭のゾウが長い鼻を使い、数人のドワーフたちが小さな斧《おの》を使って、すぐに鳥かごを解体《かいたい》した。中には三つのものがはいっていた。ひとつは若《わか》い木で、金でできているように見えた。二つめも若木《わかぎ》で、こちらは銀でできているように見えた。三つめは泥《どろ》だらけの服を着た哀《あわ》れな代物《しろもの》で、木のあいだに背中《せなか》を丸めてすわっていた。

「わっ！　アンドリュー伯父《おじ》さんだ！」ディゴリーがつぶやいた。

これをぜんぶ説明《せつめい》するには、話を少しもどさなくてはならない。前にもお話ししたように、けものたちはアンドリュー伯父を土に植えつけて水やりをした。水をかけられて正気を取りもどしたアンドリュー伯父は、自分がずぶぬれで、太ももあたりまで土（というより、もはや泥）に埋《う》められていて、周囲《しゅうい》に生まれてこのかた想像《そうぞう》したことさえないほどたくさんの野獣《やじゅう》が集まっているのを目にした。アンドリュー伯父が叫《さけ》んだりわめいたりしはじめたのも、無理《むり》からぬことだった。ある意味、これがよかったのだ。というのは、そのおかげで、やっとみんなは（イボイノシシでさえ）このモノが生きていると納得《なっとく》できたからだ。そこで、みんなはアンドリュー伯父を土の中から掘《ほ》りあげた（アンドリュー伯父のズボンは見るも無惨《むざん》なありさまになりはてていた）。両足が自由になったとたん、アンドリュー伯父は逃《に》げ出《だ》そうとしたが、ゾウの長い鼻が腰《こし》にさっと巻《ま》きついて、逃《に》げられなくなった。動物たちは、アスランが見て指示《しじ》をくれるまで、この生き物をどこかに閉《と》じこめておく必要《ひつよう》があると考えた。

そこで、みんなでアンドリュー伯父《おじ》を入れておく鳥かごのようなものを作り、自分たちが考えつくかぎりの食べ物を与《あた》えてやったのだった。

ロバは大量《たいりょう》のアザミを集めてきて、それを投げ入れた。しかし、アンドリュー伯父はアザミを好《この》むようには見えなかった。リスたちは木の実を雨あられと投げ入れてやったが、アンドリュー伯父は両手で頭をおおって逃げるばかりだった。小鳥たちはせっせと飛《と》びまわって虫を集め、上から落としてやった。とりわけ親切だったのは、クマだった。その日の午後、クマは野生のハチの巣《す》を見つけたのだが、それを自分で食べるかわりに（ほんとうは、とても食べたかったのだが）、この見上げた心根《こころね》の持ち主はハチの巣をアンドリュー伯父のところへ持って帰ってきたのだった。しかし、これは失敗《しっぱい》の中でも最悪《さいあく》の失敗だった。クマはべたべたのハチの巣を丸ごと鳥かごの上から放《ほう》りこんだのだが、あいにく、それがアンドリュー伯父の顔を直撃《ちょくげき》した（巣の中にはまだ生きているハチも残《のこ》っていた）。クマは、自分だったら顔の上にハチの巣が落ちてきてもちっともかまわないので、なぜアンドリュー伯父がよろめきながらあとずさりして、すべって尻《しり》もちをついたのか、理解《りかい》できなかった。しかも、なんとも運の悪いことに、アンドリュー伯父《おじ》が尻《しり》もちをついたのは、アザミの山の上だった。

「どっちにしろ、そいつの口にはしこたまたくさんのハチミツがはいって、それがよかったのさ」と、イボイノシシが解説《かいせつ》した。動物たちはこの風変《ふうが》わりなペットをいたく気に入り、アスランが飼《か》っていいと言ってくれることを望《のぞ》んでいた。なかでも頭のいい動物たちは、いまではこのペットの口から出てくる音の中で少なくともいくつかは意味があるにちがいないと察《さっ》しはじめていた。動物たちはペットの名前を「ブランデー」とした。ペットがそう聞こえる音をしょっちゅう発したからだ。

しかし、けっきょく、その夜は「ブランデー」をそのまま置《お》いておくしかなかった。アスランは新しい王と女王にいろいろ教えたり、ほかの重要《じゅうよう》な案件《あんけん》を片《かた》づけるのに一日じゅう忙《いそが》しく、哀《あわ》れな「ブランデー」に時間をさく余裕《よゆう》がなかったからだ。動物たちが投げ入れてくれたナッツやナシやリンゴやバナナのおかげで、アンドリュー伯父はそこそこの夕食にありついた。とはいっても、とうてい快適《かいてき》とは言いがたい一夜をすごしたのであった。

「あの生き物を連《つ》れてきなさい」アスランが言った。一頭のゾウが鼻でアンドリュー伯父《おじ》を持ち上げ、ライオンの足もとに置《お》いた。アンドリュー伯父は恐怖《きょうふ》のあまり動くこともできなかった。

「お願《ねが》いです、アスラン」ポリーが言った。「何か、その――その人を怖《こわ》がらないようにさせる言葉をかけてあげてくれませんか？　それから、その人が二度とここへもどってこないようにする言葉を言ってやってくれませんか？」

「もどってきたがるだろうか？」アスランが言った。

「誰《だれ》かほかの人間を送ってよこすかもしれません、アスラン」ポリーが言った。「街《がい》灯《とう》からもぎ取った鉄の棒《ぼう》が街灯に育ったのを見て、ものすごく興奮《こうふん》していましたから、もしかしたら――」

「わが子よ、それはたいへん愚《おろ》かな考えだ」アスランは言った。「この世界は、これから数日のあいだは生命力に満《み》ちあふれている。わたしがこの世界に生命《いのち》を呼《よ》び出《だ》すために歌った歌がまだ空中にただよい、地中に響《ひび》いているからだ。しかし、それは長くは続《つづ》かない。だが、わたしはそのことをこの年老《としお》いた罰当《ばちあ》たりに言い聞かせてやることができないし、この者の気もちを楽にしてやることもできない。この者が自ら選《えら》んでわたしの声を聞かなくなったからだ。わたしがこの者に話しかけても、この者はただうなり声や吼《ほ》え声《ごえ》を聞いたと思うだけだろう。ああ、アダムの子らよ、あなたがたは自分たちにとって有益《ゆうえき》なる言葉に対して、いかに巧《たく》みに耳をふさいでしまうことか！　だが、この者がまだひとつだけ受け取ることのできる恵《めぐ》みがある。それを与《あた》えてやろう」

ライオンは悲しそうな表情《ひょうじょう》で大きな頭を下げて、恐怖《きょうふ》にひきつっている魔術師《まじゅつし》の顔に息を吹《ふ》きかけ、「眠《ねむ》れ」と言った。「眠って、しばらくのあいだ、自ら招《まね》いたすべての苦痛《くつう》から分かたれるがよい」その瞬間《しゅんかん》、アンドリュー伯父《おじ》は目を閉《と》じてばったり倒《たお》れ、安らかな寝息《ねいき》をたてはじめた。

「この者を脇《わき》へ運んで寝《ね》かしておきなさい」アスランが言った。「さて、ドワーフたちよ！　あなたがたの鍛冶《かじ》の技《わざ》を発揮《はっき》するときがきた。王と女王のために二つの王冠《おうかん》を作ってみせてほしい」

信《しん》じられないほどたくさんのドワーフが金の木に向かって走っていったと思ったら、あっという間に金の木の葉をぜんぶむしり取り、枝《えだ》もぽきぽき折《お》り取《と》った。それを見て、ポリーとディゴリーは、木がただ金色に見えただけでなく、柔《やわ》らかい本物の金でできているのだとわかった。その木はもちろん、アンドリュー伯父《おじ》が上下さかさまにされたときにポケットからこぼれおちた一〇シリング金貨《きんか》から生えたものだった。銀の木も、半クラウン銀貨《ぎんか》から育ったものだった。そのうちに、どこからともなく、燃料用《りょうよう》の乾《かわ》いた小枝《こえだ》が山のように集められ、小さな鉄床《かなとこ》やハンマーや火ばしやふいごが出てきた。見る見るうちに火が勢《いきお》いよく燃《も》え、ふいごが音をたて、金が溶《と》かされ、ハンマーが鳴った(ドワーフたちは、ほんとうに仕事好《ず》きなのだ!)。その日まだ早いうちにアスランに命じられて土掘《つちほ》り(モグラがいちばん好《す》きな仕事)に励《はげ》んでいた二頭のモグラが、ドワーフたちの足もとに宝石《ほうせき》を山と積《つ》み上《あ》げた。小さな鍛冶屋《かじや》たちの器用《きよう》な手先にかかって、二つの王冠《おうかん》が形をあらわしはじめた──現在《げんざい》のヨーロッパで使われているような重くて不格好《ぶかっこう》な王冠ではなく、軽くて繊細《せんさい》で美しく形づくられた輪《わ》の形をしていて、ごくふつうに頭につけることができ、つけたことによっていっそう美しく見ばえがするような王冠だ。王の冠《かんむり》にはルビーが飾《かざ》られ、女王の冠にはエメラルドがはめこまれていた。

王冠《おうかん》が川の水で冷《さ》まされたあと、アスランはフランクとヘレンを自分の前にひざまずかせ、頭に王冠をのせた。そして、「立て、ナルニアの王と女王よ。ナルニアと島々とアーケン国の王たちの父および母となる者たちよ。正義《せいぎ》を重んじ、慈悲深《じひぶか》く、勇敢《ゆうかん》であれ。あなたがたに祝福《しゅくふく》を与《あた》える」と言った。

誰《だれ》もが拍手《はくしゅ》を送り、吠《ほ》え声《ごえ》をあげ、いななき、らっぱのように甲高《かんだか》い声を響《ひび》かせ、翼《つばさ》を打ちあわせた。立って祝福を受ける王と女王はおごそかな表情《ひょうじょう》で、少しはにかんでいるところがますます高貴《こうき》な感じに見えた。ディゴリーも拍手《はくしゅ》を送っていたが、そのとき、となりでアスランの深い声がした。

「見よ!」

そこにいた全員がふりむき、そして、誰《だれ》もが驚《おどろ》きと歓《よろこ》びに息をのんだ。少し離《はな》れたところ、みんなが見上げるような高さに、さっきまで確《たし》かにそこにはなかった木が立っていたのだ。その木は、みんなが戴冠式《たいかんしき》にかかりきっているあいだに音もなく、しかし旗竿《はたざお》に旗《はた》が揚《あ》がるような速さで、するする育ったものと思われた。その木が大きく広げた枝《えだ》は、木蔭《こかげ》を作るどころか、逆に光を放っていた。そして、どの葉っぱの

YOU CHAN

下からも、銀色のリンゴが星のように顔をのぞかせていた。何よりもみんなを圧倒《あっとう》したのは、その木からただよってくる芳香《ほうこう》だった。一瞬《いっしゅん》、誰《だれ》もがほかのことはほとんど考えられなくなったくらいだった。

「アダムの息子《むすこ》よ」アスランが言った。「あなたはりっぱに種《たね》をまいた。そして、ナルニアの者たちよ、この木を守ることを第一のつとめと心得《こころえ》よ。この木はあなたがたを守る盾《たて》だからである。わたしがあなたがたに話した魔女《まじょ》は、この世界のはるか北方へ逃《に》げのびた。魔女はそこで生きつづけ、暗黒の魔術《まじゅつ》を用いて力を増《ま》すであろう。しかし、あの木がしげっているかぎり、魔女はけっしてナルニアへは下りてこない。魔女はあの木から一五〇キロ以内《いない》には近づこうとしないはずだ。あなたがたにとって歓《よろこ》びと生命《いのち》と健康《けんこう》をもたらすあの香《かお》りが、魔女にとっては死と恐怖《きょうふ》と絶望《ぜつぼう》だからである」

一同が厳粛《げんしゅく》な面持《おもも》ちでリンゴの木を見つめていたとき、アスランが急に頭をめぐらせて（そのとき、たてがみから金色の光の粒《つぶ》が飛《と》び散《ち》った）、大きな目で子どもたちを見すえ、「何かな、わが子らよ？」と言った。というのは、ポリーとディゴリーが小声でささやきあい、おたがいをそっとつつきあっていたからだ。

「あの、アスラン」ディゴリーが顔を赤らめて言った。「言うのを忘《わす》れたのですが、魔女《まじょ》はもうあのリンゴを一個《こ》食べてしまったのです。あの木のもとになったのと同じリンゴです」ディゴリーは考えていることすべてを口に出すのをためらったが、ポリーがすぐにディゴリーに代わって口を開いた(ディゴリーにくらべると、ポリーは自分が馬鹿《ばか》に見られやしないかと気をもむような性格ではなかった)。

「だから、わたしたち、何かまちがっているにちがいないと思ったんです、アスラン」ポリーは言った。「魔女があのリンゴの香《かお》りをいやがるはずがないんじゃないか、って」

「なぜそのように思うのか、イヴの娘《むすめ》よ?」ライオンがたずねた。

「だって、魔女はリンゴを食べたからです」

「わが子よ」アスランが答えた。「だからこそ、残《のこ》りのリンゴはいまや魔女にとって恐怖《きょうふ》となったのだ。許《ゆる》されぬときに許されぬ方法《ほうほう》でリンゴの実を摘《つ》んで食べた者には、そのような報《むく》いがある。リンゴの実はうまいが、そういう者たちは以後《いご》ずっとそれを忌《い》みきらうようになるのだ」

「なるほど、わかりました」ポリーは言った。「ということは、魔女《まじょ》は許《ゆる》されない方《ほう》法《ほう》で実を摘《つ》んだから、魔《ま》法《ほう》は効《き》かないんですね？　ずっと歳《とし》を取らないとか、そういう効《き》き目《め》は起こらないんですね？」

「残念《ざんねん》だが」アスランは首をふった。「魔法は効く。ものごとは、つねに、その摂理《せつり》に従《したが》ってはたらくのだ。魔女は望《のぞ》むものを手に入れた。すなわち、衰《おとろ》えることのない強さと終わりのない命を手に入れた。だが、邪悪《じゃあく》な心を持つ者にとって、永遠《えいえん》の命はただ永遠の苦悩《くのう》をもたらすだけのものであり、すでにそのことを魔女は悟《さと》りはじめている。望むものを手に入れたとしても、それに満足《まんぞく》できるとはかぎらないのだ」

「ぼく――ぼく、自分でも一個《こ》食べそうになりました、アスラン」ディゴリーは言った。「もし、食べていたら、ぼくも――」

「その通りだ、わが子よ」アスランが答えた。「なぜなら、魔法の果実《かじつ》はつねに効き目をあらわす――そうでなくてはならないからだ。しかし、自分で勝手に果実を摘んだ者には、幸せはもたらされない。もし、ナルニアの何者かが命令《めいれい》によらずリンゴの実を盗《ぬす》んで、ここにナルニアの守りとして植えたならば、それでもその木はナルニアを守ることになろう。しかし、それは、ナルニアをチャーンのごとき強大かつ残虐《ざんぎゃく》な帝国《ていこく》にして守るのであって、わたしが考えるような優《やさ》しく思いやりに満《み》ちた国にして守るのではない。そして、わが子よ、魔女《まじょ》はもうひとつ別《べつ》の誘惑《ゆうわく》もしなかったか？」

「はい、アスラン。家にいる母にリンゴを持って帰れと言いました」

「よいか、そうすれば、たしかにリンゴは母親の病《やまい》を治《なお》すことになったであろう。しかし、それは、あなたにも母親にも歓《よろこ》びをもたらしはしない。いつかかならず、あなたも母親もそのことをふりかえり、むしろ病で死んだほうがよかったと思うときが来るにちがいない」

ディゴリーは涙《なみだ》で息がつまって、何も言うことができなかった。母親の命を救《すく》う希望《きぼう》は、もうなくなったと思った。しかし同時に、ディゴリーはライオンが起こりうる未来《みらい》を予見していたことを知った。そして、愛《あい》する人と死別《しべつ》するよりもっと恐《おそ》ろしい運命《うんめい》があるのだということを知ったのだった。いま、アスランはふたたび口を開いた。それはささやくような声だった。

「わが子よ、それは、リンゴを盗《ぬす》んだ場合に起こりうるべきこと、という意味なのだ。これから起こるであろうこととはちがう。これからわたしがあなたに与《あた》えるものは、歓《よろこ》びをもたらすであろう。それは、あなたの世界においては、永遠《えいえん》の命をさずけるものではない。しかし、病《やまい》を治《なお》す力はある。行きなさい。そして、あの木からリンゴを一個《こ》もいでくるがよい」

一瞬《いっしゅん》、ディゴリーはよく理解《りかい》できなかった。世界全体が裏返《うらがえ》しになったうえに上下がひっくりかえったような気がした。そのあと、まるで夢《ゆめ》を見ているような心もちで、ディゴリーはリンゴの木のところまで歩いていった。王と女王が拍手《はくしゅ》を送り、すべての生き物も拍手を送っていた。ディゴリーはリンゴをもいで、ポケットに入れた。そして、アスランのところへもどってきた。

「お願《ねが》いです、家に帰っていいですか？」ディゴリーは言った。「ありがとう」と言うのを忘《わす》れていたが、心の中ではそう思っていたし、アスランもそれをわかっていた。

15 この物語は終わり、ほかのすべての物語が始まる

「わたしとともにあるときは、指輪《ゆびわ》は必要《ひつよう》ない」アスランの声がした。子どもたちはまばたきして、あたりを見まわした。すると、ふたたび〈世界のあいだの森〉にもどっていた。アンドリュー伯父《おじ》は草の上に横たわっていて、まだ眠《ねむ》ったままだ。三人のかたわらにアスランが立っていた。

「来なさい」アスランが言った。「帰るべきときが来た。しかし、その前に言っておかねばならぬことが二つある。ひとつは警告《けいこく》、ひとつは命令《めいれい》だ。子どもたちよ、ここを見なさい」

二人が見ると、草地に小さなくぼみがあった。くぼみの底《そこ》にも草がはえていて、日の光に温められ乾《かわ》いていた。

アスランが口を開いた。「あなたがたがこの前ここに来たときには、あのくぼみは水たまりだった。そして、その水たまりに飛《と》びこんだら、死にかけた太陽に照《て》らされたチャーンの廃墟《はいきょ》に至《いた》った。いま、水たまりはない。あの世界は終わったのだ。存在《そんざい》すらしなかったかのように。アダムとイヴの子孫《しそん》は、これを警告《けいこく》と受け取るがよい」

「わかりました、アスラン」二人の子どもたちは言った。しかし、ポリーはこう付《つ》け加《くわ》えた。「でも、わたしたちの世界はあれほど悪くはないでしょう、アスラン？」

「いまのところは、イヴの娘《むすめ》よ」アスランは言った。「いまのところは、まだ。しかし、しだいに似《に》てきている。あなたがたの種族《しゅぞく》のよこしまな心を持つ者が〈滅《ほろ》びの言葉〉と同様の邪悪《じゃあく》な秘密《ひみつ》を見出《みいだ》し、それを用いて生きとし生けるものを皆殺《みなごろ》しにする可能性《かのうせい》がないとは言いきれぬ。それに、まもなく、ごく近い将来《しょうらい》、あなたがたが老《お》いるより前に、女帝《じょてい》ジェイディスと同じく歓《よろこ》びや正義《せいぎ》や慈悲《じひ》を一顧《いっこ》だにせぬ暴君《ぼうくん》が世界のさまざまな大国を治《おさ》めるようになるであろう。あなたがたの世界は、用心するがよい。これが警告だ。そして、命令《めいれい》のほうだが、できるだけ早くあなたがたの伯父《おじ》から魔法《まほう》の指輪《ゆびわ》を取り上げ、二度と誰《だれ》も使うことがないよう土に埋《う》めなさい」

アスランがこれらの言葉を話しているあいだ、子どもたちはアスランの顔を見上げていた。すると、とつぜん（どのようにしてそれが始まったのか、子どもたちははっきりとおぼえていない）ライオンの顔が金色の波立つ海になり、子どもたちはその海を漂《ただよ》っていた。そして、とほうもない優《やさ》しさと力強さが押《お》し寄《よ》せてきて二人を上から包《つつ》みこみ、内面を満《み》たすのが感じられて、それまでの人生で味わったことがないほど幸福で賢明《けんめい》で善良《ぜんりょう》な気もちになれた。自分はこれまでほんとうに生きていたのだろうか、目ざめていたのだろうか、と思うほどの至福《しふく》だった。そして、その瞬間《しゅんかん》の記憶《きおく》はいつまでも頭の中で生きつづけ、ポリーとディゴリーの一生を通じて、悲しいことや怖《こわ》いことや腹《はら》のたつことがあっても、あの金色の至福に満たされた記憶と、そしてその記憶がいつもすぐそばに（すぐそこの角を曲がれば、あるいはドアを開ければ）あるのだという感覚《かんかく》がよみがえって、心の奥深《おくぶか》いところで、何もかもきっとだいじょうぶと思えたのだった。次の瞬間、三人（アンドリュー伯父《おじ》は目をさましていた）がころがり出たのは、喧噪《けんそう》と暑さと強烈《きょうれつ》なにおいが漂うロンドンの街《まち》だった。

三人がもどってきたのはケタリー家の玄関前《げんかんまえ》の歩道で、魔女《まじょ》と馬と御者《ぎょしゃ》がいなく

YOUCHAN

なったほかは、何もかも二人がそこを離《はな》れたときのままだった。横木が片方《かたほう》ねじり取られた街灯《がいとう》も、そのまま立っていた。辻馬車《つじばしゃ》の残骸《ざんがい》もそのまま、野次馬《やじうま》もそのままだった。あいかわらず人々がしゃべっていて、倒《たお》れた警察官《けいさつかん》のかたわらにひざまずいて介抱《かいほう》しながら「意識《いしき》がもどったぞ」とか「気分はどうですか?」とか「すぐに救《きゅう》急車《きゅうしゃ》が来ますからね」などと声をかけているのが聞こえた。

「驚《おどろ》いたな!」ディゴリーは思った。「あんな冒険《ぼうけん》をしてきたのに、ぜんぜん時間がたってないんだ」

ほとんどの人たちはジェイディスと馬を血眼《ちまなこ》になって探《さが》していて、子どもたちに気づいた人は一人もいなかった。子どもたちが消えたのを見た人も、もどってきたのを見た人も、いなかった。アンドリュー伯父《おじ》にいたっては、服がひどいことになっていたのと、顔にはちみつをかぶっていたことで、それがアンドリュー伯父だと気づいた人は誰《だれ》ひとりいなかった。さいわい家の玄関《げんかん》ドアが開いていて、お手伝《てつだ》いさんが戸口に立って騒《さわ》ぎに見とれていたので(まったく、お手伝いさんにとっては、なんとおもしろい一日だったことだろう!)、子どもたちは誰からも何も聞かれないうちに楽々とアンドリュー伯父《おじ》をせきたてて家にはいることができた。

アンドリュー伯父は先頭に立って階段《かいだん》を駆《か》け上《あ》がっていったので、最初《さいしょ》、子どもたちはアンドリュー伯父が屋根裏《やねうら》部屋へ行って残《のこ》っている魔法《まほう》の指輪《ゆびわ》を隠《かく》そうと考えているのではないかとあわてたが、心配する必要《ひつよう》はなかった。アンドリュー伯父が考えていたのは衣装《いしょう》だんすの奥《おく》に隠《かく》した酒びんのことだったのだ。アンドリュー伯父はあっという間に寝室《しんしつ》に消え、ドアに鍵《かぎ》をかけた。そのあと（それほど長くはかからなかった）部屋から出てきたアンドリュー伯父はガウンをはおっていて、そのままバスルームへ行った。

「ポリー、残りの指輪、たのめる？」ディゴリーは言った。「ぼく、母さんのところへ行きたいんだ」

「わかった。じゃ、あとでね」ポリーはそう言って、屋根裏部屋への階段を音高く上がっていった。

ディゴリーはしばらく呼吸《こきゅう》を整えてから、そっとお母さんの部屋へはいっていった。お母さんは、いつものようにベッドに寝《ね》ていた。まくらに背中《せなか》をもたせかけて、見ているだけで泣《な》きたくなるようなやせこけた青い顔をしていた。ディゴリーはポケットから〈生命《いのち》のリンゴ〉を取り出した。

魔女《まじょ》のジェイディスがチャーンにいたときとわたしたちの世界に来たときとではちがって見えたように、魔法《まほう》のリンゴもこちらの世界ではちがって見えた。言うまでもなく、お母さんの寝室《しんしつ》にはさまざまな色彩《しきさい》があふれていた。ベッドにかけたキルトの色、壁紙《かべがみ》の色、窓《まど》からさしこむ日の光、お母さんが着ているすてきな空色の寝間着《ねまき》。しかし、ディゴリーがポケットからリンゴを取り出した瞬間《しゅんかん》、それらすべてのものは色を失《うしな》った。どれもこれも、太陽の光でさえ、色あせてくすんで見えるほどだった。リンゴの輝《かがや》きは、天井《てんじょう》にまで不思議《ふしぎ》な光を投げかけた。リンゴのほかには見るべきものなどひとつもなくなってしまったような、ほかの何にも目が向かなくなってしまうくらいの存在《そんざい》感だった。そして、そのリンゴの香《かお》りといったら、部屋の窓《まど》が天国に向かって開いたのかと思うくらいすばらしい香りだった。

「あら、ディゴリー、なんてすてきなリンゴなの」と、お母さんが言った。

「母さん、食べてくれるでしょ？　お願《ねが》い」ディゴリーは話しかけた。

「お医者様がなんておっしゃるかしら」お母さんは言った。「でも、ほんとうに――なんだか食べられそうな気がしてきたわ」

ディゴリーはリンゴの皮をむき、小さく切り分けて、一切れずつお母さんに食べさせた。お母さんはリンゴを食べおわったとたん、にっこり笑《わら》って枕《まくら》に頭を沈《しず》め、眠《ねむ》ってしまった。本来の自然《しぜん》で穏《おだ》やかな眠り、質《たち》の悪い薬に頼《たよ》らない眠りだ。それこそがお母さんに何より必要《ひつよう》な眠りだということを、ディゴリーは知っていた。そして、いま、たしかにお母さんの顔はそれまでとは少しちがって見えた。ディゴリーはかがんでお母さんの顔にそっとキスをすると、高鳴る胸《むね》をおさえ足音を忍《しの》ばせて部屋を出た。手にはリンゴの芯《しん》を持っていた。その日一日、ディゴリーは自分の周囲《しゅうい》を見まわすたびに何もかもがあまりにふつうに見えて魔法《まほう》のかけらも感じられないので、リンゴの魔法に期待する気もちがくじけそうになった。けれども、アスランの顔を思い出すと、期待がよみがえるのだった。

その晩《ばん》、ディゴリーはリンゴの芯を裏庭《うらにわ》に埋《う》めた。

翌朝《よくあさ》、いつものようにお医者様が往診《おうしん》に来たとき、ディゴリーは階段《かいだん》の手すりによりかかって耳をすましていた。レティ伯母《おば》さんといっしょに部屋を出てきたお医者様の声が聞こえた。

「ケタリーさん、わたしは長いこと医者をやっておりますが、こんなに変《か》わった症《しょう》例《れい》ははじめてです。なんというか、その……奇跡《きせき》のようですな。あの坊《ぼう》やには、いまの段階《だんかい》では、まだ黙《だま》っておきましょう。いたずらに望《のぞ》みを抱《いだ》かせるのもかわいそうですから。しかし、わたしの考えでは――」その先は声が低《ひく》くなって、聞こえなかった。

その日の午後、ディゴリーは庭に出て、ポリーとのあいだであらかじめ決めてあった合図の口笛を鳴らした(ポリーは前日には来られなかった)。

「どうだった?」ポリーが塀《へい》の上から顔をのぞかせて聞いた。「お母さんのことだけど?」

「うん――たぶん、うまくいくような気がする」ディゴリーは答えた。「でも、できれば、そのことはまだあまり話したくないんだ。指輪《ゆびわ》はどうなった?」

「ぜんぶ持ってきたわ」ポリーが言った。「ほら、だいじょうぶよ。わたし、手袋《てぶくろ》してるから。埋《う》めちゃいましょ」

「そうだね。きのうリンゴの芯《しん》を埋《う》めた場所に目印《めじるし》をつけておいたんだ」

そこで、ポリーが塀《へい》を乗《の》り越《こ》えてやってきて、二人はリンゴを埋めた場所へ行った。行ってみると、目印など必要《ひつよう》なかった。もう何かが芽《め》を出していたのだ。ナルニアで新しい木が育ったときのような見る見るうちに大きくなるほどのスピードではないものの、芽はしっかりと地面から顔を出していた。ポリーとディゴリーはショベルを持ってきて、魔法《まほう》の指輪《ゆびわ》を自分たちのぶんも含《ふく》めてリンゴの芽の周囲《しゅうい》に輪《わ》になるように並《なら》べて埋めた。

それから一週間ばかりたつと、ディゴリーのお母さんが快方《かいほう》に向かっているのがはっきりとわかるようになった。二週間もすると、お母さんは庭に出てすわってすごせるようになった。そして一カ月後には、家の中がすっかり様変《さまが》わりした。レティ伯母《おば》さんは、お母さんが望《のぞ》むことは何でもかなえてくれた。窓《まど》は開け放たれ、重苦しいカーテンは引かれて部屋の中が明るくなり、家のあちこちに新しい花が飾《かざ》られ、おいしい料理《りょうり》が増《ふ》え、古いピアノも調律《ちょうりつ》されてお母さんがふたたび歌を歌うようになり、ディゴリーやポリーと笑《わら》いころげて遊んだので、レティ伯母さんがお母さんをからかって「まあまあ、メイベル、あなたときたら三人の中でいちばん大きな赤ちゃんね」と言うくらいだった。

ものごとが悪いほうへ向かうときは、ますます悪いことが重なったりするものだが、いったん良《よ》いほうへ向かいはじめると、どんどん良くなっていくものだ。楽しい生活が六週間も続《つづ》いたころ、インドにいるお父さんから長い手紙が届《とど》いた。それはすばらしい知らせだった。年老《としお》いたカーク家の大叔父《おおおじ》さんが亡《な》くなり、いまではお父さんが大金持ちになったという知らせだった。それで、お父さんは仕事をやめてインドから帰ってきて、この先はずっとイギリスにいることになるという話だった。そして、これからは、ディゴリーが小さいころからさんざん話にだけは聞いていたけれどまだ一度も見たことがなかった郊外《こうがい》のすごく大きなお屋敷《やしき》に住むことになるのだという。そのお屋敷には鎧《よろい》かぶとがたくさん残《のこ》っていて、厩《うまや》もあって、犬舎《けんしゃ》もあって、川があって、庭園があって、温室があって、ブドウ畑があって、森があって、その背後《はいご》には山もあるのだ。読者諸君《しょくん》のご想像《そうぞう》どおり、ディゴリーは、これでようやく家族が幸せに暮《く》らせると安心した。しかし、読者諸君は、その先のこともう少し知りたいのではないだろうか。

ポリーとディゴリーはその後もたいへん仲《なか》の良《よ》い友だちで、ポリーは休みのたびにしょっちゅう田舎《いなか》にあるディゴリーの美しい屋敷《やしき》へ泊《と》まりに行き、そこで馬に乗ることや泳ぐことや乳《ちち》しぼりやパンを焼《や》くことや木登りをおぼえた。

ナルニアではけものたちが争《あらそ》いひとつない歓《よろこ》びに満《み》ちた日々を送り、何百年にもわたって、平和を乱《みだ》すようなものは魔女《まじょ》もそれ以外《いがい》の敵《てき》もあらわれなかった。フランク王とヘレン女王とその子どもたちはナルニアで幸せに暮《く》らし、二番目の息子《むすこ》はアーケン国の王となった。男の子たちはニンフと結婚《けっこん》し、女の子たちは森の神や川の神と結婚した。魔女が（自分ではそうとは知らずに）植えた街灯《がいとう》は昼も夜もナルニアの森を照《て》らし、その場所は〈街灯の荒《あ》れ地《ち》〉と呼《よ》ばれるようになった。そして、それから長い歳月《さいげつ》をへたあと、わたしたちの世界から別《べつ》の子どもが雪の夜にナルニアにはいりこんだとき、その街灯《がいとう》はあいかわらずあたりを照《て》らしていたのだった。その冒険《ぼうけん》は、ある意味で、この本でお話してきた冒険とつながっている。

それは、こういうわけだ。ディゴリーが裏庭《うらにわ》に埋《う》めたリンゴの芯《しん》から出た芽《め》は、りっぱな木に育った。そのリンゴはわたしたちの世界の土で育ち、アスランの声が届《とど》かない遠い世界、ナルニアの若々《わかわか》しい空気からは遠く離《はな》れた世界で育ったので、ディゴリーの母親のように死にそうな病人を回復《かいふく》させるほど魔力《まりょく》のある実をつけることはなかった。とはいえ、その木はイギリスのほかのどんな木よりも美しい実をつけたし、魔法《まほう》の力こそないけれど、とてもおいしいリンゴだった。その木は幹《みき》の奥深《おくふか》く、おそらく樹液《じゅえき》の中に、親であったナルニアのリンゴの記憶《きおく》をとどめていたらしい。ときどき、風も吹《ふ》いていないのに、イギリスに生えているリンゴの木が不思議《ふしぎ》に揺《ゆ》れることがあった。そんなときは、ナルニアで強い風が吹いていて、ナルニアのリンゴの木が強い南風に揺れたりかしいだりしているのを感じて、イギリスに育ったリンゴの木も枝《えだ》を震《ふる》わせたのだろうと思う。いずれにしても、のちになって、このリンゴの木が魔法の力をやどしていたことが証明《しょうめい》された。というのは、ディゴリーが中年になって（そのころにはディゴリーは有名な学者で大学教授《きょうじゅ》になっていて、世界各地《かくち》を旅する旅行家でもあった）、ケタリー家の古いテラスハウスがディゴリーのものになったころ、イギリス南部を強い嵐《あらし》が吹《ふ》き荒《あ》れて、リンゴの木が倒《たお》れてしまったのだ。ディゴリーは倒《たお》れた木を切り刻《きざ》んで薪《まき》にしてしまうのがしのびなくて、材木《ざいもく》の一部を使って衣装《いしょう》だんすを作らせ、それを田舎《いなか》の大きな屋敷《やしき》に置《お》いた。ディゴリー自身はその衣装だんすが持つ魔法《まほう》の力に気づかなかったけれども、気づいた人がほかにいた。それが、ナルニアとわたしたちの世界との行き来の始まりとなった。その物語は、このつづきの巻《かん》で読むことができる。

ディゴリーたちが郊外《こうがい》の大きな屋敷で暮《く》らすことになったとき、一家はアンドリュー伯父《おじ》もいっしょに連《つ》れていった。ディゴリーの父親が「アンドリューに悪さをさせないように目配《めくば》りしておかないといけないからね。それに、いつまでも世話をまかせておいたのでは、レティが気《き》の毒《どく》だ」と言ったからだ。アンドリュー伯父は、死ぬまで二度と魔術《まじゅつ》には手を出さなかった。それなりに教訓《きょうくん》を学んだようで、歳《とし》を取ってからは以前《いぜん》にくらべたら感じのよい老人《ろうじん》になり、自己中心的《じこちゅうしんてき》なところも少なくなった。アンドリュー伯父はいつもお客をビリヤード室に招《まね》き入《い》れて人払《ひとばら》いをし、とある異国《いこく》の王族である神秘的《しんぴてき》な貴婦人《きふじん》とロンドンを馬車で乗り回した思い出話を披《ひ》露《ろう》するのが好《す》きだった。「悪魔《あくま》のような気性《きしょう》の女でしたがな」と、アンドリュー伯父は話すのだった。「しかし、そりゃあ、いい女でしたぞ。ああ、そりゃもう、いい女でした」

解説

松本　朗
（上智大学文学部教授）

イギリスは、優れた児童文学の作品を数多く生み出した国として知られる。世界中の多くの子どもが、ルイス・キャロル（一八三二—一八九八）の『不思議の国のアリス』（一八六五）、J・M・バリ（一八六〇—一九三七）の『ピーター・パンあるいは大人になりたがらない少年』（一九〇四）、A・A・ミルン（一八八二—一九五六）の『くまのプーさん』（一九二六）など、イングランドを起点に繰り広げられる不思議な物語に、いまもなお心を躍らせている。なかには、それがイギリス文学の一部であることを知らずに、それらを原作とするディズニー映画の虜になる子どももいるだろう。まさに比類なき児童文学の原産国であると言ってよい。

そのような世界的影響力を有するイギリス児童文学の黄金時代は、いま挙げた『不思議の国のアリス』から『くまのプーさん』あたりまで、つまり一九世紀中葉から二〇世紀初頭あたりまでであると一般に考えられている。だが、そうした黄金時代に書かれた児童文学作品を子ども時代に愛読し、のちに自分でも物語を書くようになった作家によって、二〇世紀中葉以降も優れた児童文学の作品がイギリスから数多く生み出されたことを忘れてはならない。Ｃ・Ｓ・ルイス（一八九八―一九六三）による本書『ナルニア国物語』（一九五〇―一九五六）、Ｊ・Ｒ・Ｒ・トールキン（一八九二―一九七三）による『指輪物語』（一九五四―一九五五）、そして、ロアルド・ダール（一九一六―一九九〇）による『チョコレート工場の秘密』（一九六四）などから成る、第二期黄金時代である。いずれも発売当初から人気を博し、さらに数十カ国語に翻訳されて、世界中で版を重ねる成功ぶりを示している。今世紀に入ってからも、これらの作品を基にＣＧ《コンピューター・グラフィックス》を駆使したファンタジー映画がハリウッドの資本を含む国際共同製作によって次々と製作されては高い興行成績を上げており、児童文学が現代においてもなおイギリス原産の売れる商品であり、かつ外交戦略上有効なソフト・パワーになることを証明している。

だが、ここで〈イギリス文学〉という言葉を注釈なしに多用することは、慎むべきかもしれない。なぜなら、Ｊ・Ｍ・バリはスコットランド生まれであり、Ｃ・Ｓ・ルイスは北アイルランド生まれ、南アフリカ共和国生まれのトールキンは、一八世紀にイギリスに移民したドイツ系の家系に属するし、ロアルド・ダールは、ウェールズのノルウェー移民の家庭に生まれ、アメリカ人女優と結婚して三〇年間ほどアメリカ合衆国で暮らしたこともある人物である。イギリス文学の系譜に属するこれらの作家たちは、大都市ロンドンやイングランド南部の美しい緑の風景といったイギリス文学の典型的なイメージを作品中で用いながらも、アングロサクソン系に属するいわゆる〈生粋のイングランド人〉ではない。イギリス文化、つまり、ブリテン諸島の文化の活力の一部が、こうした多様な出自から成る人びとによってつくりあげられてきたことは、〈イギリス文学〉が多様化している現実とあわせて覚えておかれるべきだろう。

以下では、そのように多様化する現代の〈イギリス文学〉、およびグローバルに売りだされる商品の側面をもつ〈イギリス児童文学〉の状況を踏まえつつ、C・S・ルイスの『ナルニア国物語』をいま読む意味を考えてみたい。一般的に児童文学は、大人の社会に汚されていない無垢な子どもの心を描いたと考えられることが多く、同様にファンタジー文学が描く世界も、つらい現実から逃避するための、現実社会から切り離された〈別世界〉と捉えられることがしばしばである。それにくわえて、ルイスの作品は、本書『魔術師のおい』の第九章「ナルニア創世」が明らかに聖書『創世記』を意識して書かれているように、キリスト教との関連から解説されることが圧倒的に多い。

しかしながら、児童のためのファンタジー文学だからといって、社会から切り離されているなどということがあるだろうか。そもそも児童文学は大人によって書かれるわけだから、そこには、意識的にせよ、無意識的にせよ、大人である作者やその作者が属する社会の〈模範的な子ども〉像や〈理想的な社会〉像が投影されているはずである。一見現実社会とは切り離された〈別世界〉に見えるナルニア国にしても、一九世紀末や第二次世界大戦中のイギリスと接続されているし、キリスト教もまた、世俗を超えた〈純粋に善なる思想〉ではなく、西欧社会の中でさまざまな役割を果たしてきた機関としての側面をもっている。これまで指摘されることはあまりなかったが、ルイスの作品には、イギリス社会にたいする批評性が実は含まれており、その観点から、『ナルニア国物語』の素晴らしさは再評価される必要があるのではないだろうか。

児童文学の作品を幼少期に一ファンとして愛読するのはおそらくもっとも幸せな読書体験だと思われるが、そうした作品をあとになって読み返したときに、以前には気づかなかった美しさにくわえて、豊かな多層性や作家の人間性の痕跡を発見するのは別の深みを味わえる経験である。優れた書物は、読み返すたびに発見がある。本書の読者の方々にも、『ナルニア国物語』とのそんな新たな出会いがあればと思っている。

C・S・ルイスの生涯とキャリア

C(クライヴ)・S(ステイプルズ)・ルイスは、一八九八年一一月二九日に、イングランドの半植民地状態にあった北アイルランドのベルファスト市で生まれた。父親は事務弁護士で、母親は牧師の娘、つまり比較的裕福なプロテスタントの上層中流階級の家庭の生まれだが、実は父方の曽祖父はウェールズの農夫という労働者階級の出身で、その息子である祖父がアイルランドに移住して一代で鋼鉄船建設会社の共同経営者にまでのし上がったものらしい。感傷的な熱血漢が多い父方の家系と対照的なのが、ノルマン時代の騎士に遡ることができる母方の家系であった。こちらは、牧師や法律家などの専門職に就く冷静な皮肉屋揃いで、ルイスは、両親を観察しながら、自身の内にもこの二種類の相容れない性格が同居していることを意識していたらしい。

ルイスには三歳上の仲の良い兄ウォレンがいた。この兄弟には、手の親指の関節が一つしかないという、父親からの遺伝である身体上の障害があった。そのせいで手先の仕事が不得手であったルイスは、兄の導きを受けて幼少から本の世界にのめりこんでいく。お気に入りは、ビアトリクス・ポター（一八六六―一九四三）の『りすのナトキンのお話』（一九〇三）、イーディス・ネズビット（一八五八―一九二四）の『宝さがしの子どもたち』（一八九九）やその他妖精もの、ジョナサン・スウィフト（一六六七―一七四五）の『ガリヴァー旅行記』（一七二六）など。知性の点では同年代の子どもよりかなり早熟で、少年期にはリヒャルト・ワーグナー（一八一三―一八八三）の音楽を通じて北欧神話やケルト神話にも魅了されたらしい。さらに、父の蔵書を読みあさるだけでは飽き足らず、自分でも物語を書くことで内面の渇望状態を埋める非凡な想像力をもつ少年に成長していったのである。

そんな少年を大きな悲しみが襲ったのが一九〇八年、ルイス九歳のときである。数カ月間病に伏せっていた母親が八月に他界。それは母の庇護のもとでの幸福な時代の終焉であった。『魔術師のおい』のディゴリーが病の床にある母の死を恐れるようすはルイスの経験に基づいていると言われるが、母が快復するディゴリーとは異なり、ルイスの母は彼のもとを去ってしまったのである。

それはまさに楽園の喪失を意味した。父親は、妻の生前から息子たちと情緒的に疎遠であったが、妻の死の直後、兄にくわえて弟のほうも全寮制学校へ送ることを決める。ルイスはこの後六年ほど主にイングランドの学校――複数の予備学校とパブリック・スクール――を転々とすることになるのだが、それはつらい日々の始まりであった。なぜなら、パブリック・スクールと呼ばれるエリート校を含め、一九世紀から二〇世紀前半にかけてのイングランドの全寮制学校は、生徒個人の自由と自主性を蝕む牢獄のような場所であることが多かったからである。事実、教師は授業に熱心でない上に権力を振りかざして鞭打ち等の罰を与える暴君であることが多く、上級生は支配者階級然と下級生をこき使う一方で、陰で暴力をふるうこともあった。ルイスが入学した学校も似たようなもので、彼は自叙伝で自身の学校の一つを「強制収容所」と呼んでいる。ようやくこうした環境から解放されるのは、何度も父に請願の手紙を書いた末に、父の恩師で元学校長のW・T・カークパトリック氏のもとで個人指導を受けながらオックスフォード大学受験の準備をする環境が整えられてからであった。なお、この時期にルイスは、自身の妖精小説好きがオカルト趣味に近いのではないかと考えたり、学校生活のせいで厭世的な気分が強まったりしたことから、次第にキリスト教にたいする信仰を失っていく。

ルイスが親しみをこめて「ノック先生」と呼ぶカークパトリック氏のもとで、ギリシャ語やラテン語で書かれた古典文学、ヨーロッパ文学全般、イギリス史、哲学の書物を熟読しては論理派の先生と侃々諤々の議論をする生活を二年ほど続けたルイスは、一九一七年、晴れて奨学生としてオックスフォード大学ユニヴァーシティ・カレッジで学生生活を開始することになる（奨学生としてでなければオックスフォード大学に進学するのは難しい家計の事情があった）。とはいえ、ルイスが本当の意味で学問に集中するのは、第一次世界大戦に従軍して帰国した後の一九一九年一月以降である。フランスの塹壕戦では多くの戦友を失った上に、ルイス自身も熱病に罹ったり味方の砲弾の破片に当たって重傷を負うなどして、人類の未曽有の大惨事を身をもって経験した。

この時期の彼の私生活上の変化についても触れておこう。ルイスには、パディ・ムーアというアイルランド出身の戦友がおり、ムーアとルイスは、「どちらか一方が命を落としたら、相手の親の力になる」約束を交わしていた。ムーアは結局戦死してしまうのだが、負傷してイギリスに送還されたときに友人の母ムーア夫人の看病を受けたルイスは、彼女に愛情を抱くようになり、一九二〇年からムーア夫人、その娘モーリーンと同居生活を始める。オックスフォードの大学当局には秘密であったムーア夫人との同居生活は、夫人が死去する一九五一年頃まで続けられた。

ルイスの人生の公的な側面に戻ろう。大学で人文学と英文学の学位取得試験に優れた成績で合格した後、研究職を得るまでに多少の苦労はあったようだが、一九二五年、ルイスはオックスフォード大学モードリン・カレッジのフェロー（特別研究員）に選ばれ、腰を落ち着けて教育と研究と創作に従事する環境を得る。彼には、死後出版されたものも含めれば六〇冊以上の著作があるが、そのキャリアには、大きく分けて、①学者、②キリスト教弁証家、③詩人・作家、の三種類の顔がある。当然のことながら、その三つは互いに影響を与えあっていた。

学者としてのルイスは、『愛のアレゴリー』（一九三六）、『〈失楽園〉研究序説』（一九四二）、『一六世紀英文学史』（一九五四）ほか、後期中世や初期近代の英文学に関する研究で後世に残る優れた業績を残した。学生への教え方も巧く、講義はつねに満員であったという。

とはいえ、ルイスをまず世界的著名人にしたのは、キリスト教弁証家としての顔である。一時期は不可知論者となったものの、一九三一年にキリスト教への信仰を取り戻した彼は、第二次世界大戦中に、BBCラジオ放送の講話番組で宗教について一般の人びとにわかりやすい言葉で語りかけたり、各地で講演をするなどして、不安な時代に生きる人びとの心を導き、不可知論が主流となりつつある時代に信仰を復活させようと試みた。ルイスのラジオ講話はアメリカ合衆国でも放送され、リスナーは六〇万人にのぼったという。さらに、『マンチェスター・ガーディアン』紙に連載された、経験豊かな悪魔が甥の小悪魔に人間を誘惑する方法を教える書簡体形式の悪魔論がのちに『悪魔の手紙』（一九四二）として出版され、ベストセラーとなる。ルイスの顔がアメリカ合衆国の『タイム』誌（一九四七年九月八日号）の表紙を飾ったのは、キリスト教弁証家としての彼がスター的名声を獲得したこの文脈によるものである。

そして、ルイスの世界的名声を不動のものにしたのは、やはり『ナルニア国物語』の作者としての顔であった。小説、詩集、短篇集、SF的小説など創作面の業績は一九一〇年代から見られていたが、五〇歳を過ぎてから出版されたこの児童文学作品の完成度は世間を驚嘆させた。なお、最終巻『最後の戦い』（一九五六）は、一九五七年にカーネギー賞（イギリス図書館協会から優れた児童文学にたいして贈られる賞）を受けている。

しかし、このような世俗的成功は、皮肉にも、学者としてのルイスをある意味で挫折させることとなった。伝統的なアカデミズムの世界では、一般の人びとを対象とする書物や講演は、知の最前線を切り拓く正統な学問的業績とはみなされない（最近では少しずつ変わりつつあるところもあるが、大筋としては変わらない）。世間での名声にたいする嫉妬心も相俟って、〈商業主義的なメディアにすり寄る学者〉と否定的に捉えられることすらある。実際には、ルイスは、一九二〇年代にイギリスの文壇を席巻した前衛的ハイ・モダニズムの作家であったジェイムズ・ジョイス（一八八二―一九四一）やヴァージニア・ウルフ（一八八二―一九四一）たちの作品の難解さやハイブラウ性から敢えて距離をとり、むしろ同時代に登場しはじめたミドルブラウ層（中程度の知性を有する、教養にたいする憧れをもつ読者層）に語りかける意図をもっていたと思われるが、その意図は同業者によって好意的に受けとめられなかったようである。結局彼は、一九五一年のオックスフォード大学詩学教授の選任において対抗馬に敗れ、その三年後、五五歳のときに、オックスフォードが〈あちらさん〉と揶揄的に呼ぶケンブリッジ大学のモードリン・カレッジに新設された中世・ルネサンス文学講座の初代教授として招聘され、就任することになる。四〇年近くを過ごしたオックスフォードの職場を離れてケンブリッジで教鞭をとることになったルイスの胸中に苦いものがなかったとは言えないだろう。

その後のルイスの人生の大きな出来事は、彼のファンであったジョイ・デヴィッドマンという知的なユダヤ系アメリカ人女性と一九五六年に結婚をしたことである。当初は、ジョイと息子二人のイギリス滞在許可の更新をイギリス政府が認めない事実を知り、三人にイギリス国籍を与えようと書類上の結婚をしたと言われるが（当初、結婚のことはルイスの友人たちには秘密であった）、二人の結婚生活はほどなくして互いへのたしかな愛情に支えられたものへと変わる。だが、ジョイが骨癌に冒されていることがまもなく発覚する。悲しみと幸せがいりまじる日々の中で、二人は彼女の体調が良いときに外国旅行をしたりしたが、ジョイは一九六〇年に還らぬ人となる。

その一方で、ルイス自身も不調を感じることが増えていた。ジョイを亡くした後に衰弱が一気に加速。一九六三年七月に心臓発作で一時危篤状態に陥り、同年一一月二二日にオックスフォードの自宅で息を引き取った。寝室の壁には、彼の母親の病室にあったシェイクスピアの日めくりカレンダーが一九〇八年に彼女が死去した日のページのままでかけられていたという。その日の引用は、『リア王』（一六〇五）からの一節「人間は忍耐が肝要、己の都合でこの世を去ることはできぬ」であった。

ファンタジー文学の系譜と『ナルニア国物語』

イギリス文学史においてファンタジー小説と呼ばれるジャンルが成立したのは二〇世紀に入ってからである。近代の啓蒙主義時代以降、非合理性・超自然主義・神秘性といった要素は〈野蛮なもの〉と見なされてきたが、世界大戦などの現世の惨禍から逃れたいとの欲望も相俟って、反近代的な要素を楽しむべくつくられたのがファンタジーである。その舞台は、魔法などが通用する古代・中世的な異世界が多く、そうした別世界の探求譚としての冒険物語は、人間の内面の探求とパラレルなものとして描かれる。たとえば、『魔術師のおい』では、アンドリュー伯父がもつ知識や力への欲望が不可避的に光と闇の両面をはらむことが、ある意味では伯父の代理としてチャーンやナルニアを冒険するディゴリーの空間、精神両面にわたる旅路によって示されている。ディゴリーは、別世界と現実世界を行き来する中で、自身の内面の弱さに由来する悪の可能性に気づきながらも、ライオンのアスランによるナルニア創世を目撃することによって、その葛藤に打ち克ち、善なる創造主であるアスランの導きにしたがう決意をするのである。

たしかに、『ナルニア国物語』に用いられる中世的意匠は、そうした空間と精神の両面にまたがる旅に深遠さや象徴的意味を与えている。たとえば、『魔術師のおい』の第九章において、アスランが生命と創造力の源である息を吐きだす間に、擬人化されたイメージであらわされる天空の星たちがアスランの歌と調和する音楽を奏で始め、それとともに草木が生え動物が生まれ世界が創られる、えも言われぬ美しさを湛えた詩的な場面がある。これは、天体が生命と知性を有すると考える中世の宇宙観に則ったものであると言われる（聖書『ヨブ記』に則っているとの説もある）。また、『ナルニア国物語』の各七冊は、プトレマイオスの天動説に基づいた宇宙論における、月、水星、金星、太陽、火星、木星、土星それぞれに照応し、それらがシンボルとして一貫した構造を各物語に与えているとの研究もある。それによると、たとえば『魔術師のおい』は、善なる創造的な愛と悪魔的かつ破壊的な愛の二種類の愛をあらわす惑星、金星《ヴィーナス》がすべてをつかさどる物語である、ということになる。

だが、ファンタジー小説における中世の宇宙観やシンボルの使用は、別世界の意匠としての単なる中世趣味にとどまるものではない。ルイスは、オックスフォード大学の自身の部屋を拠点に、トールキンほか友人たちと文学について語りあう〈インクリングズ〉という会を一九三〇年頃に結成し、会員が自身の作品を朗読したり、皆で批評しあったりする場を定期的にもっていた。トールキンの『ホビットの冒険』（一九三七）やルイスの『悪魔の手紙』は、この会から生まれたと言われる。会員が共通して理解していたのは、イギリスの作家・詩人・デザイナーのウィリアム・モリス（一八三四―一八九六）の後期散文ロマンス『世界のかなたの森』（一八九四）と『世界のはての泉』（一八九六）の重要性である。彼らがモダン・ファンタジーの父と仰ぐモリスの散文ロマンスでは、想像上の世界が立体的、かつきめ細やかに描写されていて、たとえばトールキンはそれを範として『指輪物語』を書いたと言われる。ルイスもそのモリス論において、人間の〈滅び〉の運命と〈不滅〉への憧れとの間の激しい葛藤を見事に描くモリスの作品を高く評価するだけでなく、自叙伝では、「モリスの社会主義には心を動かされなかったが、ジョージ・バーナード・ショー（一八五六―一九五〇）や、モリスが影響を受けたジョン・ラスキン（一八一九―一九〇〇）の著作を通じて、漠然とではあるが社会主義的な政治観をもつようになった」といったことを述べている（C・S・ルイス『喜びのおとずれ』）。つまり、モリス経由で中世芸術を受容することは、別世界の構築方法を学ぶことだけを意味するのではない。有機体論的共同体が成立していて、人間が生産・消費活動を通じて世界全体との関係を理解できていたと言われる中世の人びとの生活や、喜びをともなう中世の労働のあり方から学ぶことによって、人間が労働から疎外されるようになった産業化以降の時代の理想的社会像について再想像することをも意味していたのである。

同時代の二〇世紀前半のイギリスでは、いみじくも新しい社会像の模索が進んでいた。それというのも、二度にわたる世界大戦があった上に、一九二六年には二八〇万人もの労働者が参加する大規模なゼネラル・ストライキが行われるなど、イギリス社会の既存のシステムや価値観が大きく揺さぶられる事態が立て続けに生じていたからである。そうした状況の中、中流階級の人びとからも、「行き過ぎた帝国主義と自由放任主義的資本主義が世界戦争を導いたのではないか」、「国家は、上流階級や上層中流階級に適切な遺産税を課し、貧困層に富の再分配を行う必要があるのではないか」との新しい議論がでてくる。そして、第二次世界大戦後、総選挙で歴史的勝利を収めた労働党政権の下で、疾病、失業、老齢年金などを国家が包括的に面倒をみる社会福祉制度、および、国民なら誰でも無料で医療サービスが受けられる国民保健サービス制度が整備される。まさに「ゆりかごから墓場まで」を標語とする社会主義寄りの福祉国家、新しいイギリスの誕生であった。

『ナルニア国物語』の第一冊目、第二次世界大戦中のイギリスからナルニアに行く子どもたちを描く『ライオンと魔女と衣装だんす』が出版されたのは、一九五〇年、イギリスが福祉国家として成立してから四年後のことである。一九五五年に出版された第六冊目『魔術師のおい』は、『ライオンと魔女と衣装だんす』の前日譚として書かれており、すでに読者に知られている別世界ナルニアが、実は一九世紀末にディゴリー少年がイギリスから別世界に行ったときに創世された国であることが明かされる仕掛けになっている。

もちろん、こうした共通点を取り上げて、ルイスが福祉国家を支持する政治的な意図をもってナルニアを描いたなどというのではない。現実社会とフィクションの関係はもっと複雑である。だが、ここで興味深いのは、暗にではあるが、中世の有機体論的な共同体像や労働観を喚起するかたちでナルニアが創世されることである。たとえば、偶然からディゴリーたちとともにナルニアにやってくる、一九世紀末ロンドンの辻馬車の御者フランクは、アスランによってナルニア初代の王に任命される人物である。ロンドンのフランクは、「鋭く早口のロンドン訛り」（二一八ページ）を話すが、ナルニアに来てアスランと言葉を交わしてからは、「声はより豊かな響き」になり、「子どものころしゃべっていたはずの田舎風の話し方にもどっていくよう」（二一八ページ）な話し方に変わる。フランクと妻ヘレンは王と女王に任ぜられるが、なにもしないわけでも、宮廷生活をするわけでもなく、「鋤や鍬を使って地面を耕し食べ物を得る」（二一六ページ）とともに自由な民である生き物たちを治める、つまり身体をつかって生きる糧を得ながら他者と共生する生活をすることをアスランに約束させられる。ロンドンでフランクの辻馬車を引いていた馬ストロベリーも、ロンドンでは「奴隷あつかいされていた哀れな老いぼれ馬」（一七七ページ）であったが、ナルニアでは足取り軽く駆けるだけでなく、アスランの命を受けた後は、栗色と銅色に輝く翼を得て、「このうえなくうれしそう」（二二五ページ）に任務を果たす。フランクもストロベリーも、大都会での生活によってかつて有していた大地との繋がりを断ち切られた、産業社会によって疎外された新しい労働者階級として描かれている。彼らは、ナルニアという新しい世界における文化的な農村生活で、それまで断ち切られていた大地との繋がりや、共同体の成員との上下関係ではない緩やかな関係を、回復するのである。その世界は生命力と喜びに満ちている。

こんなふうに過去のイギリスのありように学びながらも、新しく、より良い世界を想像／創造していく力の重要性を、『ナルニア国物語』は示唆しているのではないだろうか。もちろん、この作品の世界が聖書に依拠している部分が多いために、ルイスには、〈子どもを通じてキリスト教を社会に浸透させようとしている〉との批判がいつの時代にもあったし、日本においても、ルイスの著作が主に、自身もキリスト教徒である翻訳者、ミッション・スクール関係者、キリスト教文学の研究者によって翻訳、紹介されてきたという経緯はある。しかし、そうした宗教色の強さにたいする批判が完全に的外れではないとしても、現代の混沌とし、不安に満ちた世界の中で、また価値観や出自が多様化する社会に生きる人びとによって新たな文化や文学がつくりだされる中で、彼方に新しい世界を創造しようとする営みから私たちが学ぶところはたくさんある。そうした世界をつくりだす第一歩は、ルイスによってこんなふうに踏み出された。

すべてはイメージではじまりました。傘を持って歩いているフォーン、橇に乗った女王、威風あたりを払うライオン。最初はキリスト教的なところさえ、なかったのです。

（C・S・ルイス「フェアリー・テールについて」『別世界にて』所収）

参考文献

Dickerson, Matthew, and David O'Hara. *Narnia and the Fields of Arbol: The Environmental Vision of C. S. Lewis*. Lexington: UP of Kentucky, 2009.

Edwards, Bruce L. *C. S. Lewis: Life, Works, and Legacy Volume 1: An Examined Life*. London: Praeger, 2007.

Lerer, Seth. *Children's Literature: A Reader's History from Aesop to Harry Potter*. Chicago: U of Chicago P, 2008.

Rose, Jacqueline. *The Case of Peter Pan: Or the Impossibility of Children's Fiction*. London: Macmillan, 1984.〔ジャクリーン・ローズ『ピーター・パンの場合――児童文学などありえない？』鈴木晶訳、新曜社、二〇〇九年。〕

Ward, Michael. *The Narnia Code: C. S. Lewis and the Secret of the Seven Heavens*. Carol

Stream, IL: Tyndale House, 2010.
ウィルソン、A・N『C・S・ルイス評伝』中村妙子訳、新教出版社、二〇〇八年。
川端康雄「訳者解説――ファンタジー作家としてのウィリアム・モリス」『世界のはての泉 下』
ウィリアム・モリス、川端康雄・兼松誠一訳、晶文社、二〇〇〇年。
ナイ、ジョセフ・S『ソフト・パワー 21世紀国際政治を制する見えざる力』日本経済新聞社、
二〇〇四年。
ホワイト、マイケル『ナルニア国の父 C・S・ルイス』中村妙子訳、岩波書店、二〇〇五年。
三浦玲一「選択と新自由主義と多文化主義――グローバル化時代の文学としての『ハリー・
ポッター』シリーズ」『英文学研究』第八十八巻（二〇一一年）：三三―四七頁。
武藤浩史・川端康雄・遠藤不比人・大田信良・木下誠編著『愛と戦いのイギリス文化史
1900―1950年』慶應義塾大学出版会、二〇〇七年。
山形和美編著『C・S・ルイスの世界』こびあん書房、一九八三年。
山形和美・竹野一雄編著『増補改訂C・S・ルイス『ナルニア国年代記』読本』国研出版、一
九九五年。
ルイス、C・S『悪魔の手紙』中村妙子訳、平凡社、二〇〇六年。
――.『別世界にて――エッセー／物語／手紙』中村妙子訳、みすず書房、一九七八年。

――『喜びのおとずれ――C・S・ルイス自叙伝』早乙女忠・中村邦生訳、筑摩書房、二〇〇五年。

C・S・ルイス年譜

一八九八年
一一月二九日、北アイルランドのベルファスト市に生まれる。父アルバート・ジェイムズ・ルイスは事務弁護士、母フローレンス・オーガスタ・ハミルトン・ルイスは牧師の娘で、当時の女性としてはめずらしく、ベルファスト市のクイーンズ・カレッジで大学教育を受けていた。

一九〇二年　三歳
自身のファースト・ネームおよびミドル・ネームを嫌ったルイスは、家族に自分を「ジャクシー」と呼ぶように求め、他の名前で呼ばれても返事をしなくなる。これ以降、家族と友人は生涯彼を「ジャック」と呼ぶ。服を着た動物が登場する物語を好んで読む。この頃、兄ウォレンとの共作の物語「動物の国」を創作する。

一九〇八年　九歳
八月二三日、母フローレンス、癌により死去。
九月、兄と同じイングランドのハートフォードシャーにあるウィニヤード校に入学。当初、「まわりから聞こえてくるイングランド訛りがまるで悪魔の唸り声のよう」に聞こえ、イングランドの風景にも「嫌悪の情」を感じたという。（『喜びのおとずれ』）

元々アイルランド教会のプロテスタントであったが、イングランド国教会の教義に触れ、キリスト教に篤い信仰心をもつようになる。

一九一〇年　一一歳

夏、ウィニヤード校が廃校となる。ベルファスト市のキャンベル校に入学するも、病気により数カ月で退学。なお、キャンベル校は、イングランドの学校よりは肌に合った。

一九一一年　一二歳

一月、キャンベル校に不満をもっていた父の考えにより、イングランド西部のウスターシャーにある予備学校チェアバーグ校に入学。

この時期、イングランドの風景の美しさを発見する。妖精ものの小説を好んで読み、「いつも小妖精を心に思い描くようになり、そのためについに幻覚の未開地に迷い込む」こともあった（『喜びのおとずれ』）。徐々にキリスト教にたいする信仰を失う。

一九一三年　一四歳

チェアバーグ校近隣のパブリック・スクールの一つであるモルヴァーン・カレッジに入学。

一九一四年　一五歳

モルヴァーン・カレッジになじめず、退

学させてくれるよう父親に手紙で請う。

八月、イギリス、ドイツに宣戦布告。

九月、モルヴァーン・カレッジを退学。

父のかつての恩師であり、イングランドのサリー州在住のウィリアム・カークパトリック氏の自宅で個人指導を受けながら大学受験の準備をすることになる。

一九一六年　一七歳
一二月、オックスフォード大学奨学生試験を受験。ユニヴァーシティ・カレッジの奨学生に選ばれる。

一九一七年　一八歳
学位取得予備試験において数学で不合格となるが、四月からオックスフォード大学内に寄宿することを許可され、大学生活を開始。

オックスフォード大学のキーブル・カレッジに宿舎のある士官候補生大隊に召集され、パディ・ムーアと同室になる。

一一月、軽歩兵隊の少尉としてフランス戦線に出征。

この頃、ジョージ・マクドナルド（一八二四—一九〇五）の『ファンタステス』（一八五八）に夢中になる。

一九一八年　一九歳
二月、〈塹壕熱〉と呼ばれる熱病に罹る。
四月、味方の砲弾の破片に当たって重傷を負い、ロンドンの病院に送還される。
一一月、ロンドンで終戦を迎える。この頃からムーア夫人に愛情を抱くようになる。

一九一九年　二〇歳

オックスフォード大学に戻る。退役軍人に限り、学位取得予備試験が免除される決定が出され、以前に不合格であった数学の試験を免除されることになる。
三月、クライヴ・ハミルトン名義で第一次世界大戦での体験を謳った詩集『囚われの魂』を出版。

一九二〇年　二一歳
夏、ムーア夫人とその娘モーリーンとの共同生活を開始。

一九二二年　二三歳
八月、人文学学位取得試験に最優等の成績で合格。大学の研究職を得るのに苦労し、修学を一年延長して英文学を専攻することを決める。英文学の中では、トマス・ブラウン（一六〇五―一六八二）、ジョン・ダン（一五七二―一六三一）、ジョージ・ハーバート（一五九三―一六三三）の詩に陶酔する。

一九二三年　二四歳
英文学学位取得試験に優等の成績で合格。

一九二五年　二六歳
モードリン・カレッジの英語・英文学のフェロー（特別研究員）に選ばれる。

一九二六年　二七歳
オックスフォード大学の会議でJ・R・R・トールキンと出会う。
五月、ゼネラル・ストライキのため、イギリス社会は一時混乱に陥る。

一九二九年　三〇歳
父アルバート死去。

一九三〇年　三一歳

四月、陸軍軍人であった兄ウォレン帰英。
七月、オックスフォード郊外の〈キルンズ荘〉でムーア夫人、その娘モーリーン、実兄ウォレンと同居生活を開始。
この頃より、トールキンほか数名の友人がモードリン・カレッジのルイスの居室に集まり、〈インクリングズ〉の会が始まる。
一九三一年　三二歳
キリスト教への信仰を取り戻す。
一九三三年　三四歳
宗教的アレゴリー『天路逆行』出版。タイトルは、ジョン・バニヤン（一六二八―一六八八）の『天路歴程』（一六七八）をもじったもので、平凡な男ジョンが救われるまでを描く。
一九三六年　三七歳
五月、オヴィディウスからスペンサーにいたる恋愛詩を論じる最初の学問的著書『愛のアレゴリー――ヨーロッパ中世文学の伝統』出版。
一九三八年　三九歳
宇宙を舞台とするSFファンタジー『沈黙の惑星を離れて』出版。これは三部作で、続編が一九四三年、一九四五年に出版される。
一九三九年　四〇歳
九月、イギリス、ドイツに宣戦布告。
一九四〇年　四一歳
一〇月、宗教的著作『痛みの問題』出版。この世にはなぜ痛みと悪が存在するのか、という問題をめぐる考察。

一九四一年　四二歳
BBCラジオ放送の依頼で、キリスト教に関する放送講話を開始。放送は一回一五分で、一九四四年まで断続的に計二九回行われた。
キリスト教に関する知的に困難な問題を討議するための公開フォーラム、オックスフォード大学ソクラテス・クラブの創設に尽力（発足は一九四二年）。ルイスは会長に選任され、これ以降同クラブで多くの講演を行う。

一九四二年　四三歳
諷刺という手法を用いることによって神学的な問題に深く切り込む『悪魔の手紙』出版。ベストセラーとなり、スター的名声を得る。
七月、ジョン・ミルトン（一六〇八―一六七四）の『失楽園』（一六六七）を扱う『〈失楽園〉研究序説』、BBCの講話を収録した『放送講話』（のちに『キリスト教の精髄』に再収録）出版。

一九四五年　四六歳
七月、総選挙で労働党が大勝。アトリー労働党内閣発足。

一九四六年　四七歳
国民保健サービス法制定。

一九五〇年　五一歳
『ナルニア国物語』の第一作『ライオンと魔女と衣装だんす』出版。

一九五一年　五二歳
ムーア夫人死去。
オックスフォード大学詩学教授選任にお

いて、詩人・作家でもあるセシル・デイ・ルイス（一九〇四―一九七二）に敗れる。

『ナルニア国物語』の第二作『カスピアン王子』出版。

一九五二年　五三歳

以前から文通相手であった、ルイスの作品のファンのジョイ・デヴィッドマンと初めて会う。

BBC放送講話を編集した『キリスト教の精髄』、『ナルニア国物語』の第三作『ドーン・トレッダー号の航海』の出版。

一九五三年　五四歳

『ナルニア国物語』の第四作『銀の椅子』出版。

一九五四年　五五歳

『一六世紀英文学史』、『ナルニア国物語』の第五作『馬と少年』出版。

一一月、ケンブリッジ大学モードリン・カレッジに新設された中世・ルネサンス文学講座の初代教授に就任。これ以降、学期中はケンブリッジで、休暇と週末はオックスフォードのキルンズ荘で過ごす生活を送るようになる。

一九五五年　五六歳

九月、自叙伝『喜びの訪れ』出版。

『ナルニア国物語』の第六作『魔術師のおい』出版。

一九五六年　五七歳

イギリス政府がジョイの滞在許可の更新を認めなかったため、四月、ジョイと書類上の結婚をして窮状を救う。ジョイの七月、心臓発作で一時危篤状態となる。
八月、ケンブリッジ大学に辞表を提出。
一一月二二日、死去。享年六三。

二人の息子は英国籍を得る。
『ナルニア国物語』の第六冊目『最後の戦い』、『愛はあまりにも若く』出版。

一九五七年　五八歳
『最後の戦い』によりカーネギー賞を受ける。
三月、骨癌で入院中のジョイと病室で結婚式を挙げる。

一九六〇年　六一歳
七月、ジョイ死去。

一九六一年　六二歳
妻ジョイの死をどのように受けとめたのかを記す『悲しみをみつめて』をN・W・クラーク名義で出版。
この頃より衰弱がひどくなる。

一九六三年

訳者あとがき

ナルニアの世界へ、ようこそ!

第一巻は『魔術師のおい』――わたしたちの人間界から少年と少女が初めてナルニアへ行き、ナルニア国の誕生を見守り、ふたたび人間界へもどってくるまでを描いた物語だ。

主人公の少年ディゴリーと親友の少女ポリーは、ディゴリーの伯父で腹黒い魔術師アンドリュー・ケタリーにだまされ、魔法の指輪の力によって、わたしたちの世界とは異なる世界へと送り出された。

二人が最初に訪れた世界は、滅びゆく王国チャーンだった。ディゴリーは好奇心からチャーンの宮殿に置かれた魔法のベルを打ち鳴らし、凶悪な魔女ジェイディスを悠久の眠りから目ざめさせてしまう。

逃げようとするディゴリーとポリーにくっついて魔女がロンドンの街へ来てしまったために、ロンドンは大混乱に陥る。責任を感じたディゴリーとポリーは決死の覚悟で魔女をチャーン王国へ連れもどそうとするのだが、まちがえて誕生直前のナルニアに迷いこんでしまう。

こうして、ポリーとディゴリーはナルニア国の誕生に立ち会うことになった。大地を揺るがす魔法の歌を口ずさんでナルニア国を作り出したのは、金色の豊かなたてがみをたくわえた巨大なライオン・アスランだった。ナルニアでは動物たちがアスランの魔法によって言葉を与えられ、神話や伝説の生き物たちもあらわれて、生きとし生けるものが仲良く暮らす理想郷になるはずだった。

しかし、ディゴリーたちがナルニアに連れこんでしまった魔女によって、ナルニアは創世初日から〈悪〉を抱えることになる。魔女は北方の山岳地帯へ逃げ、ディゴリーは魔女を撃退する魔法のリンゴの実を摘むために、正しい心を試される旅に出る――。

『ナルニア国物語』の日本語版は、これまで岩波書店から出版されており（瀬田貞二訳）、全七巻は次の順序で並べられていた。

『ライオンと魔女』*The Lion, the Witch and the Wardrobe*（一九五〇）
『カスピアン王子のつのぶえ』*Prince Caspian*（一九五一）
『朝びらき丸 東の海へ』*The Voyage of the Dawn Treader*（一九五二）
『銀のいす』*The Silver Chair*（一九五三）
『馬と少年』*The Horse and His Boy*（一九五四）
『魔術師のおい』*The Magician's Nephew*（一九五五）
『さいごの戦い』*The Last Battle*（一九五六）

カッコ内にそれぞれの原書の出版年を記したが、つまり、この並べかたは原書の刊行順ということになる。
一方、今回の翻訳で使用したHarperCollins Publishers版では、作品が次の順で並んでいる（邦題は今回の光文社古典新訳文庫でのタイトル）。

『魔術師のおい』*The Magician's Nephew*
『ライオンと魔女と衣装だんす』*The Lion, the Witch and the Wardrobe*
『馬と少年』*The Horse and His Boy*
『カスピアン王子』*Prince Caspian*
『ドーン・トレッダー号の航海』*The Voyage of the Dawn Treader*
『銀の椅子』*The Silver Chair*
『最後の戦い』*The Last Battle*

これは『ナルニア国物語』作品中の時系列にそった並べかたで、第一巻でナルニア国が誕生し、第七巻でナルニア国が終焉を迎えることになる。このほうが作品全体を通して理解しやすいし、著者C・S・ルイス自身がこの順番で七巻の作品が読まれるよう希望していたことから、現在、欧米で出版されている『ナルニア国物語』はこの時系列順の並べかたが標準となっている。今回の新訳に際しても、この並べかたを採用することとした。

『ナルニア国物語』は、もともと少年少女のために書かれたものだが、今回の新訳にあたって原文で読みながら、訳者自身も年甲斐もなく主人公の冒険にわくわくどきどき胸を躍らせ、ページをめくるのがもどかしいほどストーリーに引きこまれ、また、著者ルイスのいかにもイギリス人らしい渋くて皮肉の効いたユーモアににやりとさせられた。同時に、この年齢になって読み返して初めて、ルイスの文章の端々から深い意味を感じ取ることができたような気もする。すぐれた児童文学は、大人になってから読んでも味わいのあるものだ。

既存の瀬田貞二氏による訳はたいへん端正で的確な訳文なのだが、やはり初版から五〇年という歳月を経た文章はところどころ古い表現が気になるので、「いま、息をしている言葉で」訳すことを第一に心がけた。また、児童文学であるけれども大人でも楽しめるように、従来の日本語訳よりは少し大人っぽい文章で訳した。今回初めて『ナルニア国物語』を読む少年少女のみなさんのためには、小学校四年生以上の漢字にルビを振ることにした。ルビは各ページの初出時につけてある。

挿絵について。

原書の著作権は、著者C・S・ルイスの死後五〇年を経過して保護期間が終了しているのだが、原著に挿絵を描いた画家ポーリン・ベインズの著作権はまだ切れていないので、今回の新訳にあたっては、無類の本好きでナルニアの世界をこよなく愛するイラストレーターYOUCHAN（ユーチャン）さんに依頼して新しく挿絵を描いていただくことになった。ご本人からのコメントを、ここに紹介させていただく。

私事で恐縮ですが、数年前に癌で亡くなった実母が『ナルニア国物語』の熱心な読者でした。癌が悪化するずっと前から視力が落ち、好きだった読書ができなくなっていましたが、大切な本だけは何冊かベッドのそばの棚に残してありました。その中に『ナルニア』もありました。

亡くなる一週間くらい前、母が「もう一度、ナルニアが読みたかったな」と言うので、わたしは『ライオンと魔女』の冒頭二章分を朗読しました。「本当はもっとこの先が面白くなるんだよ」といいつつ、朗読で時間がどんどん過ぎてしまうことを惜しんだ母に「もういいよ」と止められました。結局、その続きを読む機会が訪れることはありませんでしたが、このたび、新訳版『ナルニア国物語』の挿絵をわたしが描くことになったと母が知ったら、大変喜んだだろうなぁと感慨深く思います。

イラストは、原則一章につき一点描こうと考えました（第1章だけ二点あります）。描く上で、空間の広がりを感じられるようなダイナミックな構図を心がけました。また、人物が大勢登場するシーンでの立ち位置や並びは、絵に起こしてわたしも初めて理解できた部分もありました。読解の助けになれたらいいなと思います。

『魔術師のおい』で好きなのは、悪の象徴であるジェイディスとアンドリュー伯父です。ラストのアンドリュー伯父の言葉「しかし、そりゃあ、いい女でしたぞ。ああ、そりゃもう、いい女でした」がほんとうに大好きで、作者のこうした温かな眼差しがナルニアなんだなぁと思っています。

文章・挿絵ともに一新した新訳が広い年齢層の読者に楽しんでいただけることを願っている。

最後になったが、この作品を翻訳する機会を与えてくださった光文社出版局長・駒井稔氏と、訳文についてご教示や励ましをくださりYOUCHANさんに挿絵を依頼してくださった光文社翻訳編集部の小都一郎氏に心からの感謝を申し上げる。

読者のみなさん、続く第二巻『ライオンと魔女と衣装だんす』をどうぞお楽しみに！

二〇一六年八月

土屋京子

光文社古典新訳文庫

ナルニア国物語《こくものがたり》①
魔術師《まじゅつし》のおい

著者　C・S・ルイス
訳者　土屋《つちや》 京子《きょうこ》

2016年9月20日　初版第1刷発行

発行者　駒井 稔
印刷　萩原印刷
製本　ナショナル製本

発行所　株式会社光文社
〒112-8011東京都文京区音羽1-16-6
電話　03（5395）8162（編集部）
03（5395）8116（書籍販売部）
03（5395）8125（業務部）
www.kobunsha.com

ISBN978-4-334-75340-5 Printed in Japan

いま、息をしている言葉で、もういちど古典を

長い年月をかけて世界中で読み継がれてきたのが古典です。奥の深い味わいある作品ばかりがそろっており、この「古典の森」に分け入ることは人生のもっとも大きな喜びであることに異論のある人はいないはずです。しかしながら、こんなに豊饒で魅力に満ちた古典を、なぜわたしたちはこれほどまで疎んじてきたのでしょうか。

ひとつには古臭い教養主義からの逃走だったのかもしれません。真面目に文学や思想を論じることは、ある種の権威化であるという思いから、その呪縛から逃れるために、教養そのものを否定しすぎてしまったのではないでしょうか。

いま、時代は大きな転換期を迎えています。まれに見るスピードで歴史が動いていくのを多くの人々が実感していると思います。

こんな時わたしたちを支え、導いてくれるものが古典なのです。「いま、息をしている言葉で」——光文社の古典新訳文庫は、さまよえる現代人の心の奥底まで届くような言葉で、古典を現代に蘇らせることを意図して創刊されました。気取らず、自由に、心の赴くままに、気軽に手に取って楽しめる古典作品を、新訳という光のもとに読者に届けていくこと。それがこの文庫の使命だとわたしたちは考えています。

このシリーズについてのご意見、ご感想、ご要望をハガキ、手紙、メール等で翻訳編集部までお寄せください。今後の企画の参考にさせていただきます。
メール　info@kotensinyaku.jp